KB215282

강경애, 서발턴의 내러티브

송명희

지식과교양

머리말
강경애, 서발턴의 내러티브

강경애(1906~1944)는 황해도 송화(松禾) 출신으로, 일곱 살에 장연 (長淵)으로 이사한 후 평양 숭의여학교에 입학했으나 동맹휴학사건으로 중퇴하고, 서울로 상경하여 동덕여학교 3학년에 편입하여 약 1년간 수학 했다. 그녀는 1931년 6월에 중국 간도 땅을 밟은 이후 이듬해 6월까지 방 랑생활을 했다. 이때 장연군청의 서기를 지냈던 사회주의자 장하일을 만 나 결혼했다. 그녀는 1932년 6월에 중이염 치료 차 용정을 떠나 1933년 9 월까지 고향인 장연과 서울에서 머물렀다. 다시 간도로 돌아간 강경애는 1939년에 신병으로 고향 장연으로 영구 귀국할 때까지 그곳에서 체류하 며 작품활동을 했다.

강경애는 《조선일보》의 부인문예란에 단편 「파금」(1931)을 발표하기 전에도 간혹 시와 산문을 발표하였으나 『어머니와 딸』(1931)을 『혜성(彗 星)』에 연재하면서 본격적으로 작가생활을 하게 된다. 강경애는 간도에 형성된 조선인 문인단체 '북향회'의 동인지 『북향(北鄕)』에 시와 수필을 발표하기도 했고, 여성단체 '근우회'의 장연지회를 이끌었던 것으로도 알려져 있다.

강경애의 작가활동은 간도 이주 후에 활짝 꽃피워졌다. 1930년대에 접어들자 이미 국내의 문학은 일제의 폭압 하에서 위축될 대로 위축되었던 만큼 안수길 김창걸 강경애 등 많은 문인들이 간도로 이주하여 간도 체험을 바탕으로 창작열을 불태웠다. 간도는 나라 잃은 이주 조선인의 핍박당하는 삶이 이루어지는 디아스포라의 공간이자 일제의 식민지적 모순이 첨예하게 드러난 공간이었다. 강경애의 중편 「소금」(1934)과 단편 「원고료 이백 원」(1935)을 비롯한 많은 단편소설들은 간도 체험이 없었다면 결코 창작될 수 없었을 만큼 간도의 장소성을 강하게 반영한다.

강경애의 출세작이자 대표작인 『인간문제』(《동아일보》, 1934)를 비롯하여 대부분의 작품들이 서울에서 발간되는 신문과 잡지에 발표되었기 때문에 강경애는 당연히 한국문학사에서 중요하게 논의되고 연구되지만 황해도 출신이자 마르크스주의자인 강경애는 북한문학사에서도 중요하게 취급된다. 『조선문학사』의 저자 안함광은 강경애를 사회적 주제를 계급적 입장에서 형상하기에 노력한 작가로 문학사적 평가를 했다. 그리고 강경애는 1930년대에 간도에서 체류하며 작품을 썼기 때문에 중국조선족문학사에서도 중요한 작가로 연구되고 있다. 즉 강경애는 한국문학사, 북한문학사, 중국조선족문학사에서도 어김없이 주목받는 특이성이 있다. 뿐만 아니라 강경애는 여성작가에 대한 평가에 인색해왔던 남성 학자와 평론가들로부터도 예외적으로 긍정적인 평가를 받아온 역량이 뛰어난 작가로서 2005년 3월의 문화인물로 선정되기도 했다.

나는 2010년대 중반부터 여성작가에 대한 연구에 집중하여 나혜석, 김명순, 김일엽 등 1세대 근대 여성작가들에 대한 연구 성과를 단행본으로 출간해왔다. 『페미니스트 나혜석을 해부하다』(2015), 『다시 살아나라, 김명순』(2019), 그리고 『김일엽의 문학과 사상』(2022)이 그것이다. 나혜석 김명순 김일엽에 대한 연구가 마무리되자 나의 연구는 자연스럽게 1930년대 여성작가인 '강경애'로 이어졌다.

나는 강경애라는 작가적 화두를 참으로 오랫동안 붙들고 있었다. 강경애의 『어머니와 딸』을 대상으로 한 「문학적 양성성을 추구한 여성교양소설」(1990)을 첫 시발로 하여 긴 세월을 두고 띄엄띄엄 연구를 해오다가 2022년부터 2023년 사이에 집중하여 연구를 마무리하게 되었다.

총 10편의 글을 묶은 이번 저서는 강경애의 장편소설과 중편소설, 그리고 단편소설과 수필에 이르기까지 문제작들을 두루 연구 대상으로 삼았다. 이번 저서에서 다루지 않은 것은 강경애의 시인데, 시는 동시적 요소가 강하고 산문에 비할 때에 문학적 가치가 다소 떨어진다고 판단하여 연구 대상에서 제외했다.

 이 책에서 나는 마르크스주의 여성작가로서 강경애의 진면목을 최선
을 다해 규명하고자 하였다. 목차는 담론 별로 '간도와 디아스포라', '여성
성과 남성성', '최하층의 빈곤과 장애', '여성성장소설과 모녀관계', '페미
니즘과 페미니스트 지리학' 등 다섯 개의 장으로 나누었다. 최근에 쓴 글
들에서 디아스포라, 인문지리학, 남성성, 장애이론, 대상관계이론, 몸과
페미니스트 지리학 등 최근 학계에서 관심이 높은 담론들을 분석함으로
써 1930년대 작가인 강경애를 당대적 가치평가를 뛰어넘어 2020년대 중
반인 현재에도 충분히 읽힐 만한 가치를 지닌 작가라는 점을 부각시키고
자 하였다.

 이 책의 표제를 '강경애, 서발턴의 내러티브'로 정한 이유는 탈식민주
의 페미니스트인 스피박(G.C. Spivak)이 기존의 지배적인 담론에서 배
제된 식민지인, 이민자, 노동자, 소수자, 여성 등 종속적인 처지에 놓이거
나 주변부에 놓인 사람들을 포괄하는 용어로 서발턴(subaltern)이라는
용어를 사용했던 데서 근거한다. 강경애는 바로 스피박이 말했던 서발턴
의 이야기를 작품화했으며, 자본의 논리에 희생당하면서도 자본의 논리
를 거슬러 갈 수 있는 저항성을 갖는 주체로 인물들을 형상화했다는 뜻
에서 표제를 '강경애, 서발턴의 내러티브'로 정하였다.

 그동안 강경애에 대한 연구 텍스트도 여러 차례 바뀌었지만 출판과정

에서 가장 많은 작품이 수록된 연변대학교 조선문학연구소 허경진 · 허
휘훈 · 채미화 주편의 『강경애』(보고사, 2006)로 주 텍스트를 통일하였
다. (『어머니와 딸』, 수필 등 일부 제외) 그리고 독자들의 독서의 편의성
을 위해 텍스트를 현대 맞춤법에 맞춰 교열하였음을 밝힌다.

　강경애 연구에 집중하여 한 권의 책으로 묶어낼 수 있게 된 것은 계간
『문예운동』에 글들을 연재할 수 있었기에 가능했다. 지금은 고인이 되셨
지만 『문예운동』의 발행인이셨던 고 성기조 박사님께 감사의 말씀을 드
리지 않을 수 없다.

　최근 극도로 혼란한 정치상황이 겹치면서 인문학의 학술도서가 독자
들로부터 외면당하고 있음에도 기꺼이 책의 출판을 맡아주신 지식과교
양의 윤석산 사장님과 편집진에도 감사드린다. 책이 출판되어 나올 때쯤
에는 정치적 불확실성과 혼란이 제거되어 우리 사회가 안정을 되찾기를
간절히 바란다.

2025년 새봄
달맞이언덕 집필실에서 송명희 씀

| 목차 |

제1부

강경애 문학의 간도와 디아스포라

1. 강경애 문학의 간도와 디아스포라

1. 서론

강경애(1906~1944)는 1931년 6월에 중국 간도[1] 땅을 밟은 후 이듬해 6월까지 방랑생활을 했으며, 이 기간에 장연군청의 서기를 지냈던 장하일과 결혼한 것으로 알려졌다. 그녀는 1932년 6월에 일본군의 간도 토벌과 중이염 때문에 용정을 떠나 1933년 9월 이전까지 장연과 서울에서 머물렀다. 다시 용정으로 돌아간 후 1939년에 신병으로 고향인 장연으로 귀향할 때까지 간도에서 생활했다.[2]

《조선일보》 학예란에 단편소설 「파금」(1931.01.27~02.03)을 발표한

---

1) 간도는 백두산 북쪽 만주지역 일대를 가리키며, 서간도(압록강, 송화강의 상류지방인 백두산 일대)와 동간도(북간도 - 두만강 건너편 훈춘, 왕청, 연길, 활룡현 등을 포함)로 구분된다. 흔히 간도라 할 때는 중국 길림성 동쪽 연변조선족자치주에 해당하는 지역인 북간도를 지칭한다. 지형적으로 남서쪽의 백두산을 주봉으로 장백산맥이 자리 잡고, 남쪽으로 두만강이 흐르고 있다.
2) 전성호, 「작가, 작품 연보」, 연변대학교 조선문학연구소 허경진 · 허휘훈 · 채미화 주편, 『강경애』, 보고사, 2006, 701~704면.

이후 강경애는 작가로서 활동한 시기의 대부분을 간도에서 보냈다. 1935년부터 안수길, 박영준 등이 참여한 '북향' 동인에도 가담했으나 건강 사정상 적극적 활동은 하지 못했다. 1938년께부터는 건강 악화로 이미 창작활동을 중단한 상태였고, 1939년에는 고향으로 돌아와 1944년에 사망했다.[3]

강경애가 실제 거주했던 간도는 그녀의 문학에서 작품의 무대를 넘어서는 큰 의미를 지닌다. 가령, 중편 「소금」(1934)을 비롯한 여러 작품에서 '간도'는 행동과 사건이 일어난 물리적 배경으로서의 의미뿐만 아니라 일제하 한민족의 디아스포라와 관련된 비극적인 민족 체험을 담아낸 구체적 장소로 그 의미가 확대되어 있다.

우리 민족에게 1930년대의 간도는 일제 식민지, 수탈경제, 민족의 이산과 관련된 기억을 강하게 환기한다. 일제강점기 우리 민족이 일본 제국주의의 폭압적 식민통치와 수탈경제를 견디다 못해 고향을 등지고 흘러들어간 곳이 바로 간도다. 즉 간도는 민족의 디아스포라와 연관된 역사적 의미가 깊은 공간이다. 바흐친이 예술적 공간을 예술작품의 독자적인 형식범주로 보지 않고 시간과 긴밀한 내적 연관을 맺고 있는 크로노토프(chronotope)라는 용어로 개념화했듯이 강경애 문학에서 간도라는 문학공간은 단순한 공간적 개념이 아니라 일제강점기와 민족의 이산이라는 역사적 사실과 불가분의 관계를 맺고 있는 크로노토프의 공간이다.

조선인의 간도로의 이주는 단순히 공간상의 이동이 아니다. 그것은 국내에서 국외로의 집단적 이주이며, 일제의 토지 수탈과 식민지 자본주의화 과정에서 빚어진 민족의 비극적인 디아스포라이다.

---

3) 이상경, 『강경애』, 건국대학교출판부, 1997, 70면, 75면.

디아스포라(diaspora)는 원거지에서 다른 곳으로의 집단 이주를 의미하는 이산의 의미로, 민족 구성원들이 세계 여러 곳으로 흩어지는 과정뿐만 아니라 이산한 동족들과 그들이 거주하는 장소와 공동체를 지칭하기도 한다.[4] 원래 디아스포라는 고대 그리스인의 이주와 식민지 건설이라는 능동적 긍정적 의미로 사용되다가 이후 유태인의 유랑을 뜻하는 부정적 의미로 사용되었다. 그런데 1990년대에 들어서서는 유태인의 경험뿐만 아니라 다른 민족들의 국제이주, 망명, 난민, 이주노동자, 민족공동체, 문화적 차이, 정체성 등을 아우르는 포괄적 개념으로 사용되고 있다.[5]

최인범은 디아스포라의 공통적인 속성으로 1)한 기원지에서 많은 사람들이 두 개 이상의 외국으로 분산한 것. 2)정치적, 경제적, 기타 압박 요인에 의하여 비자발적이고 강제적으로 모국을 떠난 것. 3)고유한 민족문화와 정체성을 유지하고자 노력하는 것. 4)다른 나라에 살고 있는 동족에 대해 애착과 연대감을 갖고 노력하는 것. 5)모국과의 유대를 지키려고 노력하는 것 등을 제시했다.[6] 민족 이산을 의미하는 디아스포라는 기본적으로 모국으로부터의 이주와 거주국에의 적응 사이에 작동하는 정치적 관계, 문화적 차이, 그리고 정체성 등의 문제들을 껴안고 있다.[7]

우리 민족의 중국으로의 이주는 19세기 중엽부터 이루어졌는데, 함경도 지방의 농민들이 새로운 경작지를 찾아 사람이 살지 않으면서 비옥한 간도로 이주하면서 형성되었다. 그러던 것이 1910년부터 1918년 사이에

---

4) 윤인진, 『코리안 디아스포라』, 고대출판부, 2003, 4~5면.
  James Clifford, "Diaspora", Cultural Anthropology, Vol.9, No.3, 1994, pp.310~315.
5) 윤인진, 위의 책, 5면.
6) 위의 책, 7면에서 재인용.
7) Wahlbeck, "The concept of diaspora as an analytical tool in the study of refugee communities", *Journal of Ethnic and Migration*, Vol.28, No.2, 2002, pp. 221~238.

진행된 일제의 토지조사사업으로 인해 조선농민의 소작화와 일본인 지
주와 동양척식회사 등에 의한 조선농민의 체계적인 착취와 궁핍화로 인
해 많은 농민들이 간도로 이주하게 된 것이다. 항일독립운동을 전개하기
위해 이주한 사람들도 있었지만 그 숫자는 매우 제한적이었다. 1910년에
이주민은 이미 22만 명에 달했으며, 1930년에는 60만 명으로 증가했고,
1931년 만주사변 이후 중국 동북지역을 대륙침략의 병참기지와 식량기
지로 활용한다는 일제의 정책에 의해 조선인들의 집단 이주는 계획적으
로 시행되었다. 그 결과 1940년에 그 수는 145만 명에 이르렀다.[8]

이 글은 강경애 문학에서 간도(북간도)와 디아스포라의 의미를 그의
작품 가운데서 간도체험이 바탕이 된 수필과 소설을 통해서 고찰하고자
한다.

최근 발간된 강경애의 '전집'[9]에는 간도를 배경으로 삼은 「간도를 등
지면서」, 「간도의 봄」, 「이역의 달밤」, 「간도」, 「두만강 예찬」 등의 여러 편
의 수필이 수록되어 있다. 그리고 「그 여자」, 「채전(菜田)」, 「축구전(蹴
球戰)」, 「유무(有無)」, 「모자(母子)」, 「동정(同情)」, 「원고료 이백 원」, 「번
뇌」, 「소금」, 「어둠」, 「마약」, 그리고 「검둥이」(미완) 등 12편의 소설도 간
도를 배경으로 삼고 있다. 이 가운데 「소금」은 중편소설이며, 나머지는
단편소설이다. 강경애는 2편의 장편소설을 포함하여 19편의 중·단편
등 모두 21편의 소설을 창작한 가운데 절반 이상의 작품에서 간도를 배
경으로 설정한 셈이다.

그런데 강경애가 작가로서의 생애 대부분을 간도에서 보냈고, 간도를

8) 윤인진, 앞의 책, 45~51면.
9) 연변대학교 조선문학연구소 허경진·허휘훈·채미화 주편, 앞의 책.

배경으로 삼은 작품이 절반 이상에 달함에도 불구하고 이를 배경으로 한 장편소설을 쓰지 못한 것은 참으로 아쉬운 일이다. 그것은 그녀가 병고에 시달리다 삼십대의 젊은 나이로 세상을 떠난 사실과 무관하지 않을 것이다.

2. 강경애 수필에서 '간도'의 의미

강경애의 수필은 수필 장르의 비허구적 성격 때문에 간도 체험을 보다 직접적이고 생생하게 전달한다. 「간도를 등지면서」에서 용정에 처음 발을 들여놓던 때의 이국적이고 아름다운 풍경을 작가는 다음과 같이 묘사한다.

> 그때에 용정 시가는 신록이 무르익은 가로수 좌우 옆으로 청천백일기 (靑天白日旗)가 멋있게 나부끼었고 붉고도 흰 벽돌집 사이로 흘러나오는 깡깡이의 단조로운 멜로디는 보랏빛 봄 하늘 아래 고이고이 흩어지고 있었다.
>
> – 「간도를 등지면서」부분[10]

아름다운 용정 시가의 봄 풍경 묘사에 이어 작가의 눈에는 거리를 헤매는 걸인들의 비참한 모습이 눈에 들어온다. 용정의 아름다운 풍경은 기아와 빈곤에 처한 인간상황과 대조를 이룸으로써 그 비극성을 더욱 처

---

10) 위의 책, 676면.

절하게 환기하는 효과를 발생시킨다. 간도를 떠나면서도 밭갈이조차 할 수 없는 암울한 현실에 대해 강경애는 깊은 안타까움을 표출한다.

> 나는 그들의 말을 귓결에 들으며 다시금 창밖을 내어다 보았다. 금방 내 앞으로 다가오는 밭에는 어쩐지 조 싹을 발견할 수가 없어 나는 자세히 둘러보았을 때 '지금 촌에서는 밭갈이를 못해서 묵히는 밭이 많다지. 올해는 굶어죽을 수났다.' 하던 말이 내 머리를 찡하니 울려주었다. 나는 뒤로 사라져 가는 그 밭을 안타깝게 바라보았다. 거기에는 온갖 잡풀이 얽히었을 뿐이었다. 그때에 내 가슴은 마치 돌을 삼킨 것처럼 멍청함을 느꼈다. 따라서 농부들이 저 밭을 대하게 되면 어떨까. 얼마나 아까울까, 얼마나 애수할까, 흙의 맛을 알고 그 흙에서 매일 달라가는 조 싹의 자라나는 그 자미 그야말로 농부 자신이 아니고서는 알지 못할 그 무엇이 들어 있겠구나. 이렇게 생각하며 얼핏 이러한 노래가 떠올랐다.
>
> ─「간도를 등지면서」부분[11]

강경애가 1932년에 중이염 치료를 위해 고향으로 떠날 때의 간도는 이미 일제의 대자본이 침투하여 철도를 놓았으며, 전투기가 날아와 폭탄을 투하하는 등 전쟁의 불안과 공포 하에 놓여 있었다. 따라서 이주 조선인들에게 간도는 빈곤뿐만 아니라 전쟁의 공포에 시달려야 하는 땅이 된 것이다. 위의 인용문에서 보듯이 농사를 지을 수 없게 된 것도 만주사변 때문이다.

일본은 만주를 침략전쟁의 병참기지로 만들기 위해 1931년 9월 18일에 만주사변을 일으켜 1932년에는 만주 전역을 점령했다. 그리고 일본의

---

11) 위의 책, 677~678면.

괴뢰국가인 만주국 성립을 선포하고, 이어 1937년 7월에는 중국의 전 국토에서 중일전쟁을 일으켜 1,200만 명의 중국인을 학살했다.

강경애의 수필들은 1930년대 만주사변 직후로부터 중일전쟁 시기의 간도를 감싸고 있던 불안한 정세를 생생하게 전달하며, 그곳이 결코 이주 조선인들이 꿈꾸던 기회의 땅이 아니라는 사실을 여실히 보여준다. 간도는 겨울에 영하 40도를 오르내리는 혹한이 휘몰아치는, 즉 기후적인 측면에서 한반도보다 훨씬 견뎌내기 어려운 곳이다. 경제적으로도 고물가와 굶주림에 시달려야 하는, 결코 조선보다 나을 것이 없는 궁핍의 땅이다. 이주민들은 농사를 지어놓고도 전쟁으로 인해 기한(飢寒)에 울어야 했다. 만주사변 이후 간도는 일제의 점령 하에 놓이었고, 1937년에는 중일전쟁의 살육과 파괴를 준비하는 파쇼와 전쟁의 땅으로 변모하고 만다.

이곳은 간도다. 서북으로는 시베리아, 동남으로는 조선에 접하여 있는 땅이다. 영하 40도를 중간에 두고 오르고 내리는 이 땅이다.

그나마 애써 농사를 지어놓고도 또다시 기한(飢寒)에 울고 있지 않은가! 백미 1두(斗)에 75전, 식염 1두에 2원 20전, 물경 백미 값의 3배! 이 일단을 보아도 철두철미한 xx수단의 전폭을 엿보기에 어렵지 않다. '가정이 공어맹호야(苛政 恐於猛虎也 - 가렴주구하는 정치가 호랑이보다 더 무섭다)'라던가? 이 말은 일찍 들어왔다.

황폐하여 가는 광야에는 군경을 실은 트럭이 종횡으로 질주하고 상공에는 단엽식(單葉式) 비행기만 대선회한다.

대산림으로 쫓기어 xx를 xxxxxx하는 그들! 이 땅을 싸고 도는 환경은 매우 복잡다단하다, 그저 극단으로 중간성을 잃어버린 이 땅이다.

인간은 1937년을 목표로 일대 살육과 파괴를 하려고 준비를 한다. 타협, 평화, 자유, 인도 등의 고개는 벌써 옛날에 넘어버리고 지금은 제각기 갈 길을 밟지 않을 수 없게 되었다.

군축(軍縮)은 군확(軍擴)으로, 국제협조는 알력으로, 데모크라시는 파쇼로, 평화는 전쟁으로……. 인간은 정반합의 변증법적 궤도를 여실히 밟고 있다.

– 「이역의 달밤」부분[12]

강경애는 "군축(軍縮)은 군확(軍擴)으로, 국제협조는 알력으로, 데모크라시는 파쇼로, 평화는 전쟁으로"라고 하며 위태롭고 급격하게 변화해가는 당시 간도의 정세를 생생하게 그려내는 한편 때로 비판적 시선을 자아 내부로 돌린다.

즉 자신의 지식인으로서의 쁘띠부르적 속성에 대한 준엄한 자아성찰을 보여준다. 그리고 이주 조선인들의 척박하고 비참한 현실을 붓끝으로 그려내는 일 이상을 할 수 없는, 즉 무력하기 짝이 없는 작가로서의 정체성에 깊은 회의를 나타낸다.

저들의 피와 땀을 사정없이 긁어모아 먹고 입고 살아온 내가 아니었느냐! 우리들이 배운다는 것은 아니 배웠나는 섯은 저늘의 노동력을 좀 더 착취하기 위한 수단이 아니었느냐!

(중략)

차라리 붓대를 꺾어버리자, 내가 쓴다는 것은 무엇이었느냐, 나는 이때껏 배운 것이 그런 것이었기 때문에 내 붓 끝에 쓰이는 것은 모두가 이런

---

12) 위의 책, 693~694면.

종류에서 좁쌀 한 알만큼, 아니 실오라기만큼 그만큼도 벗어나지 못하였다. 그저 한 판에 박은 듯하였다.

-「간도를 등지면서」부분[13]

작가로서 한반도와 간도를 자유로이 왕래할 수 있었던 강경애의 입장은 생존의 제일선에 내몰렸던 이주민들과는 다소 거리가 있을 수밖에 없었을 것이다. 그녀는 늘 그와 같은 거리에 대해 괴로워했고, 작가로서의 자아성찰 및 자기반성을 결코 게을리 하지 않았다. 「원고료 이백 원」, 「동정」, 「유무」 같은 지식인 소설이 보여주는 지식인(작가)의 냉철한 자기성찰은 강경애의 직접적 간도체험에서 우러나온 진지한 고뇌의 소산이라고 하지 않을 수 없다.

3. 강경애 소설에서 '간도'와 디아스포라

1) 최후의 선택, 간도

장춘식은 강경애 소설의 간도체험의 내용을 계급이념의 실천적 지향, 빈궁의 제시와 현실비판, 열악한 환경에서의 자기 편달, 어둠 속에서의 몸부림 등으로 분석하면서 강경애는 자기가 몸담고 있는 간도 땅을 투쟁의 땅으로 인식하고 있었다고 했다.[14]

---

13) 위의 책, 682면.
14) 장춘식, 「간도체험과 강경애의 소설」, 『여성문학연구』 11, 한국여성문학학회, 2004. 1, 173~196면.

강경애의 첫 소설 「파금」(1931)이 보여주듯이 당시 우리 민족에게 간도는 절박한 상황에서 마지막으로 선택하는 기회의 땅으로 제시된다. 즉 「파금」은 아들의 학자금, 미가 폭락 등으로 많은 빚을 진 형철의 아버지가 최후의 선택으로 간도로의 이주를 감행하는 것으로 되어 있다.

「해고」(1935)의 주인공 김 서방도 머슴살이로 평생을 보낸 집에서 무일푼으로 쫓겨나게 되자 막연히 '북간도'로나 가볼까 하는 생각을 한다. 이처럼 생존의 위기에 내몰린 우리 민족이 더이상 희망을 꿈꿀 수 없는 상황에서 최후로 선택하는 땅이 간도였던 것이다.

그런데 절박한 상황에서 어쩔 수 없이 간도로의 이주를 선택한 조선인을 향해서 「그 여자」(『삼천리』1932.9)의 주인공은 무엇 하러 내 땅을 지키지 않고 여기까지 왔느냐고 연설을 하다가 청중들의 분노를 사고 만다. 즉 조선의 최고학부를 마친 여류 작가에다 용정의 정화여학교 교사인 마리아는 외촌 교회의 부인청년회에서 "죽어도 내 땅에서 죽고요, 살아도 내 땅! 내 땅에서 살아야 한단 말이어요. 무엇하러 여기까지 온단 말이어요!"라고 자만심에 가득 찼을 뿐만 아니라 현실과 전혀 동떨어진 강연을 하다가 청중들의 분노를 사 그들로부터 집단폭행을 당한다.

이 소설에서 강경애는 간도로의 이주가 일제의 체계적인 농민 착취와 궁핍화로 인해 어쩔 수 없이 이루어진 비자발적 선택이었으며, 결코 그들이 고국을 떠나고 싶어서 떠나온 것이 아니라는 것을 청중들의 마리아에 대한 분노, 그리고 주인공에 대한 화자의 비판적 태도를 통하여 분명히 하고 있다. 주인공 마리아는 별 노력 없이 여류 문사가 된 인물로서 작가로서의 진지성이 결핍되었을 뿐만 아니라 자신의 미모와 작가라는 우월감에 도취된 인물로 화자에 의해 비판된다.

그에게 있어서는 어째서 자기가 이렇게 쉽사리 여류 작가가 되었는지 반성해 보려고도 하지 않았다. 그저 자기와 같은 재사(才士)는 드물다는 것 그것밖에는 없었다. 그러므로 누구를 대하든지 먼저 상대자가 마리아 라는 자기의 이름은 말하지 않아도 다 알고 지나친 것으로 생각되었다.

길가에 나서면 모든 사람들의 눈이 자기 한 사람에게로 집중된 듯하며 그만큼 자기는 인기 인물같이 생각되었다. 무엇보다도 여자로서는 글 쓰는 사람이 적은 것만큼 자기 한 사람에게만이 가능하다고 인정됨으로써였다.

- 「그 여자」 부분[15]

강경애의 소설들은 이주 조선인들의 최후의 희망의 땅이었던 간도가 이들의 기대와 꿈을 어떻게 배반하는가를 다각적이고도 현실감 있게 증언한다. 즉 기아와 궁핍으로부터 벗어나기 위해 고향을 떠나 왔지만 당초 기대와는 달리 그들은 새로운 거주국에서 오히려 더 극심한 적빈에 시달린다. 이들은 가족마저 온전하게 유지하지 못한 채 해체의 위기에 직면해 있고, 중국인 지주로부터는 경제적으로 착취를 당하고, 여성들은 성적으로 유린을 당하거나 빚에 몰려 매춘의 길로 들어선다. 또한 토벌단으로부터 재산과 목숨을 위협받고, 항일운동을 하다가 감옥에 가거나 사형을 당하는 등 간도에서 살아간다는 것 자체가 험난한 투쟁과 고통의 연속이다.

2) 항일독립운동가 가족의 고난

---

15) 연변대학교 조선문학연구소 허경진·허휘훈·채미화 주편, 앞의 책, 46면.

앞에서 간도의 이주민들 가운데 항일독립운동을 전개하기 위해 이주한 사람들이 소수지만 일부 존재한다고 언급한 바 있다. 강경애는 간도에서 항일독립운동을 하다가 죽거나 감옥에 감으로써 남겨진 가족들의 이야기에 작가로서 특별한 관심을 기울인다.

「모자(母子)」(1935)의 주인공은 간도에서 유격대원으로 활동하던 남편이 죽고, 생활비를 대주던 시형마저 주인공을 외면하여 남의집살이를 하다 그 집에서도 쫓겨난다. 찾아간 친정과 시형 집에서도 도움을 받지 못한 주인공은 백일해에 걸린 아이를 업고 남편이 들어갔던 산속으로 가보지만 눈보라 속에서 길을 잃고 헤맨다.

> 그는 갑자기 허전해지며 스르르 미끄러지자 눈이 눈으로 코로 입으로 막 쓸어들며 숨이 콱 막힌다. 그는 어떤 구렁이나 혹은 개천으로 빠져 들어오는 것임을 직각하였을 때 나는 죽는구나! 참말 죽는구나 생각이 버석 들었다. 그는 두 손을 내저으며 무엇을 붙잡으려 하였다. 붙잡히는 것이 푸실푸실한 눈덩이뿐이고 아무것도 잡히는 것이 없었다. 그는 소리를 지르려고 악을 썼다. 그러나 들어올 데까지는 들어오고야 만 듯 그는 마침내 우뚝 섰다.
>
> ―「모자」부분[16]

이 작품에서는 항일유격대원의 가족들이 다른 이주민들보다도 더 극심한 생존의 극한에 내몰리는 상황이 드러난다. 그들은 가장이 가족의 생계 부양을 하지 않고 항일운동을 한 탓으로 일반 이주민들보다 생활이 어려우며, 주위 친지들마저 이들에게 등을 돌려버림으로써 더욱 서러운

---

16) 위의 책, 111면.

신세가 된다. 즉 약방을 경영하며 경제적으로 안정된 시형은 만주사변 전에는 항일운동을 하는 동생을 하늘처럼 떠받들며 생활비를 대주었지만 만주사변 이후에는 동생에게 욕질을 해가며 생활비를 아예 끊어버린다. 만주사변을 일으켜 만주 전역을 점령한 일제가 항일운동가는 물론이며, 그에 동조한 자들마저 탄압했기 때문이다. 시형의 돌변한 태도는 그와 같은 간도의 정세를 반영하고 있다. 이 작품은 만주사변 전후의 급격한 정세 변화와 민심의 이반을 예리하게 포착해내고 있다.

「번뇌」는 감옥에 갔다 나온 투사가 아직 투옥 중인 동료의 집을 찾아갔다가 가족의 따스함을 느끼는 한편, 동료의 아내에게 연정을 느끼며 갈등한다는 내용이다. 이 작품은 한때 항일운동을 같이했던 동료들의 변절 사실을 말하고 있는데, 이는 항일독립운동에 대한 일제의 탄압과 회유가 더욱 극심해졌다는 것에 대한 반증이다. 그리고 동료의 아내를 사랑하는 투사, 남편의 동료에게 연정을 느끼는 아내를 통해서 이들이 겪는 인간적 외로움과 성적 소외에 대해서도 작가는 관심을 기울인다.

「어둠」(1937)은 "간도지방에 있었던 제4차 간도공산당사건의 관련자들 18명이 사형 당한 사건을 소설의 소재로 삼아 쓴 작품"[17]이다. 이 작품에서 주인공 영실은 간도공산당사건으로 오빠가 사형을 당한 충격과 그로 인해 오빠의 친구인 약혼자로부터도 파혼을 당하자 미쳐버린다. 이 작품은 세칭 '간도공산당사건'을 증언하고 있다. 1930~1932년 사이에 일제는 대토벌을 통해 수많은 사람들을 잡아들여 네 차례의 '간도공산당사건'을 조작해냈다. 그 중에서 제4차 사건은 1936년 2월에 재판이 종결

---

17) 서정자, 「체험의 소설화, 강경애의 글쓰기 방식」, 『여성문학연구』 13, 한국여성문학학회, 2005.6, 264면.

되면서 치안유지법 위반에 살인 · 방화 · 강도 등의 죄목이 곁들여져 18명의 사형수를 냈고, 그들은 1936년 7월에 사형에 처해졌다.[18]

「어둠」의 주인공 영실은 바로 그 사형수를 오빠로 둔 인물로 설정되었다.[19] 일제가 항일 공산주의 운동가에 대해 엉뚱한 죄목을 씌워 사형에 처한 간도공산당사건을 배경으로 한 이 작품에서 당시 항일 사회주의 운동에 대한 일제의 탄압이 얼마나 극심했던가가 여실히 드러난다. 뿐만 아니라 주인공 영실의 약혼자이자 오빠를 존경했던 의사의 변심을 통해서는 이주민 사이의 민심의 이반을 적나라하게 보여주고 있다. 즉 항일 운동가들에 대해 이주민들은 처음에는 존경을 보였지만 이들에 대한 일제의 탄압이 극심해지자 자신들의 안위를 위해 결국 등을 돌려버린 민심의 변화를 강경애는 이 작품에서 적확하게 포착해냈던 것이다.

강경애의 관심사는 단순히 간도 이주민의 삶과 생존현실이 아니었다. 그는 「모자」, 「번뇌」, 「어둠」에서 보듯 항일 유격대원이나 사회주의 운동가들에 대한 일제의 탄압과 그들의 남겨진 가족이 처한 절박한 생존현실과 고난, 그리고 이들에 대한 민심의 이반 등 일제의 간도 탄압과 정치적 상황에 대해서 깊은 관심을 갖고 소설화했다. 「모자」에서 눈보라 속을 헤매는 주인공 모자는 곧 추위 때문에 동사하고 말 것이고, 「어둠」의 주인공 영실은 오빠의 사형과 애인의 변심 때문에 절망하여 미쳐버리고 만다. 더이상 현실을 감당할 수 없는 극한상황 속에서의 극단적인 자기 부정이 결국 미쳐버리는 행동으로 나타난 것이다. 그리고 「번뇌」의 주인공은 인간적 외로움 때문에 아직도 감옥 속에서 고생하고 있는 동료와의

---

18) 이상경, 앞의 책, 133면.
19) 사회주의운동을 하다가 수감된 '영실 오빠'는 『어머니와 딸』(1931~1932)에도 등장하는데, 실제모델이 존재했을 가능성도 배제할 수 없다.

신의를 저버리게 될지도 모른다. 그들에게 인간답게 살 수 있는 미래는 없다. 오직 캄캄한 '어둠'만이 가로놓여 있을 뿐이다. 고향을 떠나서도 희망 없이 표류할 수밖에 없었던 이주 조선인들의 비참한 운명을 강경애는 절망적 시선으로 그려냈다.

3) 지식인의 준엄한 자기성찰

「원고료 이백 원」(『신가정』1935.02)은 원고료로 받은 이백 원의 용처를 두고 주인공인 아내가 남편과 대립하는 이야기로서 자전적 소설로 알려져 있다. 즉 작품에 등장하는 원고료 이백 원이 강경애가 장편소설 『인간문제』를 《동아일보》(1934.08~1934.12)에 연재하고 받은 것이라는 것이다. 이 작품의 공간적 배경도 간도이다. 아내가 받은 원고료 이백 원을 항일사회주의운동을 하다 다친 동료와 항일사회주의운동으로 남편을 감옥에 보낸 부인을 위해서 써야 한다는 남편의 주장과 아내의 여자로서의 소비욕망이 충돌하면서 갈등을 빚는다. 하지만 아내는 결국 남편의 뜻을 따른다.

이 작품은 서간체 소설로서 작가의 직설어법에 의해 간도로 이주할 수밖에 없었던 조국의 현실과 간도 이주민의 참상이 잘 드러나고 있다.

지금 삼남의 이재민은 어떠하냐? 그리운 고향을 등지고 쓸쓸한 이 만주를 향하여 몇 만의 군중이 달려오고 있지 않느냐. 만주에 와봐야 누가 그들에게 옷을 주고 밥을 주더냐. 그러나 고향보다는 나을까 하고 와서는 처자는 요리판에 혹은 부호의 첩으로 빼앗기고 울고불고 이 넓은 벌을 헤매지 않느냐. 하필 삼남의 이재민뿐이냐. 요전에 울릉도에서도 수많은 군중이 남부여대하여 상륙하지 않았더냐. 하여간 전 조선의 빈한한 군중은 아니 전 세계의 무산대중은 방금 기아선상에서 헤매고 있는 것을 너는 아느냐 모르느냐.

K야 이 간도는 토벌단이 들이밀어서 지금 한창 총소리와 칼 소리에 전 대중이 공포에 떨고 있는 중이다. 그러니 농민들은 들에서 농사를 짓지 못하였으며 또 산에서 나무를 베지 못하고 혹시 목숨이나 구해볼까 하여 비교적 안전지대인 용정시와 국자가 같은 도시로 몰려드나 장차 그들은 무엇을 먹고 살겠느냐. 이곳에서는 개 목숨보다도 사람의 목숨이 헐하구나.

－「원고료 이백 원」부분[20]

즉 생존의 절박함 속에서 간도로 이주한 조선인들은 여전히 빈한을 벗어나지 못한 채 기아선상을 헤매고, 요리판이나 중국인 지주에게 아내를 빼앗긴다. 「동정」에서 산월은 수양아버지가 진 빚 때문에 요리점에 팔아넘겨졌다. 그리고 「마약」에서는 아편중독으로 인한 빚 때문에 남편이 아내를 중국인에게 팔아넘긴다. 설상가상으로 이들은 토벌단의 총소리와 칼 소리에 공포에 떨어야 하고, 농민들은 농사조차 지을 수 없는 불안한 상황에 놓인다.

「원고료 이백 원」은 자전적 소설임에도 불구하고, 작가의 의식은 주인공보다는 주인공의 남편의 의식을 통해 반영되고 있다. 원고료로 털외투와 금시계를 사고 싶은 아내를 향해 남편이 쏟아내는 힐난은 혹독하다.

「응 너 따위는 백번 죽어 싸다. 내 네 맘은 모르는 줄 아니. 흥 돈푼이나 생기니까 남편을 남편같이 안 알고 에이 치사한 년 가라! 그 돈 다 가지

20) 연변대학교 조선문학연구소 허경진·허휘훈·채미화 주편, 앞의 책, 119~120면.

고 내일 네 집으로 가. 너 같은 치사한 년과는 내 못 살아. 웬 여우 같은 년
……. 너도 요새 소위 모던걸이라는 두리쵀눙년[21]이 되고 싶은 게구나. 아
일류 문인으로서 그리해야 하는 게지. 허허 난 그런 일류 문인의 사내 될
자격은 못 가졌다. 머리를 지지고 볶고, 상판에 밀가루 칠을 하고, 금시계
에 금강석 반지에 털외투를 입고, 입으로만 아! 무산자여 하고 부르짖는
그런 문인이 되고 싶단 말이지. 당장 나가라!」

－「원고료 이백 원」부분[22]

속사포처럼 쏟아지는 남편의 비난 가운데서 주인공의 가슴을 가장 아
프게 찌르는 말은 금시계와 금강석 반지에 털외투를 입고 입으로만 무
산자를 부르짖는 위선적 문인이라는 말이다. 즉 관념과 실천이 일치하지
않는다면 진정한 마르크스주의 문학자가 결코 될 수 없다는 비판이다.
이 작품은 마르크스주의 작가로서 강경애의 자기성찰과 자기반영적 작
가의식을 뚜렷이 보여주고 있다.

「유무」, 「동정」에서도 작가로 등장하는 1인칭 주인공의 자기반성의 문
제가 제기되고 있다. 「유무」에서는 윗집에서 셋방을 살다가 야반도주했
던 복순의 아버지가 갑자기 찾아온다. 그는 주인공이 보통 아주머니가
아니라 글을 쓰는 사람이기 때문에 자신이 이렇게 살게 된 연유를 말하
겠다고 하며 자신이 기이한 꿈에 시달리는 이야기를 시작한다. 주인공은
자신이 복순이에게 찬밥덩이나 찌개를 내다주면서 은근히 부담거리로
여겼던 것, 복순과 복순 모가 야반도주하자 시원섭섭하게 생각했던 것

---

21) 두리 : 두루두루, 빠짐 없이 골고루
   쵀눙거리다 : 어지럽고 정신이 내둘리다.
   두리쵀눙년 : 두루두루 어지럽고 정신이 내둘리는 년
22) 연변대학교 조선문학연구소 허경진·허휘훈·채미화 주편, 앞의 책, 117면.

등을 반성하며 자신의 작가로서의 정체성에 대해서도 진지하게 고민하게 된다. 여기서 드러나는 것도 간도 이주민의 비참한 생활상이다. 가족은 이미 해체되었고, 빚에 야반도주를 해야 하는 상황인 것이다. 게다가 악몽에 시달리는 등 정신적으로도 그들은 황폐해진다.

「동정」에서도 지식인인 1인칭 주인공의 자기반성이 나타나고 있다. '나'는 우물가에서 한 여인과 계속 만나게 되는데, 그 여인은 12살에 빚 때문에 팔려 창기로 전락한 신세로서 몸값 500원이 없어 온갖 수모를 다 받고 있다. '나'는 그 이야기를 듣고 도망치라고 권고를 하지만 정작 그녀가 도망쳐 찾아오자 도움은 주지 않은 채로 예고 없이 찾아온 것을 책망한다. 이튿날 '나'는 그녀가 우물에 빠져 자살하였다는 소식을 듣게 되어 자책감을 느낀다. 이 작품에서는 빚 때문에 창기로 전락하고, 자살로 인생을 마감한 이주여성의 비참한 죽음을 통하여 이주민들, 특히 몸으로 살아갈 수밖에 없었던 이주여성의 생존의 절박성이 드러난다. 그리고 그런 여성에 대해 입으로는 동정을 보내면서도 막상 그녀에게 도움이 필요하자 그것을 외면해버린 데 대한 지식인으로서의 자기반성이 나타나고 있다.

「검둥이」(1938)는 과거 항일 공산주의 운동에 투신했던 K선생이 교사로서 학교에서 겪는 갈등이 드러난다. 즉 시국강연을 나가라는 교장과 그것만은 할 수 없다고 버티는 교사 K 사이의 갈등을 통해서 1937년의 일본이 중일전쟁을 일으켜 승승장구하는 시점에서 간도지방에 남아 있던 양심적 지식인의 민족적 고뇌를 보여준다.[23]

강경애는 행여 자신이 입으로만 마르크스주의를 부르짖는 작가가 될

---

23) 이상경, 앞의 책, 135면.

까봐 전전긍긍 자기성찰의 메스를 자아 내부를 향해 들이댔던 것으로 보인다. 「원고료 이백 원」, 「유무」, 「동정」 등의 지식인 소설에서 1인칭 주인공들에게 보여주는 작가의 비판적 태도와 「검둥이」의 주인공이 겪는 갈등을 통해서 강경애의 작가로서의 정체성 갈등과 치열한 자기반성을 읽을 수 있다. 강경애는 의식만의 마르크스주의 작가가 되는 것을 경계하고, 의식과 실천이 일치하는 완벽한 마르크스주의 작가가 되기 위해 끊임없이 자신을 채찍질했던 것으로 보인다.

4) 「소금」에 나타난 간도 체험과 디아스포라

「소금」(『신가정』1934.02~1934.10)은 간도라는 낯선 땅으로 흘러들어 남편과 자식들을 차례로 잃어가며 몸으로 살아갈 수밖에 없었던 이주여성의 비참한 삶과 공산주의자로서의 자아각성이라는 주제를 다루고 있다. 이 작품은 간도 체험의 핍진성이라는 측면에서 가장 압권에 속한다. 주인공 봉염 모는 지주 팡둥으로 상징되는 가부장적 세계로부터 성적 유린과 경제적 착취를 당하는 한편 혼외임신과 사생아 출산을 하게 됨으로써 모성과 노동의 극단적 갈등에 처하게 된다. 그녀는 고향에서 땅을 떼이고 간도로 왔으나 자×단원인지 공산당원인지 모를 누군가에게 남편을 잃고, 집을 나간 아들은 공산당이 되었다고 잡혀서 처형된다. 올데갈데 없이 된 그녀는 중국인 지주 팡둥의 집으로 들어가지만 그로부터 성폭력을 당하고 그의 아이까지 임신한 몸으로 쫓겨나면서도 아무런 항거도 하지 못한다. 해란강변 어느 헛간에서 아기를 낳고, 살기 위해 중국인의 유모로 취직을 하는데, 정작 자신의 아이들은 돌보지 못해 열병으로 잃고 만다. 봉염 모는 자신의 젖을 자신의 자식을 위해 수유하지 못하고 수유

행위가 임노동이 되는, 즉 교환가치를 갖는 냉혹한 상황에 내몰린다. 그런데 봉염, 봉회 두 아이가 전염병으로 죽었다 하여 유모에서마저 해고된다. 가족을 모두 잃고 홀로 남겨진 그녀는 살기 위해 소금 밀수를 시작하는데, 밀수 길에서 만난 공산당의 따뜻한 위로가 사염 단속을 나온 순사에게 붙잡힐 때에야 생각나면서 아들 봉식이 공산당이 된 이유를 비로소 깨닫는다. 즉 계급적 각성이 일어나고 있다.

이 작품은 최하층의 이주여성이 자신의 냉혹한 생존현실의 직접체험을 통하여 공산주의에 대한 부정적 의식을 청산하고 계급의식을 각성하는 과정을 그리는 한편 항일유격대의 참모습을 전달하고자 노력한다. 왜냐하면 당시 일제는 항일유격대를 끊임없이 공비(共匪)라고 공격해댔고, 작품 속의 봉염 모처럼 대다수의 이주민들은 일제가 선전하는 대로 그들을 마적단과 동일시하는 오해 속에 놓여 있었기 때문이다.[24]

민족, 젠더, 계급의 다중적인 억압 속에서 여주인공이 어떻게 주체로 설 것인가 하는 주체화 과정은 이 작품의 핵심적 주제이다. 즉 주인공 봉염 모(母)는 일제 식민주의, 가부장주의, 계급주의의 중첩된 억압 하에 놓인 하위주체다. 젠더문제를 도외시하는 기존의 탈식민주의의 논의로는 제3세계 여성이 겪는 이중 식민화를 설명할 수 없다는 가야트리 스피박(Gayatri Chakravorty Spivak)의 비판처럼 제3세계 토착여성은 제국주의 이데올로기와 토착 및 외래의 가부장제 양자 모두에게 잊힌 희생자가 된다. 따라서 탈식민주의는 인종적 차이뿐만 아니라 성차로 인해 역사에서 잊힌, 그리고 지금도 잊히고 있는 타자들을 복원하고자 시도할 때, 대

24) 위의 책, 84~85면.

항적 실천사유체로 기능할 수 있다.[25]

　말할 필요도 없이 이 작품에서 가장 억압받는 하위주체는 봉염 모이
다. 스피박이 말한 하위주체는 우리 눈에는 잘 보이지 않지만 공기처럼
우리를 우리로 존재하게 하는 소중하고 없어서는 안 될 실체이며, 생산
위주의 자본주의 체계에서 중심을 차지하는 프롤레타리아 계급을 포괄
하면서도 성, 인종, 문화적으로 주변부에 속하는 사람을 지칭한다. 그녀
는 전 지구상에 다양한 형태로 흩어져 있으며 자본의 논리에 희생당하고
착취당하면서도 자본의 논리를 거슬러 갈 수 있는 저항성을 갖는 주체를
‘하위주체’로 개념화했다.[26]

　봉염 모의 삶은, 음식에 간을 맞추는 ‘소금’으로 상징되는 기본적인 생
존권조차 갖추지 못한 절대다수인 이주여성의 절박한 생존의 고통을 압
축적으로 보여준다.[27] 간도로 오기 전 고향에서는 소금 걱정을 해본 적은
없었는데, 간도로 오고부터는 소금 값이 너무 비싸 장 같은 것도 단번에
담그지를 못하였으며, 소금 대신 고춧가루로 맛을 냄으로써 매워서 눈이
벌겋게 되고 이마에 주먹 같은 땀방울이 맺히곤 한 적이 한두 번이 아니
었다. 봉염 모는 밀수한 소금을 천신만고 끝에 집으로 가지고 와서 이 생
각 저 생각에 사로잡히는데, 이때의 글쓰기는 그야말로 몸으로 글쓰기라
고 할 수 있다.

　그는 잠깐 귀를 기울여 밖을 주의한 후에 가만히 손을 넣어 소금자루를

25) 유제분 역, 『탈식민페미니즘과 탈식민페미니스트들』, 현대미학사, 2001, 14~15면.
26) 태혜숙, 『탈식민주의 페미니즘』, 여이연, 2001, 117면.
27) 김민정, 「강경애 문학의 여성의식 연구」, 『한국현대문학회 2004 학술발표회의 자료집』, 한국현대문학회, 2004, 245면.

쓸어 만졌다. 이것을 팔면 얼만가……. 八원하고 八十전! 그러면 밀린 집 세나 마저 물고 한 달 살까? 이것을 미천으로 무슨 장사라도 해야지. 무슨 장사?…… 하며 그는 무심히 만져지는 소금덩이를 입에 넣으니 어느덧 입 안에는 군물이 스르르 돌며 밥이라도 한술 먹었으면 싶게 입맛이 버쩍 당 긴다. 그는 입맛을 다시며 침을 두어 번 삼킬 때 소금이란 맛을 나게 한다. 아무리 좋은 음식이나 소금이 들지 않으면 맛이 없다. 그렇다! 하였다. 그 때 그는 문뜩 남편과 아들딸이 생각 키우며 그들이 있으면 이 소금으로 장 을 담가서 반찬 해 먹으면 얼마나 맛이 있을까! 그러나 그들을 잃은 오늘 에 와서 장을 담을 생각인들 할 수가 있으랴! 그저 죽지 못해서 먹는 것이 다. 그는 한숨을 푹 쉬었다. 생각하니 자신은 소금 들지 않은 음식과 같이 심심한 생활을 한다. 아니 괴로운 생활을 한다. 이렇게 괴로운…… 하며 그는 머리를 슬슬 어루만졌다. 머리는 얼마나 일그러지고 부어올랐는지 만질 수도 없이 아프고 쓰리었다. 그는 얼굴을 상자에 대며 봉식아 살았느 냐 죽었느냐 이 어미를 찾으렴……. 난 더 살 수 없다!

- 「소금」부분[28)

밥을 짓고 살림을 하는 여성으로서 음식의 간을 맞추는 가장 기초적인 조미료인 소금의 맛을 통하여 죽은 남편과 자식에 대한 사랑을 표현한 점, 입덧체험의 생생함, 팡둥의 아이를 유산시키려는 몸부림과 분만체험, 배가 고파 파뿌리를 씹어 먹는 극도의 기아, 친자식뿐만 아니라 유모로 서 젖을 먹이던 아이에 대한 모성애적 집착……. 임신, 분만, 수유, 입맛, 살림살이 등 여성의 생생한 육체언어로 기술된 문체는 여성으로서의 육 체적 신체적 경험이 바탕이 되지 않고서는 도저히 불가능한 기술이라고

---

28) 연변대학교 조선문학연구소 허경진 · 허휘훈 · 채미화 주편, 앞의 책, 392~393면.

하지 않을 수 없다.[29)]

봉염 모의 몸은 중국인 지주 팡둥에 의해 성적으로 유린당하고, 집 안 팎에서 쉴 새 없는 노동으로 찌든다. 게다가 모성마저 착취당하는, 즉 유 모로서 자신의 아이가 병으로 죽어가도 돌보지 못한 채 젖 아이에게 수 유를 해야 하는 희생과 고통으로 얼룩진 식민지다. 그녀는 남의 새끼 키 우느라 자신의 새끼를 죽였다는 자책감에 시달리면서도 정작 자신을 쫓 아낸 중국인 젖 아이에 대한 그리움에 집착하는 가련한 인물이기도 하 다.

봉염 모는 자신의 불행과 궁핍을 팔자라고 생각하는 숙명론에 빠져 있 는 인물로서 그녀의 계급적 각성은 결말단계에서 갑자기 이루어진다.

아무리 맘만은 지독히 먹고 애를 써서 땅을 파나 웬일인지 자기들에게 는 닥치느니 불행과 궁핍이었던 것이다. 팔자가 무슨 놈의 팔자야 하느님 도 무심하지 누구는 그런 복을 주고 누구는 이런 고생을 시키고…….

– 「소금」에서[30)]

그녀는 아들 봉식이 공산당에 들었다고 처형당했다는 말을 팡둥에게 듣고서도 그 아이가 애비의 원수인 공산당[31)]에 들었을 리 없다고 생각한 다. 숙명론적 팔자타령은 팡둥의 집에서 쫓겨난 다음에도 계속된다. 그 리고 소금을 밀수할 때에 만난 공산당이 소금을 빼앗지 않고 그냥 보낼

---

29) 송명희, 「서정자의 페미니스트 성장소설과 자기발견의 체험에 대한 '논평'」, 『한국 여성학』7, 한국여성학회, 1991, 71~75면.

30) 연변대학교 조선문학연구소 허경진 · 허휘훈 · 채미화 주편, 앞의 책, 354면.

31) 작품의 전후 문맥으로 보아서 봉염 모가 믿어 온 대로 그녀의 남편은 공산당의 총 에 희생된 것으로는 보이지 않는다.

때에도 여전히 공산당을 의심한다.

　저들이 어째서 우리들의 소금 짐을 빼앗지 않고 그냥 보내었을까가 의
문이었다. 그렇게 사람 죽이기를 파리 죽이듯 하고 돈과 쌀을 잘 빼앗는
그놈들이…… 하며 그는 이제야 저주하기 시작하였다.

-「소금」부분[32)]

　하지만 일본순사로부터 사염 단속에 걸려 천신만고 끝에 밀수해온 소
금을 빼앗기게 되자 봉염 모의 자아각성은 급격하게 이루어진다. 작품의
결말은 일제의 검열에 의해 삭제되었지만 한만수는 복자 복원을 통하여
삭제된 내용을 복원해냈다.[33)] 즉 소금 자루를 빼앗지 않던 공산당이 곁에
있다면 자기를 도와 싸워줄 것이라는 확신을 갖게 되고, 소금을 빼앗은
것은 돈 많은 놈이었다는 것을 깨달으며, 그때까지 참고 눌렀던 불평이
불길같이 솟아올라 벌떡 일어나는 것으로 결말 지어졌다.
　강경애는 「소금」에서 가족을 모두 잃고 홀로 남겨진 이주여성을 통하
여 이주 조선인의 디아스포라의 참상을 핍진하게 그려내면서 결말에서
주인공의 자아각성을 민족적, 성적 각성을 도외시한 계급적 각성으로 설
정했다. 즉 순사에게 소금을 빼앗긴 데 대해서 일제라는 제국주의에 대
한 분노가 아니라 '돈 많은 놈'이라는 유산자에 대한 계급적 분노만을 표
출할 뿐이다. 서정자는 이 작품을 모성체험을 통한 여성적 자기를 탐구

---

32) 연변대학교 조선문학연구소 허경진 · 허휘훈 · 채미화 주편, 앞의 책, 392면.
33) 한만수, 「강경애 「소금」의 복자 복원과 검열우회로서의 '나눠쓰기'」, 『한국문학연
　　구』 31, 동국대 한국문학연구소, 2006.12, 169~191면.
　　한만수, 「강경애 「소금」의 '붓질 복자' 복원과 북한 '복원'본의 비교」, 김인환 외, 『강
　　경애, 시대와 문학』, 랜덤하우스코리아, 2006, 28~46면.

해 보여준 점, 모성과 노동의 모순을 다양하고 실감 있는 묘사로 보여준 점에서 여성의 주변성, 타자성이 그대로 드러나는 페미니스트 성장소설로 높이 평가했다.[34] 하지만 주인공의 자아각성은 페미니스트로서의 성장과는 거리가 있는 계급적 각성에 머물러 있다.

「소금」은 민족, 젠더, 계급이란 다중의 억압과 착취 하에 놓여 있는 여성을 형상화했다. 그럼에도 주인공은 결말에 이르도록 자신을 둘러싼 민족과 젠더, 그리고 계급의 다중적 억압을 총체적으로 직시하지 못하고 만다. 즉 간도로 이주할 수밖에 없었던 일제강점기의 민족 억압과 중국인 지주 팡둥으로부터 받았던 민족적 가부장적 억압, 그리고 무산자로서 겪은 계급적 억압의 전체적 고리를 제대로 통찰하지 못하고 있다. 또한, 그녀를 유모로 고용했던 중국인으로부터 받은 민족적 억압과 모성의 착취에 대해서도 마찬가지다. 다만 유산자에 대한 분노의 표출과 공산당에 대해 올바른 인식을 이루는 계급적 각성에 그치고 말았던 것이다.

이것은 마르크스주의 작가로서 강경애의 전반적인 한계라고 할 수 있다. 대표작 『인간문제』에서도 자본주의의 경제적 모순 이외에 가부장제의 억압 하에 놓인 여성운명을 탁월하게 그려냈음에도 이에 대한 해결은 계급해방이 이루어지면 여성해방도 자동적으로 해결되리라는 마르크스주의적 전망을 제시하는 데서 그치고 말았다. 즉 가부장제의 여성 억압을 인정하지만 이에 대한 해결은 계급해방의 부차적인 것으로 취급하고 말았던 것이다.[35] 실제 강경애는 '근우회'의 장연지회를 이끌었다고 알려졌으며, 좌우파를 통합한 '근우회'는 1928년 이후 좌파적 성향에 지배되

---

34) 서정자, 「페미니스트 성장소설과 자기발견의 체험」, 『한국여성학』7, 60~63면.

35) 송명희, 「강경애의 『인간문제』에 대한 여성비평적 연구」, 『비평문학』11, 한국비평문학회, 1997, 248면.

어 있었다.[36)]

4. 결론

이 글은 강경애 문학에서 간도와 디아스포라의 문제를 밝혀보고자 했다. 강경애가 작가로서 왕성히 활동하던 1930년대의 수필과 소설에서 간도는 단순한 물리적 배경을 넘어서서 일제하 한민족의 디아스포라와 관련된 비극적인 민족체험을 담아낸 공간으로 확대·심화되었다. 강경애의 수필은 1930년대 만주사변 직후로부터 중일전쟁 시기의 간도의 불안한 정세를 생생히 전달하며, 간도가 결코 이주 조선인들이 꿈꾸던 기회의 땅이 아니라는 사실을 여실히 보여주었다. 기후적으로는 혹한이 휘몰아치고, 경제적으로는 고물가와 기아에 시달려야 하는, 결코 식민지 조선보다 나을 것이 없는 곳이 간도이다. 더욱이 1937년 이후에 간도는 중일전쟁의 살육과 파괴를 준비하는 파쇼와 전쟁의 땅이 되고 만다. 강경애는 1930년대 간도의 정치사회적 현실을 생생히 그려내는 한편 비판적 시선을 자아내부로 돌려 지식인으로서의 자아성찰 및 작가로서의 무력감과 정체성에 대한 회의를 나타냈다.

강경애의 소설은 절반 이상이 간도를 배경으로 삼고 있으며, 이주 조선인들의 최후의 희망이었던 간도가 이들의 기대와 꿈을 어떻게 배반하는가를 다각적이고도 현실감 있게 보여주었다. 즉 새로운 거주국인 간도

---

36) 박용옥, 「근우회의 여성운동과 민족운동」, 역사학회 편, 『한국근대민족주의운동연구』, 일조각, 1987.

에서 조선인들은 더욱 기아와 궁핍에 시달리고, 가족해체의 위기를 겪으며, 중국인 지주로부터는 경제적으로 착취를 당한다. 또한, 토벌단으로부터 압력과 위협을 받는 등 불안한 상태에 놓이게 된다. 한편, 여성들은 이에 더하여서 성적으로 유린당하거나 매춘의 길로 들어선다. 항일운동가는 감옥에 가거나 처형되고, 그의 남겨진 가족은 더 극심한 기아와 생존의 고통에 빠지게 된다. 강경애는 이주 조선인들 가운데서도 특히 항일운동가와 그의 가족이 겪는 고난을 집중적으로 그려냈다. 그리고 지식인(작가)으로서의 준엄한 자기성찰을 보여주는 작품들도 여러 편 창작했다.

간도를 배경으로 한 중편소설 「소금」은 이주 조선인의 억압받는 삶이 가장 핍진하게 그려진 작품으로서 민족, 젠더, 계급의 다중적 억압과 착취에 놓인 여성을 형상화해냈다. 하지만 결말에서 주인공의 자아각성에 민족적 억압과 가부장제의 억압을 도외시한 채 계급적 자각과 분노만을 표출하는 한계를 보여주고 있다. 이는 대표작인 『인간문제』에서도 반복된 강경애의 전반적인 한계라고 하지 않을 수 없다.

－『한국문학이론과 비평』12－1, 한국문학이론과 비평학회, 2008.

2. 강경애 수필의 간도와 고향

1. 들어가며

강경애(1906~1944)는 황해도 송화에서 태어났으나 아버지의 별세로 인해 재혼한 어머니를 따라 황해도 장연으로 옮겨갔다. 열 살이 지나서야 장연소학교에 입학(1915)하고, 졸업 후 평양 숭의여학교에 입학(1921)한 강경애는 동맹휴학사건으로 퇴학을 당한 후 양주동을 따라 서울로 가 동덕여학교에 편입(1923)하여 1년간 수학하였다. 1924년에는 장연에 내려와 언니의 여관 일을 도우며 《조선일보》의 독자투고란에 간혹 투고하였다. 1931년 6월에 중국 간도 땅을 밟은 강경애는 이듬해 6월까지 방랑생활을 했다. 이때 황해도 장연군청의 서기를 지냈던 사회주의자 장하일을 만나 결혼했다. 그녀는 1932년 6월에 중이염 치료 차 고향 장연으로 돌아가 1933년 9월까지 머물렀다가 간도로 돌아갔다. 그리고 1939년에 신병으로 장연으로 영구 귀국할 때까지 간도에서 체류했다.[1]

---

1) 전성호, 「작가, 작품 연보」, 연변대학교 조선문학연구소 허경진 · 허휘훈 · 채미화 주

강경애는 1924년 양주동 주재의 잡지 『성』에 강가마라는 필명으로 시 「책 한 권」을 발표한 후 1925년 11월에는 『조선문단』에 시 「가을」을, 《조선일보》(1931.01.27~02.03) 부인문예란에 소설 「파금」을 발표한 이후 간도에서 머물며 작가로서 왕성하게 활동했다.

이 글은 강경애의 수필을 대상으로 그녀의 새로운 거주지인 '간도'와 '고향'인 황해도 장연이란 두 장소에 대한 강경애의 장소감, 장소정체성 인식에 대해 고찰하고자 한다.

강경애의 수필은 1930년대에 발표한 것들이 대부분으로, 지금까지 발굴된 강경애의 수필을 가장 많이 수록하고 있는 『강경애 문학전집1』(북레일e - book, 2021)에 따르면 22편이다.[2] 여기에다 연변대학교 조선문학연구소(허경진 · 허휘훈 · 채미화 주편)의 『강경애』(보고사, 2006)에 수록된 단평 형식의 「염상섭 씨의 논설 '명일의 길'을 읽고」(1929)와 「양주동 군의 신춘평론」(1931)까지 포함하면 총 24편이라고 할 수 있다.

그런데 문제가 되는 것은 「간도를 등지면서」이다. 이 수필은 『동광』 1932년 8월호와 10월호에 나누어서 연재된 것이다. 즉 8월호에는 '차 안에서 만난 아이'라는 부제로, 10월호에는 '간도여 잘 있거라'라는 부제로 발표했던 수필이다.

그런데 『강경애 문학전집1』(북레일e - book, 2021)에서는 이것을 「간

편, 『강경애』, 보고사, 2006, 701~704면.

2) 수필의 제목을 제시하면 다음과 같다. : 간도/간도를 등지면서/간도야 잘 있거라/간도의 봄/고향의 창공/기억에 남은 몽금포/꽃송이 같은 첫 눈/나의 유년 시절/내가 좋아하는 솔/두만강 예찬/봄을 맞는 우리 집 창문/불타산 C군에게 - 그리운 고향/송년사/약수(藥水)/어촌점묘(漁村點描)/여름밤 농촌의 풍경 점점(點點)/원고 첫 낭독/이역의 달밤/자서소저/조선여성들의 밟을 길/커다란 문제 하나/표모(漂母)의 마음

도를 등지면서」와 「간도여 잘 있거라」라는 2편의 수필로, 『강경애』(보
고사, 2006)에서는 「간도를 등지면서」 1편으로 분류하고 있다. 그리고 e
-book인 『강경애 문학전집1』(북큐브네트웍스, 2015)에서는 「간도를
등지면서, 간도여 잘 있거라」라는 제목의 1편으로 분류하고 있다. 따라
서 강경애의 수필은 분류 방식에 따라 총24편 또는 총23편이라고 할 수
있다.

그간 강경애의 문학 연구는 장편소설 『인간문제』를 비롯하여 중단편
등 소설 위주로 이루어져 왔다. 따라서 수필에 관한 연구는 국어학자의
통계학적 문체 연구[3]가 있으며, 송명희의 「강경애 문학의 간도와 디아스
포라」[4]에서 간도 관련 수필 몇 편을 고찰한 것 정도이다.

이 글은 인문지리학의 관점에서 강경애 수필에 나타난 두 장소, 즉 이
주해 간 간도와 고향에 대한 작가의 장소감, 장소정체성 인식 등을 중점
적으로 살펴볼 것이다. 텍스트는 보고사의 『강경애』를 기본으로 하고, 여
기에 없는 작품은 북큐브네트웍스의 『강경애 문학전집1』[5]에 의거하겠다.

2. 강경애 수필의 '간도'

디아스포라(diaspora)는 여러 가지로 그 의미를 규정할 수 있지만 가
장 기본적인 것은 원 거주지에서 다른 곳으로 거주지를 옮겨가는 것을

3) 정문권·이영조, 「나혜석과 강경애 수필의 문체 연구」, 『우리어문연구』23, 우리어문
학회, 2004, 555~573면.
4) 송명희, 「강경애 문학의 간도와 디아스포라」, 『한국문학이론과비평』12-1, 한국문
학이론과비평학회, 2008, 7~33면.
5) 강경애, 『강경애 문학전집1』, 북큐브네트웍스, 2015.

의미한다. 따라서 디아스포라는 바로 장소 이동에서 발생하는 문제라고 할 수 있다. '장소란 본질적으로 인간 실존의 근원적 중심이다. 인간의 실존이란 거주한다는 것으로서, 이는 인간과 세계가 관계를 맺는다는 것이다. 거주는 곧 장소를 갖는다는 것이다. 거주한다는 것은 한 장소에 뿌리를 내리고, 그곳을 중심으로 세계를 바라보고, 세계와 관계를 맺는 것이다.'[6] 즉 디아스포라는 이 - 푸 투안(Yi - Fu Tuan)의 개념을 빌려 해석하자면 '친숙한 장소'에서 '낯선 공간'으로 삶의 터전인 거주지를 옮겨가는 것이다. 그리고 새로운 거주지인 낯선 공간을 다시 친숙한 장소로 변화시키고자 노력하는 것, 또는 노력하는 사람이라고도 할 수 있다.

이 글은 강경애가 고향인 황해도 장연과 새로운 거주지인 간도를 중심으로 장소감, 장소정체성 등 장소의 문제를 살피는 것이 핵심적인 주제이다. 에드워드 렐프(Edward Relph)는 '장소, 장소정체성, 장소감 이 세 개념은 사실 별개의 것이 아니라고 주장한다. 장소는 반드시 그 장소를 경험하는 인간을 내포하고 있으며, 장소정체성은 장소 - 인간의 관계 속에서 형성되는 장소의 고유한 특성을 의미하는데 이는 장소를 중심에 둔 표현이고, 장소감(sense of place) 역시 인간 - 장소의 관계 속에서 인간이 장소를 어떻게 지각하고 경험하고 의미화하는가를 말하는 것으로 인간에 초점을 둔 표현의 차이일 뿐이라는 것이다.[7] 장소에 대한 고찰은 고향인 황해도 장연에서 낯선 땅 간도로 이주했던 강경애라는 작가와 작품을 이해하는 데 있어 매우 중요하다. 왜냐하면 장소 또는 장소감은 개인과 공동체 정체성의 중요한 원천이며, 때로는 사람들이 정서적 · 심리

---

6) 심승희, 「역자 해제 - 장소의 진정성과 현대경관」, 에드워드 렐프, 김덕현 · 김현주 · 심승희 역, 『장소와 장소상실』, 논형, 2005, 306면.
7) 위의 글, 309면.

적으로 깊은 유대를 느끼는 인간 실존의 심오한 중심이기 때문이다. 사실 장소와 인간의 관계는 사람들과의 관계와 마찬가지로 필수적이고, 다양하며, 때로는 불쾌하기조차 한 것이다.[8]

이 – 푸 투안은 '공간'은 움직임이며, 개방이며, 자유이며, 위협인 반면 '장소'는 정지이며, 개인들이 부여하는 가치들의 안식처이며, 안전과 애정을 느낄 수 있는 고요의 중심이라고 구분했다. 인간은 직 · 간접적으로 다양한 경험을 하는데 이러한 경험을 통하여 미지의 공간은 친밀한 장소로 바뀐다고 했다. 즉 낯선 추상적 공간은 의미로 가득 찬 구체적 장소로 변화할 수 있다. 즉 공간과 장소는 고정불변의 것이 아니라 유동적인 것으로 파악했다.[9]

강경애는 창작활동을 했던 대부분의 시기를 간도에서 보냈으며, 「간도를 등지면서」, 「간도의 봄」, 「간도」 등 '간도'라는 제목이 들어간 수필을 여러 편 썼다. 강경애 개인이 간도를 어떤 장소정체성을 지닌 장소로 인식하고, 그곳을 지각하고 경험하고 의미화했는가를 알아보기 전에 우리 민족의 집단체험으로서의 간도는 어떤 의미 공간이었는가를 살펴보는 일이 필요하다.

우리 민족의 중국으로의 이주는 19세기 중엽부터 함경도 지방 농민들이 새로운 경작지를 찾아 사람이 살지 않으면서도 비옥한 간도로 이주하면서 시작되었다. 그러던 것이 일제의 토지조사사업(1910~1918)으로 인해 조선 농민의 소작화와 일본인 지주와 동양척식회사 등에 의한 조선 농민의 체계적인 착취와 궁핍화로 인해 보다 많은 농민들이 만주 등지로

---

8) 에드워드 렐프, 앞의 책, 150면, 288면.
9) 이 – 푸 투안, 구동회 · 심승희 역, 『공간과 장소』, 대윤, 1999, 6~8면.

2. 강경애 수필의 간도와 고향 **45**

이주하게 되었다. 항일독립운동을 위한 이주도 있었지만 그 인원은 매우 제한적이었다. 1910년에 이주민의 수는 이미 22만 명에 달했으며, 1930년에는 60만 명으로 증가했고, 1931년의 만주사변 이후 중국 동북지역을 대륙 침략의 병참기지와 식량기지로 활용한다는 일제의 정책에 의해 조선인들의 집단 이주는 보다 계획적으로 시행되었다. 그 결과 1940년에는 이주민이 145만 명에 이르렀다.[10]

이 글에서 말하는 간도는 백두산 북쪽 만주지역 일대로서 중국 길림성 동쪽 연변조선족자치주에 해당하는 지역인 북간도를 지칭한다. 지형적으로 남서쪽의 백두산을 주봉으로 장백산맥이 자리 잡고, 남쪽으로는 두만강이 흐르고 있는 지역을 말한다.

강경애가 체류했던 1930년대의 간도라는 공간은 우리 민족에게 일제 식민지, 수탈경제, 민족의 이산과 관련된 기억을 강하게 환기시킨다. 일제강점기 우리 민족이 일본 제국주의의 폭압적 식민통치와 수탈경제를 견디다 못해 고향을 등지고 흘러 들어간 곳이 바로 간도이다. 즉 간도는 민족의 디아스포라와 연관된 역사적 의미가 깊은 공간인 것이다. 따라서 간도로의 이주는 단순히 공간상의 이동이 아니라 국내에서 국외로의 집단적 이주이며, 일제의 토지 수탈과 식민지 자본주의화 과정에서 빚어진 민족의 비극적인 디아스포라이다. 따라서 강경애 문학에서 간도라는 문학 공간은 단순히 개인적인 이주 공간이 아니라 일제강점기 민족의 이산이라는 역사적 사실과 불가분의 관계를 맺고 있다.[11]

수필 장르의 비허구적 성격 때문에 강경애의 간도 체험은 보다 직접적

---

10) 윤인진, 『코리안 디아스포라』, 고대출판부, 2003, 45~51면.
11) 송명희, 앞의 논문, 8면.

이고 생생하게 전달되는데, 그녀는 「간도를 등지면서」[12]에서 용정에 처음 발을 들여놓던 때의 인상을 다음과 같이 묘사한다.

> 그때에 용정 시가는 신록이 무르익은 가로수 좌우 옆으로 청천백일기(靑天白日旗)가 멋있게 나부끼었고 붉고도 흰 벽돌집 사이로 흘러나오는 깡깡이의 단조로운 멜로디는 보랏빛 봄 하늘 아래 고이고이 흩어지고 있었다.
> 그러나 가로에서 헤매는 걸인들의 이 모양 저 모양. 그들에게 있어서는 봄날도 깡깡이 소리도 들리지 않는 듯 역두(驛頭)에서 흩어지는 낯선 사람의 뒤를 따르면서 그 손을 벌릴 뿐 그 험상진 손!
>
> ―「간도를 등지면서」부분[13]

강경애가 중이염 치료차 간도를 떠나면서 회상한 간도의 첫인상은 중국 국기인 청천백일기가 휘날리고 깡깡이(해금)의 멜로디가 들리는 아름다운 '용정 시가의 봄 풍경'과 그와는 대조적인 거리를 헤매는 '걸인들의 비참한 모습'으로 각인되어 있다. 즉 용정의 자연 풍경은 아름답지만 사회적 풍경은 빈곤으로 인해 처참하다. '걸인'은 기회의 땅이라 여기며 간도로 이주했던 조선인들이 희망을 박탈당한 부조리한 상황을 단적으로 보여준다. 용정 시가의 아름다운 봄 풍경 묘사는 기아와 빈곤에 처한 간도의 비극적 상황을 더욱 처절하게 환기하는 효과를 발생시킨다. 게다가 간도 체류 1년이 지나 열차를 타고 떠나는 용정의 현재 모습은 평화를 깨뜨리는 프로펠러 폭음의 강렬함이 더하여 있다. 즉 아름다웠던 용정 시가는 빈곤에 더하여 전쟁의 불안과 공포에 지배되어 있다는 것을 글의

---

12) 여기서 「간도를 등지면서」는 1편의 수필로 간주한 것이다.
13) 연변대학교 조선문학연구소 허경진 · 허휘훈 · 채미화 주편, 앞의 책, 676면.

서두는 여실히 보여준다.

강경애가 1932년 6월 3일에 고향 장연으로 떠날 때의 간도는 일제의 대자본이 침투하여 철도를 놓았으므로 기차를 타고 귀국할 수는 있었지만, 프로펠러의 폭음이 암시하듯이 전투기가 날아와 폭탄을 투하하는 등 전쟁의 불안과 공포 하에 놓여 있었다. 일제가 만주를 침략전쟁의 병참기지로 만들기 위해 1931년 9월 18일에 만주사변을 일으켜 1932년에 만주 전역을 점령했기 때문이다. 이어 일제는 괴뢰국가인 만주국 성립을 선포했다. 그리고 1937년 7월에는 중국의 전 국토에서 중일전쟁을 일으켜 1,200만 명의 중국인을 학살했다.[14] 즉 「간도를 등지면서」는 만주사변 이후의 전쟁으로 인한 불안과 공포에 지배된 간도의 정세를 시가지의 묘사를 통해 가감 없이 전달하고 있다.

> 금방 내 앞으로 다가오는 밭에는 어쩐지 조 싹을 발견할 수가 없어 나는 자세히 둘러보았을 때 '지금 촌에서는 밭갈이를 못 해서 묵히는 밭이 많다지. 올해는 굶어죽을 수났다.' 하던 말이 내 머리를 찡하니 울려주었다. 나는 뒤로 사라져 가는 그 밭을 안타깝게 바라보았다. 거기에는 온갖 잡풀이 얽히었을 뿐이었다. 그때에 내 가슴은 마치 돌을 삼킨 것처럼 멍청함을 느꼈다. 따라서 농부들이 저 밭을 대하게 되면 어떨까. 얼마나 아까울까, 얼마나 애수할까, 흙의 맛을 알고 그 흙에서 매일 달라가는 조 싹의 자라나는 그 자미 그야말로 농부 자신이 아니고서는 알지 못할 그 무엇이 들어 있겠구나. 이렇게 생각하며 얼핏 이러한 노래가 떠올랐다.
>
> -「간도를 등지면서」부분[15]

---

14) 송명희, 앞의 논문, 12면.
15) 연변대학교 조선문학연구소 허경진·허휘훈·채미화 주편, 앞의 책, 677~678면.

인용문에서 보듯 간도의 농촌 지역이 제때 농사를 지을 수 없게 된 이유도 만주사변 때문이다. 전쟁은 아름답던 도시 용정을 전쟁의 공포 속에 빠뜨렸고, 농촌에서는 농사도 제때 지을 수 없도록 만들어 빈곤을 악화시키고 있었다. 강경애는 간도를 떠나면서도 농촌에서 밭갈이조차 제때 할 수 없게 만든 전쟁의 암울한 상황에 대해 깊은 안타까움을 표출한다. 그 안타까움은 '얼마나 아까울까, 얼마나 애수할까'라고 반복되는 감정 표현에 잘 반영되어 있는데, 이는 강경애가 농사를 지을 수 없어 절망하는 농민들에게 적극적으로 감정이입을 한 것이다. 당시 조선인들이 고향을 버리고 굳이 낯선 땅 간도로의 이주를 선택한 것은 농사를 지을 수 있는 땅을 찾아서였다. 그런데 전쟁은 농사조차 지을 수 없는 상황을 만들어버림으로써 이주 조선인들의 빈곤을 더욱 악화시켜버렸던 것이다. 일제의 폭압적 식민통치와 수탈경제를 견디다 못해 이주한 간도가 만주사변으로 인해 다시 일제의 폭압적 지배하에 놓이게 되었고, 결과적으로 빈곤 탈출이라는 조선인 이주의 목적조차 무색하게 만들어버린 땅이 되고 말았다는 간도의 장소정체성에 대해 강경애의 수필들은 증언하고 있다.

"차창으로 나타나는 논과 밭, 그리고 아직도 젖빛 안개 속에 잠든 듯한 멀리 보이는 푸른 산은 마치 꿈꾸는 듯, 한 폭의 명화(名畵)를 대하는 듯"[16] 이 간도의 자연은 작가로 하여금 황홀한 장소감을 불러일으킨다. 하지만 곧바로 아름다운 풍광 너머에서 농부로 하여금 농사짓는 자미를 앗아가고 제때 농사도 지을 수 없도록 만든 전쟁의 폭력성은 작가의 황홀한 장소감을 파괴하고 만다. 즉 간도는 이주 조선인들에게 비진정한 장소감을

---

16) 위의 책, 677면.

불러일으키는 낯설고 적대적인 장소정체성을 지닌 공간으로 인식되는
데, 그것은 일제의 간도에 대한 침략전쟁 때문이다.

　용정을 떠난 기차가 도문강(圖們江) 안참(岸站)을 거쳐 상삼봉 역을
지날 때에도 한편에서는 실버들 늘어진 도문강의 아름다움을 묘사하지
만 다른 한편에서는 중국 동북부 길림과 함경북도 회령을 잇는 길회선
(吉會線) 철도공사를 하는 인부들이 아찔한 석벽 위에 발을 붙이고 돌을
쪼아 내리고, 돌의 이를 맞추어 차례차례로 쌓아올리는 위험한 노동을
하고 있는 모습을 작가는 포착해낸다. 그리고 차 안의 양복쟁이, 학생, 숙
녀 등 소위 인텔리 층 사람들과 차창 밖의 위험한 노동을 하는 노동자를
대조하는 가운데 작가의 자기반영적 자의식이 발동한다.

　　저들의 피와 땀을 사정없이 긁어보아 먹고 입고 살아온 내가 아니었느
　냐! 우리들이 배운다는 것은 아니, 배웠다는 것은 저들의 노동력을 좀 더
　착취하기 위한 수단이 아니었느냐!
　　돌 한 개 만져보지 못한 나, 흙 한 줌 쥐어보지 못한 나는, 돌의 굳음을
　모르고 흙의 부드러움을 모르는 나는, 아니 이 차 안에 있는 우리들은 이
　렇게 평안히 이렇게 호사스럽게 차 안에 앉아 모든 자연의 아름다움을 맛
　볼 수가 있지 않은가.
　　　　　　　　　　　　　　　　　　　　-「간도를 등지면서」부분[17]

　즉 자신의 지식인 또는 쁘띠부르주아의 속성에 대한 준엄한 자아성찰
을 보여준다. 그리고 노동자들의[18] 척박하고 비참한 현실을 붓끝으로 그

17) 위의 책, 682면.
18) 이때의 노동자는 반드시 이주 조선인만은 아닐 것이다. 이때 강경애는 민족보다도

려내는 일 이상을 할 수 없는, 즉 무력하기 짝이 없는 작가로서의 정체성
에 대해 깊은 회의를 나타낸다. 따라서 "차라리 붓대를 꺾어버리자, 내가
쓴다는 것은 무엇이었느냐, 나는 이때껏 배운 것이 그런 것이었기 때문
에 내 붓 끝에 쓰여지는 것은 모두가 이런 종류에서 좁쌀 한 알 만큼, 아
니 실오라기만큼 그만큼도 벗어나지 못하였다. 그저 한 판에 박은 듯하
였다"라는 자기반영적 자의식을 노출하며 차라리 절필하자고 무력감을
표출하기도 한다.

　그런데 「이역의 달밤」에서는 「간도를 등지면서」에서 보여준 자기반영
적 자의식 때문에 절필하고 싶은 절박한 심정과는 또 다른 태도가 노정
된다.

　　이곳은 간도다. 서북으로는 시베리아, 동남으로는 조선에 접하여 있는
　땅이다. 영하 40도를 중간에 두고 오르고 내리는 이 땅이다.
　　그나마 애써 농사를 지어놓고도 또다시 기한(飢寒)에 울고 있지 않은
　가! 백미 1두(斗)에 75전, 식염 1두에 2원 20전, 물경 백미 값의 3배! 이 일
　단을 보아도 철두철미한 xx수단의 전폭을 엿보기에 어렵지 않다. '가정이
　공어맹호야(苛政 恐於猛虎也 - 가렴주구하는 정치가 호랑이보다 더 무섭
　다)'라던가? 이 말은 일찍 들어왔다.
　　청폐하여 가는 광야에는 군경을 실은 트럭이 종횡으로 질주하고 상공
　에는 단엽식(單葉式) 비행기만 대선회한다.
　　(중략)
　　군축(軍縮)은 군확(軍擴)으로, 국제협조는 알력으로, 데모크라시는 파
　쇼로, 평화는 전쟁으로……. 인간은 정반합의 변증법적 궤도를 여실히 밟

___

노동자라는 계층을 먼저 인식하는 태도를 보여주고 있다.

고 있다.

　(중략)

　붓을 들고 쓰지 못하는 이 가슴! 입이 있고도 말 못 하는 이 마음! 저 달
보고나 호소해볼까. 그러나 차디찬 저 달은 이 인간사회의 애달픈 이 정황
에 구애되지 않고 구름 속으로 흘러간다.

– 「이역의 달밤」부분[19]

　이 수필에서의 이역은 간도를 가리킨다. 강경애는 영하 40도를 오르
내리는 혹한과 농사를 지어놓고도 기한에 울고 있는 이주 조선인들을 수
탈하는 가렴주구의 간도 정치를 비판하는가 하면 황폐한 광야에 군경을
실은 트럭만이 종횡하고 비행기가 선회하는 것을 통해 혹한, 기아, 전쟁
의 공포에 뒤덮인 간도의 상황을 집약적으로 그려낸다. 한마디로 그것은
"군축(軍縮)은 군확(軍擴)으로, 국제협조는 알력으로, 데모크라시는 파
쇼로, 평화는 전쟁으로"라고 요약되고 있지만 1930년대 일제의 지배하
에 놓인 간도의 불안하고 공포스런 상황과 급박하게 변화하는 정세를 제
대로 그려내지도 못하게 만드는 일제의 검열을 이 대목은 고발한 것이
다. 즉 "붓을 들고 쓰지 못하는 이 가슴! 입이 있고도 말 못 하는 이 마음!"
은 다름 아닌 일제의 검열 때문이다.

　『신동아』(1933.12)에 발표된 「이역의 달밤」은 "대산림으로 쫓기어 xx
를 xxxxxx하는 그들! 이 땅을 싸고 도는 환경은 매우 복잡다단하다"처럼
복자 처리되어 있다. 「두만강 예찬」에서는 더 많은 대목에서 복자 처리가
되어 있어 일제의 검열이 점점 더 심각한 수준으로 악화해가고 있음을

---

19) 연변대학교 조선문학연구소 허경진 · 허휘훈 · 채미화 주편, 앞의 책, 693~694면.

보여준다. 그리고 이로 인해 작가의 표현의 자유가 심각하게 억압되고
훼손되고 있다는 데 대한 강경애의 답답한 심경이 드러나고 있다.

「간도의 봄」은 '심금을 울린 문인의 이 봄'이란 부제가 붙어 있다.

> 모아산(帽兒山)을 넘어오는 산산한 바람은 우리들의 옷깃을 향기롭게
> 스치고 돌아간다. 그리고 방망이 끝에 채어 오르는 물방울은 안개비가 되
> 어 보슬보슬 떨어진다. 나는 잠깐 봄에 취하여 어디라 할 곳 없이 바라보
> 고 있었다. 잿빛 벌 속으로 힐끔힐끔 보이는 중국인과 조선인의 초가며 그
> 위를 파랗게 달음질쳐 나간 봄 하늘, 그리고 두어 마리 산새 울음소리……
> 갑자기 프로펠러 소리가 머리 위에서 들리며 지나치다 앞산 위에다 쾅!
> 하고 폭탄을 던진다. 나는 공포에 가슴이 벌렁벌렁 뛰기 시작하였다. 뒤이
> 어 저편으로 사람들이 욱욱 밀려오기에 나는 그만 벌떡 일어나서 그들의
> 말을 개어 들으니 방금 비적(匪賊)을 내다 목 베는 것을 보고 오는 모양이
> 다.
>
> ─「간도의 봄」부분[20]

이 수필도 강경애가 일시 간도를 떠나 있던 시기에 쓴 것으로서《동아
일보》(1933.4.23)에 발표한 글이다. 인용문이 보여주고 있는 간도의 봄은
산산한 바람, 안개비, 초가지붕과 봄 하늘, 산새 울음소리 등 더할 나위
없이 평화롭다. 따라서 "잠깐 봄에 취하여" 보지만 그것은 잠시 잠깐의
평화일 뿐이다. 갑자기 프로펠러 소리가 들리고 앞산 위에는 쾅 하고 폭
탄이 투하된다. 뿐만 아니라 비적 떼가 우글거리고, 그들을 목을 베어 처
형하는 등 주민의 안전을 전혀 보장할 수 없이 흉흉한 곳이 바로 간도이

---

20) 위의 책, 689면.

다. 장소의 정체성은 도시나 경관의 물리적 외관에만 있는 것이 아니라 그것을 보는 사람들의 경험 · 눈 · 마음 · 의도 속에도 존재한다고[21] 할 때 강경애의 눈과 마음에 비친 간도는 일제의 침략전쟁으로 인해 빈곤뿐만 아니라 평화와 안정이 파괴된 진정성을 상실한 공간이다. 따라서 작가는 간도에서 자연이 아무리 아름다워도 진정한 장소감을 맛보지 못한 채 장소상실에 빠지게 된다.

> 시가에서는 군경을 실은 트럭이 종횡으로 질구(疾驅)하며 그 안에는 우렁차게 흘러나오는 승승(乘乘)의 군가(軍歌), 그리고 바람에 휘날리는 일장기로 시가를 단장하였다. 용정의 치안을 맡으신 만주국 경관 나리들은 이 모든 것을 얼빠지게 바라본다. 마치 탄알 없는 총 모양으로.
>
> -「간도의 봄」부분[22]

뿐만 아니라 「간도의 봄」에서는 일본 군경에 지배된 허울뿐인 국가인 만주국의 무기력한 모습도 묘사된다. 즉 만주사변 이후 시가지는 군경을 실은 트럭이 군가를 우렁차게 부르며 질주하고, 중국의 국기인 청천백일기가 아니라 일본의 국기인 일장기로 시가지가 새로 단장되어 있다. 하지만 만주국의 치안을 맡은 경관 나리들은 마치 탄알 없는 총 모양으로 무기력하게 그것을 얼빠지게 바라보고 있을 뿐이다. 즉 강경애는 일제의 지배하에 놓인 괴뢰국가 만주국의 무력한 모습을 "탄알 없는 총"이나 "얼빠지게"와 같이 표현함으로써 단적으로 드러내고 있다. 중국인도 아닌 이주 조선인들은 일본의 괴뢰국가로 변질된 만주국 간도에서 수시로

21) 에드워드 렐프, 앞의 책, 108면.
22) 연변대학교 조선문학연구소 허경진 · 허휘훈 · 채미화 주편, 앞의 책, 689면.

전쟁의 공포에 시달리고 생존의 안전이 전혀 보장되지 않는 위기 속에서 살아가고 있다는 것이다.

이처럼 간도는 일본의 침략전쟁으로 인해 일상적으로 전쟁의 공포와 생존을 위협받는 위험한 장소지만 경찰조차도 주민의 안전을 지켜주지 못한다. 그곳에서 경험의 주체인 작가는 결코 진정한 장소감이 아니라 비진정한 장소감인 장소상실에 사로잡힐 수밖에 없다. 「간도의 봄」에서 작가는 즐거워야 할 봄, 기뻐해야 할 봄이건만 불안과 공포에 휩싸여 있는 상황을 "인간 생존의 너무나도 봄답지 못한 살풍경"한 모습이라고 진술한다. 그리고 고향으로 돌아와서도 피에 물들인 간도의 봄을 잊지 못한다.

"기계문명의 이기는 벌써 이곳까지 개척하기 시작한다. 일반 만철(滿鐵) 경영으로 부설 중인 ?선 광궤(廣軌)철도는 그 시(時)로 이 경편 차를 구축할 것이며 동시에 대자본의 위세는 이 지방 샅샅이 미치고야 말 것이다"[23]에서는 광궤철도가 부설 중인 간도는 대자본의 위세가 지방 샅샅이 미치고 있어 침략전쟁과 자본주의에 침식당하고 있다는 것을 증언한다.

작가로서 한반도와 간도를 자유로이 왕래할 수 있었던 지식인 강경애의 입장은 생존의 제일선에 내몰렸던 이주 조선인들과는 다소 거리가 있을 수밖에 없다. 또한 원주민인 중국인의 입장과도 다를 수밖에 없다. 강경애는 반쯤은 내부자의 입장, 또 반쯤은 외부자의 입장을 취하고 있다 할 수 있을 것이다. 이처럼 내부와 외부의 경계인의 입장과 거리야말로 간도가 처한 상황, 더욱이 이주 조선인들이 처한 불안한 생존 상황을 보

---

23) 위의 책, 688~689면.

다 더 객관적으로 그려내게 만들었을 것으로 생각한다.

강경애의 수필들은 1930년대 만주사변 직후로부터 중일전쟁 시기의 간도를 감싸고 있던 불안한 전운을 생생하게 전달하며, 그곳이 결코 이주 조선인들이 꿈꾸던 기회의 땅이 아니라는 사실을 여실히 보여주었다. 간도는 겨울에 영하 40도를 오르내리는 혹한이 휘몰아치는, 즉 기후적인 측면에서 한반도보다 더 살기 어려운 곳이다. 경제적으로도 고물가와 굶주림에 시달려야 하고 제때 농사도 지을 수 없는, 결코 조선보다 나을 것이 없는 궁핍의 땅이다. 이주 조선인들은 가렴주구에 농사를 지어놓고도 기한(飢寒)에 울어야 했다. 더구나 강경애가 간도에 머물기 시작한 1930년대의 간도는 만주사변(1931) 이후 일제의 지배하에 놓이었고, 중일전쟁(1937)의 살육과 파괴를 준비하는 파쇼와 전쟁의 땅으로 변모하고 말았다. 강경애는 간도의 아름다운 자연과 계절을 내 것으로 즐길 수 없게 만드는 빈곤과 전쟁으로 인한 불안과 공포를 대조적으로 그려냄으로써 이주 조선인이 처한 척박하고 위험한 생존 현실을 강력하게 전달하고 있다. 간도 조선인들의 생존을 근본적으로 위협하는 것은 간도의 자연도, 원주민인 중국인도 아니다. 그것은 바로 간도에까지 침략의 손길을 뻗친 일본 제국주의와 자본주의의 위협이라고 할 수 있다. 따라서 강경애는 간도에서 진정한 장소감을 획득하지 못한 채 비진정한 장소감인 장소상실에 휩싸인다.

진정한 장소감이란 무엇보다도 자신이 내부에, 그 장소에 공동체의 일원으로 속해 있다는 느낌이다.[24] 하지만 간도는 이주 조선인들에게 공동체의 일원이라는 소속감을 전혀 느낄 수 없게 만드는 낯선 땅일 뿐만 아

24) 에드워드 렐프, 앞의 책, 150면.

니라 일본 제국주의의 지배하에서 빈곤과 전쟁의 공포에 시달리는 적대
적 공간이다. 따라서 그곳에 거주하며 살아가는 이주 조선인들은 진정한
장소감을 갖지 못한 채 장소상실에 빠져 있다. 간도는 풍요 대신 빈곤, 안
정 대신 위험, 평화 대신 파쇼와 전쟁의 땅이라는 장소정체성과 그곳에
서 이주 조선인은 진정한 장소감을 느낄 수 없다는 장소상실을 리얼리스
트 강경애는 섬세한 묘사적 문체로 생생하게 그려냈다.

3. 강경애 수필의 '고향'

고향인 조선으로 돌아가기 위해 열차를 타고 용정을 떠나 도문강(圖
們江) 안참(岸站)을 지나는 작가는 도문강, 즉 두만강 너머로 바라보이
는 조선 땅에 대해 다음과 같은 감회를 표출한다.

> 강물 사이로 바라보이는 조선 땅! 산색(山色)조차 이편과는 확연히 다
> 르다. 산봉이 굽이굽이 높았다 낮아지는 곳에 그침 없이 아기자기한 정서
> 가 흐르고 기름이 도는 듯한 떡갈나무와 싸리나무는 비오는 날 안개 끼듯
> 이 산봉 끝까지 자욱하여 푸르렀다.
>
> － 「간도를 등지면서」부분[25]

두만강을 사이에 두고 간도와 조선이 갈리는 지점에서 작가는 저편으
로 바라다보이는 조선 땅에서 그침 없이 흐르는 아기자기한 정서를 감

---

25) 연변대학교 조선문학연구소 허경진 · 허휘훈 · 채미화 주편, 앞의 책, 680면.

지한다. 그것은 아마도 고향과 조국에 대해서 느끼는 공동체적 일체감일 것이다. 그녀가 탄 열차는 아직 이편인 간도를 지나고 있는 중이지만 강경애는 바라다보이는 저편에 대해서 벌써 외부자가 아니라 내부자의 입장으로 자연스레 변화한다. 렐프는 지각 공간에 대해서 조르주 마토레를 인용하며 다음과 같이 말한 바 있다.

> "우리는 감각만으로 공간을 이해하는 것이 아니다…. 우리는 공간 안에서 살아가고, 공간 속에 우리의 인성을 투영하며, 공간에 감성의 끈으로 묶여 있다. 즉 공간은 단순히 지각되기만 하는 것이 아니라, … 인간의 삶이 이루어지는 곳이다." 즉 공간은 비어 있는 것이 아니라 인간의 의도와 상상 그리고 공간 자체의 특성, 이 양쪽에서 비롯된 내용과 실체들로 가득 채워져 있다. 이런 '실체적 공간'은 가시적인 것과 비가시적인 것의 변경이 되는 하늘의 푸르름이다. (중략) "그것은 우리가 지표면의 물질적 친밀감에서 느끼는 구체적이고 직접적인 경험이며, 뿌리내림이기도 하고, 지리적 실체를 위한 토대이다. 그것은 숲이라는 신비스럽고, 폐쇄적이고, 친밀한 공간일 수도 있고, 가볍게 춤추면서 우리의 느낌을 환상의 세계와 융합시켜주는 그림자, 반사광, 아지랑이, 안개가 있는 물과 공기의 공간일 수도 있다."[26]

즉 강경애는 두만강 강물 너머로 바라다보이는 조선 땅의 산색 하나에서도 무언가 표현할 수 없는, 간도와는 확연히 다르다는 느낌을 받는다. 그 다름이란 바로 고향과 자신도 알지 못하는 무의식적인 감성의 끈으로 연결되어 있는 공동체적 친밀감과 일체감일 것이다. 렐프가 말했듯이 강

---

26) 에드워드 렐프, 앞의 책, 44~45면.

경애가 지각하는 산봉우리와 계곡의 높낮이의 산세에서 그침 없이 느껴지는 아가자기한 정서, 조선의 산야 어디에서나 볼 수 있는 떡갈나무와 싸리나무들의 비 오는 날 안개 끼듯이 산봉 끝까지 자욱한 푸르름에서 받게 되는 신비스러움은 바로 바라보는 자아와 대상인 자연이 완전히 융합된 일체감이다. 아직 두만강을 건너지 못했기 때문에 가까이에서 만지고 냄새 맡고 느낄 수는 없지만 바라보는 시각적인 감각만으로도 친밀감과 일체감을 느끼기에 그 풍경은 충분하다. 그것은 주체가 장소의 심오하고도 상징적인 힘에 무의식적으로 관계를 맺고 있는 진정한 장소감이라고 할 수 있다.

> 내 고향 일우에 몽금포를 두고도 벼르기만 하고 한 번도 찾지 못하였다가 이번에 귀향하는 기회를 타서야 겨우 찾게 되었다. 그 이름이 전 조선적으로 알려진 그만큼 나는 커다란 기대와 흥미를 가지고 자동차 위에 몸을 실었다. 황막하기 짝이 없는 만주 벌판에서 자연에 퍽이나 굶주렸던 나이라 그런지는 모르겠으나, 어쨌든 내가 조선 땅에 일보를 옮겨놓은 그 순간부터라도 '조선의 자연은 과연 아름답다' 하는 감탄을 무시로 발하게 된다.
>
> 오랜 매우(梅雨) 때문에 도로는 상하여 평탄하지 못함인지 자동차는 노상 키 끼부릴 을 하나, 앞에 진개되어 나타나는 전원으로부터 불어오는 宁수한 냄새에 취하여 나는 괴로운 것도 미처 생각하지 못할 지경이었다.
>
> ─「어촌점묘(漁村點描)」부분[27]

위의 인용문은 고향으로 돌아와 몽금포를 찾았을 때의 감회를 적은 것

---

27) 강경애, 『강경애 문학전집1』, 37면.

이다. 몽금포는 황해도 장연군 장산곶 서쪽에 있는 항구로서 해수욕장은 흰 모래사장, 우거진 소나무 숲과 해당화가 어우러진 명승지로 유명한 곳이다. 이 수필에서 주목되는 것은 "황막하기 짝이 없는 만주 벌판에서 자연에 퍽이나 굶주렸던 나이라 그런지는 모르겠으나, 어쨌든 내가 조선 땅에 일보를 옮겨놓은 그 순간부터라도 '조선의 자연은 과연 아름답다' 하는 감탄을 무시로 발하게 된다"라는 대목이다. 황막한 만주의 자연과 아름다운 조선의 자연은 대조적으로 묘사된다.「간도를 등지면서」에서 우리 땅을 바라보는 것만으로도 일체감과 친밀감을 느꼈던 강경애는「어촌점묘」(《조선중앙일보》1935.09)에서는 일보를 내딛은 그 순간부터 아름답다는 감탄을 무시로 발하게 된다. 뿐만 아니라 "오랜 매우(梅雨) 때문에 도로는 상하여 평탄하지 못함"으로 울퉁불퉁하여 타고 가는 자동차가 위아래로 심하게 흔들려도 눈앞에 전개되는 풍경에 "전원으로부터 불려오는 구수한 냄새에 취하여 나는 괴로운 것도 미처 생각하지 못할 지경이었다"처럼 주관적인 감정상태가 된다. 즉 오랜 장마로 울퉁불퉁하게 패인 길이 평탄하지 못해 자동차가 심하게 흔들리는 것 따위는 전혀 문제가 되지 않는다. 무엇보다도 고향 땅에 대한 감각은 시각만이 아니라 후각적인 감각으로 다가온다. '구수한 냄새'는 어쩌면 농사짓는 퇴비의 역한 냄새일 수 있지만 그것조차도 악취가 아니라 구수함으로 친근감을 불러일으키는 것이다.

이 – 푸 투안이 "냄새에는 생생하면서도 정서적으로 충만한 과거의 사건과 장면들을 환기시키는 힘이 있다"[28]라고 했듯이 구수한 후각적 감각이 환기하는 것은 바로 어린 시절 고향에서 뛰놀며 경험했던 기억과 관

28) 이 – 푸 투안, 이옥진 역, 『토포필리아』, 에코, 2011, 29면.

련된 행복한 장소감일 것이다. 그것은 간도의 봄이 아무리 아름다워도 결코 느낄 수 없었던 친밀한 장소 경험이다. 물론 강경애의 수필들은 간도의 비진정한 장소감이 간도의 자연 경관 때문이 아니라 간도를 지배하고 있는 일본 제국주의의 침략전쟁으로 인한 빈곤과 전쟁의 불안과 공포 때문인 것으로 그려냈지만 그것이 전부는 아니었던 것이다. 즉 간도에서 강경애는 장소에 둘러싸여 그 일부가 되는 진정한 내부자는 될 수 없었기 때문에 간도는 여전히 낯선 공간, 미지의 적대적인 공간이 될 수밖에 없었던 것이다.

하지만 고향으로 돌아와 몽금포를 찾아갈 때의 '잠재의식적인 애착이 친숙함과 편안함, 양육과 안전의 보장, 소리와 냄새에 대한 기억, 오랜 시간 동안 축적되어 온 공동의 활동과 편안한 즐거움에 대한 기억'[29]들을 환기하며 곧바로 익숙하고 친근한 장소감과 애착에 사로잡히게 만든다. 그것은 자아와 대상이 일체화된 친밀한 장소경험이며, 고향에 대한 뿌리 깊은 애착이다.

　멀리 산록으로 농가들이 여기 오글, 저기 오글오글 모여 앉았고 그 앞으로 냇물이 시원하게 감돌아 내리며 마을을 싸고 날아다니는 새 무리들은 그 푸른 하늘에 한껏 자유롭다. 수수밭 위에 흰 구름이 산맥을 지어 거울 같으며, 때 만난 잠자리 떼는 분주하기 끝이 없다. 나는 이 모든 것을 바라보며 고요한 마음을 가져 보았다. 내 옷과 내 머리털에 바람이 훌훌히 감겨 돌아간다.

－「어촌점묘(漁村點描)」부분[30]

29) 이-푸 투안, 『공간과 장소』, 255면.
30) 강경애, 『강경애 문학전집1』, 37~38면.

강경애는 고향으로부터 농가들이 오글오글 모여 앉은 모습처럼 평화
로운 안정감과 동시에 새 무리들, 구름, 잠자리 떼처럼 무한히 자유로운
느낌을 받는다. 안정과 자유라는 어쩌면 공존하기 어려운 느낌, 경험 주
체가 느끼는 "나는 이 모든 것을 바라보며 고요한 마음을 가져 보았다"처
럼 고요한 평화와 일체감은 바로 토포필리아(topophilia)라고 할 수 있을
것이다.

> 바위와 바위 사이를 건너뛰어 나는 숨차게 걸어본다. 비록 조그만 돌이
> 지만 고산(高山)에 있노라 그런가, 검푸른 엄격한 빛을 띠우고 옹골차게
> 버티고 앉았다. 몇 천 년 아니 몇 만 년 동안을 예서 살아왔을꼬? 나도 이
> 바윗돌처럼 여기서 살고 싶어진다. 안개가 내 몸에 비단옷처럼 휘어 감긴
> 다. 산뜻하고도 매끄러운 감각이 내 머리끝에서부터 고무신 코에까지 휘
> 휘 드리운다.
> (중략)
> 산은 그 윤곽을 뚜렷이 허공에 내어던지고 있다. 이제 처음이건만 오래
> 사귄 구면처럼 반갑고 낯익어서 무어라고 말을 건네지 않고는 견디지 못
> 할 지경이다. 그 위에 휘황한 햇빛이 쫙 드리웠고 남빛 하늘이 촐랑촐랑
> 뛰어놀고 있다. 나는 가만히 두 손을 한데 모으며 눈을 감는다.
>
> 　　　　　　　　　　　　　　　　　　　　　　　　　－「약수」부분[31]

「어촌점묘」에서 풍경을 바라보며 느낀 '고요한 마음'과 「약수」에서 느
끼는 "바윗돌처럼 여기서 살고 싶다"라고 느끼는 정착에 대한 욕망과 "나
는 가만히 두 손을 한데 모으며 눈을 감는다"에서의 주체의 대상에 완

---

31) 위의 책, 35~36면,

전히 몰입되고 일체화된 감정……. 이는 고향의 자연 속에서 느끼는, 말로는 다 표현할 수 없는 마음의 고요한 안정감과 평화이자 강경애가 이국땅 간도에서는 결코 체험할 수 없었던 것으로 일종의 절정경험(peak experience)이라 할 수 있다. 그것은 '주변 환경과의 완벽한 일체감'이며, 토포필리아라고 부를 만한 진정한 장소감이다. 즉 강경애에게 고향은 정지이며, 개인들이 부여하는 가치들의 안식처이며, 안전과 애정을 느낄 수 있는 고요의 중심, 바로 이 – 푸 투안이 말했던 의미로 가득 찬 진정한 '장소'이다.

> 그 평화스러운 품안에 안기어 차츰차츰 잠들어가는 저 푸른 벌, 누가 감히 저들의 고운 꿈을 깨칠 수 있으랴.
>
> 이제야 농민들은 들로부터 돌아오는 모양입니다. 살았다 꺼지는 담뱃불이 여기저기서 나타나 보입니다.
>
> 그들의 솜같이 피로해 풀린 몸, 멀리서도 빤히[32] 보입니다.
>
> 그들은 언제나 이렇게 과도히 일을 하고도 호미 조밥조차도 배불리 먹지 못하는 신세이외다.
>
> (중략)
>
> 부인들은 그나마 잠조차도 못 얻어 자는 것이 이 농촌의 부인들입니다. 하루 종일 남편과 같이 일을 하고도 밤이 되면 빨래길해서 옷 꿰매느라, 내일 아침먹이 – 조를 찧어 밥을 만들며 밀을 갈아 죽을 쑬 준비를 하기에 그 밤을 새우는 것은 거의 늘 되다시피 하는 것입니다.
>
> – 「여름밤 농촌의 풍경 점점(點點)」부분 [33]

---

32) 원전에는 '빤드라미'로 적혀 있다.
33) 강경애, 『강경애 문학전집1』, 45~46면.

하지만 리얼리스트 강경애의 눈에 친숙하고 평화로운 여름밤 농촌 풍
경이 마냥 아름답게만 바라보이지는 않는다. 그녀는 저녁때가 되어 들로
부터 돌아오는 농민들의 솜같이 피로해 풀린 몸이 멀리서도 빤히 보인
다. 더구나 과도하게 노동을 하고도 농민들이 "호미 조밥조차 먹지 못하
는 신세"가 너무 가슴 아프다. 그뿐만이 아니다. 농촌의 부인들은 하루 종
일 남편과 같이 일을 하고도 밤이 되면 빨래질에 옷을 꿰매고, 아침먹이
를 준비하느라 밤을 늘 새우다시피 하는 성차별적인 가사노동에 시달려
야 하는 것을 강경애는 지적하지 않을 수 없다. 이 대목은 리얼리스트이
자 페미니스트로서 강경애의 시각이 돋보이는 서술이라 할 수 있다. 궁
핍한 농민에 대한 연민의 시각은 「내 꽃은 달다」(『신가정』1933.7)에서도
반복된다.

> 살 오른다는 이 바람! 농촌이 아니고서는 금을 준대도 얻어 보지 못할
> 이 바람은 가난에 쪼들려 여월 대로 여윈 농민들에게 아낌없이 쏟아져 흐
> 르고 또 흐릅니다. 못 입고 못 먹은 저들이언만 이 바람에는 용기를 얻는
> 가도 싶습니다.
> 그들의 되는 대로 쓰러져 자는 꼴이 보입니다. 담뱃대를 입에 문 채로
> 팔을 베개 삼아 혼곤히 잠들었습니다.
> - 「내 꽃은 달다」부분[34]

살이 오른다는 말이 나올 만큼 감미로운 바람은 가난에 쪼들려 여월
대로 여윈 농민들에게 아낌없이 쏟아져 흐르지만 농민들은 그 바람을 제
대로 즐길 사이도 없이 되는 대로 쓰러져 자고 있다. 담뱃대를 입에 문 채

---

34) 위의 책, 47면.

로 팔을 베개 삼아 혼곤히 잠들어 있다. 농민들의 노동의 고달픔이 이 한 장면에서 탁월하게 포착되어 표현되고 있는 것이다.

강경애는 고향으로 돌아와 장소에 대한 진정한 일체감, 토포필리아라고 할 만한 장소감을 경험하게 되지만 그 일체감 너머 농민과 여성들을 바라볼 때에는 리얼리스트이자 페미니스트로서 조선 농촌의 농민과 여성이 처한 객관적 현실을 진술하지 않을 수 없었다. 즉 고향은 강경애 개인에게는 내부자로서의 토포필리아라고 할 만한 주관적인 친밀감과 일체감을 경험하게 만드는 장소지만 객관적으로는 농민의 과도한 노동과 빈궁, 그리고 여성에게 차별적으로 부과된 가사노동에 시달리는 장소이기도 하다. 즉 고향으로 돌아온 귀향자의 주관적인 장소감 너머에서 작동하고 있는 식민지 조선의 농촌이 처한 객관적 장소정체성을 직시하며 강경애는 리얼리스트이자 페미니스트로서의 시각을 유감없이 드러냈다.

4. 나가며

이 글은 인문지리학의 시각으로 강경애 수필에 나타난 두 공간, 즉 간도와 고향에 대한 작가의 장소정체성, 장소감 등 장소를 중점적으로 살펴보았다. 간도는 이주 조선인들에게 낯선 공간일 뿐만 아니라 일본 제국주의의 지배하에서 빈곤과 전쟁의 공포에 시달리는 무장소성의 힘에 지배당하고 있으며, 진정한 장소감을 상실하게 만드는 장소상실의 적대적인 공간이다. 즉 풍요 대신 빈곤, 안정 대신 위험, 평화 대신 전쟁의 땅이라는 것을 강경애의 수필들은 여실히 보여주고 있다.

　조선과 간도를 자유로이 왕래할 수 있었던 지식인 강경애의 입장은 생존의 제일선에 내몰렸던 이주 조선인들과는 다소 거리가 있을 수밖에 없다. 강경애가 가진 반쯤은 내부자의 입장, 또 반쯤은 외부자인 경계인의 입장과 거리야말로 간도가 처한 상황, 더욱이 이주 조선인들이 처한 불안한 생존 상황을 보다 더 객관적으로 그려내게 만들었을 것으로도 생각한다.

　반면 조선의 고향은 강경애 개인에게는 내부자로서의 주관적인 친밀감과 일체감을 느낄 수 있는 토포필리아의 진정한 장소지만 다른 한편 객관적으로는 농민들이 과도한 노동과 빈궁에 처해 있고, 여성은 차별적인 가사노동에 시달리는 척박한 공간이다. 이러한 식민지 조선의 객관적 현실을 리얼리스트이자 페미니스트인 강경애의 수필들은 탁월한 묘사적 문체로 가감 없이 그려냈다.

　강경애에게 간도는 이-푸 투안의 표현을 빌자면 위협적인 공간이며, 고향은 친밀한 장소이다. 하지만 강경애는 친밀한 장소인 고향에 대해서도 주관적인 장소감 너머에서 작동하고 있는 객관적 현실에 대해서 냉정한 리얼리스트이자 페미니스트로서의 시각을 견지하고 있다.

－『문예운동』2022년 봄호(153호), 문예운동사, 2022.03

제2부

/

강경애 소설의 여성과 남성

3. 강경애 소설과 여성 지식인의 두 양상
- 「그 여자」와 「원고료 이백 원」을 중심으로

1. 들어가며

작가 강경애는 지식인에 대해 매우 비판적이었다. 가령 장편소설 『인간문제』(1934)의 신철 등 남성 지식인(신남성)에 대해서 기회주의적 인물로 그려냈다. 장편소설 『어머니와 딸』(1931~1932)에서도 동경 유학 후 교편을 잡고 나서 자신을 후원하고 헌신했던 기생 산호주를 배신하고 여학생과 결혼해버리는 고아 출신의 강수를 비롯해 옥이의 남편 봉준 등 남성 지식인에 대해서 신의를 저버리는 기회주의적인 인물로 그려내며 비판했다.

여성 지식인(신여성)에 대해서도 마찬가지이다. 「그 여자」(1932), 「유무」(1934), 「동정」(1934), 「원고료 이백 원」(1935) 등은 여성 주인공이 교사나 작가 등의 직업을 가진 지식인 소설이라고 할 수 있다. 위의 지식인 소설에서 작가는 여성 지식인의 허위의식에 사로잡힌 관념과 행동 사이의 괴리를 비판하고 있다.

지식인 소설(the novel of intellectuals)은 지식인이 주인공으로 등장하

고, 지식인의 세계관적 갈등을 모티프로 삼은 소설이다. 조남현은 지식
인 소설이 구비해야 할 요건으로 지식인이 주요 인물로 나타날 것, 현실
적 요구와 이상 사이의 갈등이 주요 플롯이 되어야 할 것, 지식인의 본질
과 역할 등에 관한 사유와 각성이 포함되어야 할 것 등을 제시했다.[1]

　우리 문학사에서는 1930년대에 지식인 소설이 유행했다. 백철은 채만
식의 「레디메이드인생」, 유진오의 「김강사와 T교수」, 이광수의 「흙」, 심
훈의 「상록수」, 박태원의 「소설가 구보 씨의 일일」 등을 지식인 소설의
범주에서 논한 바 있다.[2]

　위에서 언급한 강경애의 지식인 소설도 근대적 여성 지식인이 탄생한
1930년대라는 시대적 배경에서 창작된 것으로 볼 수 있다. 김미현은 지
식인 소설에 대한 학계의 논의마저도 남성중심적이라고 비판하며, 나혜
석의 「경희」, 김명순의 「탄실이와 주영이」, 강경애의 「원고료 이백 원」,
최정희의 「흉가」 등을 여성 지식인 소설의 범주에서 논의해야 할 것이라
고 주장했다. 특히 박화성의 장편소설 『북국의 여명』(1935)을 1920년대
~1930년대 식민지 조선의 현실을 수용하고 실천하는 여성 지식인의 탄
생을 보여주는 여성소설, 성장소설, 여성 지식인 소설로 규정하며 분석
한 바 있다.[3]

　이 글은 강경애의 단편소설 가운데 여성 지식인이 주인공으로 등장하
는 「그 여자」와 「원고료 이백 원」을 중심으로 여성 지식인(또는 신여성)
을 분석하고, 여성 지식인에 대한 작가의 태도가 어떠한가를 규명하도록

---

1) 조남현, 『한국 지식인소설 연구』, 일지사, 1884, 12면.
2) 백철, 『증보 신문학사조사』, 민중서관, 1953, 298~304면.
3) 김미현, 「여성 지식인 소설 연구 - 박화성의 『북국의 여명』을 중심으로」, 『이화어문
　논집』22, 이화어문학회, 2004, 115~137면.

하겠다.

기존 선행연구에서 정원채는 강경애의 지식인 소설의 전반적 유형과 특징을 분석하는 가운데 여성 지식인 소설을 주인공의 지식인적 관념성과 허위성에 대한 비판의식을 드러낸 작품으로 평가하였다.[4] 그리고 부분적이지만 송명희[5]와 김양선[6]은 강경애 소설에 등장한 지식인 여성의 자기반성 및 허위의식에 대해 논평한 바 있다.

2. 현실을 몰각한 여성 지식인 비판 – 「그 여자」

「그 여자」(『삼천리』 1932.09)의 주인공인 마리아는 조선의 최고학부를 마친 여류 작가에다 용정 정화여학교 교사로서 당대 최고의 지식인 여성이다. 삼인칭의 전지적 화자는 냉정한 태도로 주인공 마리아의 자아도취적 태도를 비판하고 동시에 냉철한 내면 분석까지 시도한다.

> 그에게 있어서는 어째서 자기가 이렇게 쉽사리 여류 작가가 되었는지 반성해 보려고도 하지 않았다. 그저 자기와 같은 재사(才士)는 드물다는 것 그것밖에는 없었다. 그러므로 누구를 대하든지 먼저 상대자가 마리아라는 자기의 이름은 말하지 않아도 다 알고 지나친 것으로 생각되었다.

---

4) 정원채, 「강경애의 소설에 나타난 지식인에 대한 인식」, 『현대소설연구』 42, 한국현대소설학회, 2009, 437~471면.
5) 송명희, 「강경애 문학의 간도와 디아스포라」, 『한국문학이론과비평』 12-1, 한국문학이론과비평학회, 2008, 7~33면.
6) 김양선, 「강경애 – 간도 체험과 지식인 여성의 자기반성」, 『역사비평』 35. 역사비평사, 1996.01, 346~363면.

길가에 나서면 모든 사람들의 눈이 자기 한 사람에게로 집중된 듯하며 그만큼 자기는 인기 인물같이 생각되었다. 무엇보다도 여자로서는 글 쓰는 사람이 적은 것만큼 자기 한 사람에게만이 가능하다고 인정됨으로써였다.

-「그 여자」부분[7]

인용한 부분은 마리아의 자아도취적인 태도에 대한 화자의 분석이다. 마리아는 여자로서는 드물게 자신이 작가가 된 사실에 도취하여 자신과 같은 재사가 드물다는 것, 길거리에 나서면 모든 사람의 시선이 자기에게 집중되며 스스로 이름을 말하지 않아도 상대방이 자신을 알아보는 인기 인물이라고 자평하는 등 허황된 자신감에 빠져 있다. 하지만 왜 자신이 그리 쉽사리 작가가 되었는지에 대해서는 반성이라곤 전혀 없는 인물이라고 화자는 논평한다.

그는 생김생김과 같이 감각이 예민하였다. 누구에게나 어느 시기에 있어서는 시 한 구 지어보지 않는 사람이 없고 소설 권이나 읽지 않는 사람이 없는 것처럼 시기가 시기인 것만큼 그에게 있어서도 애틋한 정서가 흘렀다.

그래서 그런지 그는 신문을 보거나 잡지를 대하게 되면 반드시 문예란부터 뒤져 보곤 하였다. 그래서 본 대로 몇 번 장난 비슷이 지어보다가 어떤 아는 남자 편지 화답 끝에 써 보낸 것이 동기로 그는 일약 여류 문사가 되어 버리고 말았다.

-「그 여자」부분[8]

---

7) 연변대학교 조선문학연구소 허경진 · 허휘훈 · 채미화 주편, 『강경애』, 보고사, 2006, 46면.
8) 위의 책, 46면.

신문이나 잡지의 문예란에 실린 글들을 모방하다가 우연한 기회에 작가가 된 마리아는 자아도취적 자만심과는 달리 막상 붓을 들고 글을 써보려고 할 때에는 생각이 홀랑 어디로 달아나버리고 마는 인물이었다. 즉 그녀는 어쩌다 문사가 되었다고는 하나 작가로서의 전문성이 결여된 아마추어에 불과했음에도 여류 작가라는 허황된 자만심에 빠져 있는 인물이다.

> 그는 젖통을 어루만지며 이 손이 만일 남자의 손이라면 하는 생각이 들자 갑자기 귀밑이 확확 달아 얼핏 손을 떼면서도 어떤 쾌감을 느끼었다. 그리고 옷을 끌어당기며 보니 벽에 걸린 면경 속으로 아름다운 그의 어깨 위가 둥그렇게 드러났다. 그리고 그 밑으로 칠 같은 머리카락이 구슬구슬 내리어 있었다. 이 순간에 그는 옷 입을 생각도 잊고 무엇에 홀린 사람처럼 한참이나 우두커니 앉아 있었다.
>
> ─「그 여자」부분[9]

뿐만 아니라 그녀는 거울을 바라보며 성적 존재로서 자아를 각성하고 자신의 몸에 대해서도 자아도취적 자신감에 빠져 있다. 하지만 삼인칭의 화자는 마리아의 문사로서의 재능 및 외모의 우월감에 대해서 매우 냉소적이다. 특히 지식인(작가 및 교사)으로서 농부들에 대한 왜곡된 인식과 태도에 대해서 더욱 비판적이다. 마리아는 얼두거우 예수교 안에 설치된 부인 청년회에서 농민들을 대상으로 연설을 하게 되는데, 그녀는 용정에 오기 전부터 농민에 대해 다음과 같은 편견을 갖고 있었다.

---

9) 위의 책, 45면.

그가 고향에서 본 농부들이란 오직 먹는 것과 애 낳는 것, 일하는 것밖에 아무것도 모르는 듯했다.

(중략)

농부들은 어디 농부들이나 마찬가지로 생각되었던 것이다. 제일 못난 것이 농부들인 동시에 제일 불쌍한 사람이 농부들이라고 생각되었다. 구하려야 구할 수 없는 그런 불쌍한 인간들로 생각되었던 것이다.

−「그 여자」부분[10]

즉 농부들이란 오직 먹는 것과 애를 낳는 것, 일하는 것밖에는 아무것도 모르는, 어디를 가나 제일 못나고 불쌍한 존재로서 구하려야 구할 수 없는 존재라고 본 것이다. 따라서 그녀는 얼두거우에 가서 농부들을 대상으로 연설을 하는 일이 어쩐지 불쾌하고 꺼림칙하여 가고 싶지가 않았다. 하지만 자신이 근무하는 학교 교장의 명령을 거스를 수 없어 가기는 가면서도 간도 농부들에 대한 관심보다는 농촌의 자연미를 구경하는 호기심이나 어떤 명작의 발상이나 얻을까 하는 기대를 가질 뿐이다.

문예가는 때때로 여행도 해야 한다더라 하는 생각을 하자 농부들보다도 농촌의 자연미를 구경하는 호기심 그것에서 어떤 명작이나 하나 얻을까 하는 바람이 그로 하여금 커다란 기대를 갖게 하였다.

−「그 여자」부분[11]

그녀는 강연장인 예수교회당에 들어서서도 방이 터지도록 모여든 농

10) 위의 책, 48면.
11) 위의 책, 49면.

부들의 농사를 짓느라 그은 모습을 흑인종으로 비하하는가 하면 바라보기에도 끔찍하다고 표현한다. 그리고 자신을 그들과 비교하며 "닭의 무리에 봉이 한 마리 섞인 듯하고 흑인종에 백인종이 섞인 듯한 느낌이었다"라고 자만심에 찬 표현을 하는가 하면 지레 그들이 자신을 얼마나 곱게 볼까 내 말에 얼마나 감복이 될까 하는 등 자아도취적 우월감에 사로잡힌다.

> 문안으로 들어서는 이마다 모두가 흑인종같이 보였다. 그 옷주제며 햇빛에 그을 대로 그은 얼굴들이 바라보기에도 끔찍하였다.
> 마리아는 입으로는 무엇이라고 지껄이면서도 속으로는 딴생각이 자꾸만 들어왔다. 말하자면 자기는 닭의 무리에 봉이 한 마리 섞인 듯하고 흑인종에 백인종이 섞인 듯한 느낌이었다. 따라서 저들이 나를 얼마나 곱게 볼까, 내 말에 얼마나 감복이 될까, 하는 생각이 들자 자기도 모르게 생각지도 않은 열변이 낙수처럼 떨어졌다.
>
> —「그 여자」부분[12]

우월감에 사로잡힌 마리아는 당일의 강연을 요한복음 3장 16절을 가지고 믿음이란 주제로 할 예정이었으나 주제를 한참 벗어나 노동자와 농민을 부르짖고 현대 조선의 사회상을 들추어내게 된다.

> 군중은 비 오다 그친 것처럼 잠짓하여 마리아의 놀리는 입술과 그 요리조리 굴리는 눈동자를 바라보았다. 어쩐지 자기들과는 딴 인종 같으며 따라서 열과 피가 없고 말하자면 어여쁜 인형이 기계적으로 말하는 듯한 –

---

12) 위의 책, 51면.

그의 입속으로 노동자 농민이 굴러 나올 때 황솔 거북스럽고도 미안하게 생각되었다. 그리고 저가 어떻게 노동자 농민을 알게 되었는가? 하는 의문을 품지 않을 수가 없었다.

마리아의 폐병자의 초기 같은 그의 얼굴빛이며 짙게 그린 눈썹 아래로 깜빡이는 눈만이 살은 듯하고 그 나불거리는 입술만이 마리아의 전체에 대하여서는 너무나 부자연한 듯하였다. 따라서 그들의 머리에는 '공부한 신여성' 무엇을 안다는 여자는 다 저 모양이지 하는 생각만으로 뚜렷이 짙게 되었다.

"여러분, 죽어도 내 땅에서 죽고요, 살아도 내 땅! 내 땅에서 살아야 한단 말이어요. 무엇 하러 여기까지 온단 말이어요! 네. 그렇지 않아요 네. 내 잔뼈를 이룬 땅이요, 내 다만 하나인 조업이란 말이지요! 여러분, 아십니까? 모르십니까? 산명수려한 내 땅을요!"

-「그 여자」부분[13]

그런데 마리아의 "열변이 낙수처럼 떨어"지는 자아도취적 달변과는 달리 연설을 듣는 농부들은 비 오다 그친 것처럼 잠잣할[14] 뿐 전혀 그녀의 말에 감동받지 못한다. 오히려 연사인 마리아를 자기들과는 딴 인종 같다고 느끼며 열과 피가 없는 어여쁜 인형이 기계적으로 말하는 듯하다며 거리감을 느낀다. 그리고 폐병지의 창백한 얼굴빛에 눈만이 살아있는 듯하고 나불거리는 입술만이 너무나 부자연스럽다는 등 부정적인 인상마저 받는다. 마리아로부터 받은 부정적 인상은 "'공부한 신여성' 무엇을 안다는 여자는 다 저 모양이지" 하며 신여성 전체에 대한 부정적 인식

---

13) 위의 책, 51~52면.
14) 잠잣하다: 시끄럽다가 갑자기 뚝 그치며 조용하다.

으로 확대된다. 그뿐만이 아니라 그녀가 농부들을 향해 왜 고향 땅을 떠나왔느냐며 눈물까지 흘리며 말하자 비웃음을 짓는가 하면, 더이상 참을 수 없어 뱃속 깊이 가라앉아 있던 분노가 폭발한다. 그들이 과연 고향을 떠나오고 싶어서 떠나왔더란 말인가?

> 손발이 닳도록 만지고 또 만져 손끝에서 보드라워진 그 밭! 그 밭이랑에 쌓여 있는 수없는 풀뿌리며 논귀에 숨어 있는 그 잔돌까지라도 헤아리라면 헤아릴 수 있는 그렇게 정들인 그 밭! 그 논을 무리하게 이유 없이 떼이었을 때, 아아, 그들의 가슴은 어떠했으랴!
> 그들의 즐거움과 기쁨이 있었다면 오직 이밖에 없었고 그들의 용기와 삶의 애착이 있다면 여기에 있었던 것이다.
> (중략)
> 군중의 눈앞에는 그 지주의 그 눈! 그 얼굴이 새삼스럽게 커다랗게 나타나 보이었다. 그리고 자기들이 쫓겨났던 그때 일이 다시금 나타나 보이었다.
>
> —「그 여자」부분[15]

왜 고향을 떠나왔느냐는 마리아의 현실과 동떨어진 힐책과는 달리 농부들은 즐거움과 기쁨, 용기와 삶의 애착을 가졌던 정든 논밭을 지주로부터 이유 없이 떼이고 간도로 쫓겨 올 수밖에 없었다. 간도로 이주할 수밖에 없었던 이주 농민들의 절박한 현실과 너무도 동떨어진 마리아의 연설에 농부들은 그들을 쫓아내던 지주의 눈과 얼굴이 새삼스럽게 떠오르고 자신의 땅에서 쫓겨나던 그때의 일이 다시 연상된다. 그리고 마리아

---

15) 연변대학교 조선문학연구소 허경진·허휘훈·채미화 주편, 앞의 책, 52면.

에게서 어여쁘고 귀여운 신여성의 모습이 아니라 그들이 극도로 미워하는 돈 많은 계집, 즉 유산자의 모습을 발견하며 미음 한 그릇 따뜻이 못 먹고 며칠 전에 죽은 그들의 아내며 누이며 딸들이 "이 여자를 곱게 먹이고 입히기 위하여, 공부시키기 위하여, 이 여자 살빛을 희게 하여주기 위하여, 못 입고 못 먹고 못 배우고 엄지손에 피가 나도록, 그 험악한 병마에 걸리도록 피와 살을 띄우지 않았던가"[16]라는 데 생각이 미친다. 즉 계급적 혐오가 일어난다. 그리고 마리아의 뒤에 둘러앉은 목사와 장로까지도 자기들의 살과 피를 빨아먹는 흡혈귀로 보이며 "갑자기 욱 쓸어 일어나게 된다. 그리하여 자기들도 모르는 사이에 교회당이 짓 모이고 종각이 쓰러졌다"처럼 폭력적인 집단행동을 표출한다. 뿐만 아니라 그들을 무시한 마리아에게도 폭력을 행사한다.

하지만 "마지막 비명을 토하는 종 옆에 갈가리 옷을 찢긴 마리아는 쓰러져서도 자기의 미모만을 상할까 두려워서 두 손으로 얼굴을 꼭 싸쥐고 풀풀 떨고 있었다"처럼 왜 농부들이 자신에게 분노를 표출하고 폭력을 행사했는지에 대해 그 어떤 성찰도 갖지 못한 채 단지 자신의 미모가 상할까 걱정할 뿐으로 몰지각한 모습을 보여준다.

농부들이 갑자기 집단폭력을 행사하게 된 것은 마리아가 그들의 간도 이주의 현실을 왜곡하며 고향을 떠나온 사실을 비난하고 질책했기 때문이다. 그들은 자발적으로 고향을 떠나온 것이 아니라 일제의 식민지 토지 수탈에 의해서 생존의 위기에 내몰리고 더이상 희망을 꿈꿀 수 없는 상황에서 어쩔 수 없이 정든 논밭을 떠나 간도로의 이주를 선택할 수밖에 없었다. 그런데도 간도로 이주한 농부들이 처한 절박한 상황에 대한

16) 위의 책, 53면.

정확한 인식도 없이 현실과 동떨어진 연설을 하다가 마리아는 마침내 농부들의 분노를 사고 만 것이다. 여류 작가에다 교사로서 최고의 지식인인 그녀는 자신을 '나는 조선의 최고학부를 마치었으며 더구나 조선에서 드문 여류 작가이고 게다가 어여쁜 미모의 주인공'이라는 자아도취적 우월감으로 농부들을 오직 먹는 것과 애 낳는 것, 일하는 것밖에 아무것도 모르는 못나고 불쌍한 존재로 폄하하고 깔보다가 마침내 집단폭행을 당하고 만 것이다.

반면 작가는 농부들을 아무것도 모르는 어리석은 존재가 아니라 자신의 고통스럽고 핍박받는 삶을 통하여 계급의식을 자각할 수 있는 존재이며, 그들을 멸시하고 착취하는 지주 등의 유산자들과 지식인 여성, 목사와 장로 등이 한통속의 유산계급이라는 것을 깨닫는 각성된 존재이고, 나아가 자신들이 받는 억압과 착취가 부당한 것이라는 것을 깨우치고 분노를 표출할 줄 아는 행동하는 존재로 그려냈다.

물론 농부들의 집단적인 폭력의 행동이 그들을 쫓아내고 착취했던 지주, 그 배후에 작동하는 일제강점의 식민지 지배를 향한 것은 아니었다. 그럼에도 민족의 현실을 왜곡한 지식인 여성, 목사와 장로까지도 그들을 지배하고 억압하는 지주계층과 동일한 계급이라는 깨달음을 얻는 존재로 농부들을 그려낼 수 있었던 것은 강경애가 마르크스주의 작가라는 사실과 관련된다. 이 작품의 폭력적 결말과 농부들의 계급의식 각성은 1920년대 신경향파 소설들과 궤를 같이한다고 할 수 있을 것이다.

이 소설에서 강경애는 간도로의 이주가 일제강점기의 체계적인 농민 착취와 궁핍화로 인해 어쩔 수 없이 이루어진 비자발적 선택이었으며, 결코 그들이 고국을 떠나고 싶어서 떠나온 것이 아니라는 것을 청중들의 마리아에 대한 분노, 그리고 주인공에 대한 화자의 비판을 통하여 분명히 하고 있다. 마리아는 별 노력 없이 여류 문사가 된, 즉 작가로서의 진정성이 결핍되었을 뿐만 아니라 자신의 미모와 작가라는 우월감에 도취된 인물이다. 뿐만 아니라 간도로 농민들이 이주할 수밖에 없었던 일제 강점의 침략적 현실에 대해 지극히 무지하고 고민이 없는 지식인 여성으로서 작중의 농부들에 의해서 응징되고, 화자에 의해서도 비판된다.[17] 이 작품에서 작가와 장로, 목사 등 지식인을 유산계급과 동일시하는 한편 농민을 무산계급과 동일시하는 계급적 인식을 보여주며, 무산계급의 입장에 서서 유산계급인 지식인의 허위의식을 비판하였다.

이러한 비판을 통해 강경애는 진정한 지식인이란 어떤 존재여야 하는가 하는 지식인의 본질과 역할에 대해 독자에게 질문을 던진다. 정원채는 이 작품을 지식인과 하층민 사이의 거리, 지식인의 관념성과 허위성이 시선의 교차·대비를 통해 효과적으로 제시된 작품으로 평가했다.[18] 하지만 이 작품은 단순히 지식인과 하층민의 거리가 아니라 자아도취적이고 몰지각한, 즉 지식인으로서의 본질과 역할에 대한 세계관적 갈등이라곤 전혀 찾아볼 수 없는 지식인 여성(신여성)을 비판함으로써 지식인의 본질과 역할이란 어떠해야 할 것인가를 질문한 지식인 소설로 읽을 수 있다. 하지만 마리아에 대한 비판을 농부들이 물리적 폭력을 통해 표출한 것에 대해서는 한마디 하지 않을 수 없다. 즉 강경애는 작가로서 폭력에 대해서 거의 무감각한 태도를 취한다. 이는 당대 신경향파 소설에서 나타난 폭력이나 방화, 그리고 살인을 통한 결말과 맥락을 같이한다.

이 작품에서 자신의 재능과 육체에 도취된 '마리아'와 같은 신여성의

---

17) 송명희, 앞의 논문.
18) 정원채, 앞의 논문, 444면.

이미지는 1920년대의 김명순, 나혜석, 김일엽의 소설에는 전혀 등장하지 않는 새로운 유형이다. 근대 여성작가 1세대인 김명순, 나혜석, 김일엽의 소설에 등장하는 신여성이 지닌 구시대의 이념과 가부장제에 저항하고 근대를 계몽하는 새 시대의 선구자로서의 이미지에 대해 작가가 우호적이었다면, 강경애의 「그 여자」에서 신여성(여성 지식인)은 이와는 사뭇 다른 부정적 이미지로 그려졌다. 즉 작가의 신여성에 대한 태도는 우호적이 아니고 부정적이다.

신여성은 여자고등보통학교 이상의 학력, 가정과 사회를 개혁시켜야 하는 중차대한 의무를 지닌 여성교육가, 문인, 화가, 음악가 등의 직업을 가지며 교육을 통해 과학적이고 합리적인 사고를 지닌, 구식을 벗어나서 새롭게 사는 방법을 배운 여성이다.[19] 한마디로 신여성은 "근대를 배경으로 신교육을 받아 전문적인 일을 갖고 자아실현을 추구하며, 봉건적 가족제도와 결혼제도에 저항하고, 주체적이고 자유롭게 살고자 하는 여성"[20]으로 규정할 수 있을 것이다.

그런데 「그 여자」의 마리아는 신교육을 받아 교사라는 근대적 직업을 갖고 여류 문사까지 되었지만 구제도에 저항하는 주체적이고 자유로운 여성이 아니라 신여성의 특권의식과 우월감에 사로잡혀 지식인으로서의 본질과 사명감을 몰각하고 도외시한 여성으로 작가에 의해 비판된다.

이러한 마리아의 이미지는 김동인의 「김연실전」(『문장』, 1939~1941)에 등장하는 '연실'과 매우 흡사하다. 「김연실전」은 근대 여류 문사 1기생에 대해 작품도 없이 남성 편력이나 일삼는 존재로 악의적으로 매도하며

19) 박용옥 편, 『여성: 역사와 현재』, 국학자료원, 2001, 155~156면.
20) 송명희, 「근대소설에 나타난 신여성 모티프」, 『인문사회과학연구』11 - 2, 부경대학교 인문사회과학연구소, 2010, 3면.

신여성 혐오증을 나타낸 작품이다.[21] 「김연실전」의 내포작가는 연실이 유학생 잡지에 시 한 편을 발표한 후 문인 행세를 하고, 선각자적 의식을 가진 데 대해 강한 야유를 보내며 혐오를 표출한다.[22] 「그 여자」의 '마리아'와 「김연실전」의 '연실'은 제대로 된 작품도 없이 우연히 작가가 된 상황이나 겉멋에 들어 문인 행세를 한다는 점에서 닮아 있고, 자기성찰이 없다는 점에서도 동일하고, 내포작가가 주인공에 대해 야유와 혐오를 보낸다는 점에서도 매우 닮아 있다.

「그 여자」는 지식인의 본질과 역할에 관한 진지한 고민이 결여되고, 겉멋에 도취되어 자만심에 빠져 있고, 간도 농민이 처한 이주 현실에 대한 인식마저 결여된 지식인 여성의 허위의식을 제삼자적 입장에서 비판한 소설로서 작가의 주제의식이 강렬히 부각된 작품이다. 작가는 마리아라는 인물에 대한 냉소와 혐오를 통해 당대 신여성의 부정적 측면을 비판하며, 진정한 지식인으로서의 역할과 사명은 어떠해야 하는가에 대해 질문을 던지고 있다.

3. 사회적 가치로서의 지식인의 역할 – 「원고료 이백 원」

「원고료 이백 원」(『신가정』1935.02)은 일인칭의 화자가 동생 K에게 보낸 서간체 형식의 단편소설이다. 김일엽의 「자각」(1926)이란 단편소설

---

21) 송명희, 「김명순, 여성 혐오를 혐오하다」, 『인문사회과학연구』18 - 1, 부경대학교 인문사회과학연구소, 2017, 125면.
22) 송명희, 「근대소설에 나타난 신여성 모티프」, 8면.

은 일인칭의 주인공이자 화자인 임순실이 친구에게 편지를 보내 남편과 시가로부터 받은 억울한 사정을 폭로하고 진정한 신여성으로 자각해 나가는 전말을 보여주었다. 반면 「원고료 이백 원」은 서간체 형식이란 점은 동일하지만 주인공이자 화자가 원고료 이백 원이란 거금을 손에 쥐게 되자 돈의 용처를 두고 남편과 갈등을 겪지만 결국 남편의 가치와 판단이 옳다는 깨우침을 획득하며 의식과 실천이 일치하는 마르크스주의자로 거듭나는 과정을 K에게 편지로 밝히는 이야기이다.

「원고료 이백 원」은 강경애의 자전적 소설로 알려져 있다. 즉 작품의 주인공이 받은 원고료 이백 원이 강경애가 장편소설 『인간문제』(1934.08~1934.12)를 《동아일보》에 연재하고 받은 원고료라는 것이다. 따라서 「원고료 이백 원」의 주인공은 「그 여자」의 마리아처럼 얼치기 여류 문사가 아니라 주류 신문사에 작품을 연재하고 당당히 이백 원의 원고료를 받을 만큼 유명 작가라는 점에서 큰 차이가 있다.

이 작품의 공간적 배경도 간도이다. 하지만 「그 여자」의 마리아와 달리 이 작품의 주인공은 K에게 보낸 편지에서 농부들이 간도로 이주할 수밖에 없었던 조선의 현실과 간도 이주민의 헐벗고 굶주리고 위험한 현실 - 여자들을 요리판과 부호의 첩으로 빼앗기며, 간도의 벌판을 헤매고, 토벌단의 총칼에 생명의 안전을 보장받지 못하고, 농사도 제대로 짓지 못하며, 산에서 나무도 할 수 없어 용정 같은 도시로 몰려드는 참상 - 을 직설화법을 통해 제대로 적시하고 있다.

지금 삼남의 이재민은 어떠하냐? 그리운 고향을 등지고 쓸쓸한 이 만주를 향하여 몇만의 군중이 달려오고 있지 않느냐. 만주에 와야 누가 그들에게 옷을 주고 밥을 주더냐. 그러나 고향보다는 나을까 하고 와서는 처자는 요리판에 혹은 부호의 첩으로 빼앗기고 울고불고 이 넓은 벌을 헤매지 않느냐. 하필 삼남의 이재민뿐이냐. 요전에 울릉도에서도 수많은 군중이 남부여대하여 상륙하지 않았더냐. 하여간 전 조선의 빈한한 군중은 아니 전 세계의 무산대중은 방금 기아선상에서 헤매고 있는 것을 너는 아느냐 모르느냐.

K야 이 간도는 토벌단이 들이밀어서 지금 한창 총소리와 칼 소리에 전 대중이 공포에 떨고 있는 중이다. 그러니 농민들은 들에서 농사를 짓지 못하였으며 또 산에서 나무를 베지 못하고 혹시 목숨이나 구해볼까 하여 비교적 안전지대인 용정시와 국자가 같은 도시로 몰려드나 장차 그들은 무엇을 먹고 살겠느냐. 이곳에서는 개 목숨보다도 사람의 목숨이 헐하구나.

-「원고료 이백 원」부분[23)

인용문에서 확인할 수 있듯이 작품의 주인공은 「그 여자」의 마리아와는 달리 현실 인식이 매우 적확할 뿐만 아니라 자신의 재능이나 외모에 대한 자아도취적 자만심 같은 것도 전혀 가지고 있지 않다. 그럼에도 불구하고 한 명의 여성으로서 소시민적 소비욕망으로부터는 자유로울 수 없다. 그녀는 거금의 원고료를 받게 되자 그동안 억제되었던 물건들을 사고 싶은 소비욕망에 사로잡힌다.

지금 생각하면 부끄러운 말이지만 우선 겨울이니 털외투나 하고 목도리, 구두, 내 앞니가 너무 새가 넓으니 가늘게 금니나 하고 가늘게 금반지나 하고 시계나…. 아니 남편이 뭐랄지 모르지. 그래도 뭘 내 벌어서 내 해 가지는 데야 제가 입이 열이니 무슨 말을 한담. 이번 기회에 못 하면 나는

---

23) 연변대학교 조선문학연구소 허경진 · 허휘훈 · 채미화 주편, 앞의 책, 119~120면.

금시계 하나도 못 가지게—눈 딱 감고 한다. 그리고 남편의 양복이나 한
벌 해 줘야지, 양복이 그 꼴이니.

-「원고료 이백 원」부분[24]

즉 자신의 털외투, 목도리, 구두, 금니, 금반지, 금시계를 비롯해 남
편의 양복을 사고 싶은 소비욕망에 사로잡힌다. 장 보드리야르(Jean
Baudrillard)는 현대사회를 소비사회로 규정하며, 소비사회는 이미지에
의해 꾸며진 과잉실재(hyper - reality)가 주도하는 소비와 성적 욕망에
충족되는 사회라고 했다. 소비사회에서 소비는 행복, 안락함, 풍부함, 성
공, 위세, 권위, 현대성 등에 소비의 본래적 의미가 있다고 주장했다.[25]

인용문에서 보듯이 주인공이 사고자 하는 소비 품목들은 겨울철이니
보온을 위한 털외투와 목도리가 필요하고, 친구에게 얻어 신고 있는 헌
구두가 너무 낡아빠졌으니 새 구두가 필요하고, 앞니 새가 너무 넓으니
금니가 필요하고, 결혼 때에도 금반지 하나 받지 못했으니 금반지가 필
요하고, 남편의 양복이 낡았으니 양복이 필요한 것이다. 즉 주인공은 살
아가는 데 필요한 소비욕망을 가졌을 뿐 결코 상품의 구입을 통해서 사
회적 지위나 위세를 드러내기 위한 과잉실재의 소비욕망을 가진 존재는
아니라는 것이다. 즉 보드리야르가 말한 위세나 권위 등을 나타내기 위
한 소비욕망과는 거리가 먼, 즉 마르크스가 말한 살아가는 데 유용한 사
용가치[26]로서의 소비욕망을 가졌을 뿐이라고 주인공은 생각한다.

---

24) 위의 책, 115면.
25) 장 보드리야르, 이상률 역, 『소비의 사회』, 문예출판사, 1997, 314~315면.
26) 사물의 유용성(usefulness) 또는 효용(utility)을 사용가치라 한다. 사용가치는 사용
   또는 소비함으로써 실현된다. 마르크스는 『자본론』에서 상품성을 갖고 있는 것, 상
   품이 교환될 수 있는 조건으로 측정된 '교환가치(exchange value)'와 그 상품을 소

더구나 주인공은 어린 시절부터 지독히 가난하여 늘 조밥을 먹어야 했고, 명절빔 한 번 제대로 얻어 입지 못했고, 학교를 다닐 때에는 학용품이 없어 동무의 것을 도둑질하였다가 벌을 받고 놀림을 받던 기억을 비롯하여 중학교 때는 돈이 없어 털목도리를 짤 털실을 살 수 없었고, 양산을 가질 수 없었고, 결혼 때에도 금반지 하나, 구두 한 켤레 받지 못했기에 원고료가 생긴 마당에 지극히 필요한 소비욕망을 가졌을 뿐이라고 생각한다. 이처럼 주인공은 자신이 왜 그와 같은 소비욕망을 가졌는지를 자신의 생애사를 돌이켜보거나 현재 처한 입장에서도 자신의 소비욕망이 결코 과잉의 실재가 아니라 사용가치로서의 소비욕망이라고 정당화하고 합리화할 만큼의 지적 능력을 갖춘 지식인이다.

> 응 너 따위는 백 번 죽여 싸다. 내 네 맘을 모르는 줄 아니. 흥 돈푼이나 생기니까 남편을 남편같이 안 알구. 에이 치사한 년 가라! 그 돈 가지고 내일 네 집으로 가. 너 같은 치사한 년과는 내 못 살아. 웬 여우 같은 년…. 너도 요새 소위 모던걸이라는 두리해능년이 되고 싶은 게구나. 아 일류 문인으로서 그리해야 하는 게지. 허허 난 그런 일류 문인의 사내 될 자격은 못 가졌다. 머리를 지지고 볶고, 상판에 밀가루 칠을 하고 금시계에 금강석 반지에 털외투를 입고 입으로만 아! 무산자여 하고 부르짖는 그런 문인이 되고 싶단 말이지. 당장 나가라!
>
> ― 「원고료 이백 원」부분[27]

유하고 있는 사람이면 누구든지 간에 그것의 사용 조건과 유용성으로 측정된 '사용가치(use value)'를 구별했다.

27) 연변대학교 조선문학연구소 허경진 · 허휘훈 · 채미화 주편, 앞의 책, 117면.

그러나 남편은 동지인 응호의 치료를 위한 입원비와 감옥에 간 친구 부인의 돌봄을 위해서 그 원고료를 사용해야 한다고 주장한다. 즉 남편은 아내의 소비욕망에 전혀 무관심할 뿐만 아니라 아내의 소비욕망이 잘못된 것이라고 비판한다. 즉 모던걸로서의 위세와 권위, 그리고 근대성을 드러내기 위한 차이에 대한 욕구와 관련된 소비욕망이라고 비난한다. "머리를 지지고 볶고, 상판에 밀가루 칠을 하고 금시계에 금강석 반지에 털외투를 입고"라는 빈정거림에서 드러나는 것은 겉멋에 든 신여성의 모습이다. 남편은 아내를 향해 '치사한 년, 여우같은 년, 모던걸이라는 두리해눙년'이란 욕을 퍼붓고, '입으로만 무산자를 부르짖는 형편없는 문인'이라 매도하며, 급기야 자신의 아내가 될 자격이 없다고 집에서 내쫓는다. 게다가 윙 소리가 나도록 아내의 빰을 후려치는 등 폭력까지 행사하며 부부는 극렬한 갈등에 빠진다.

원고료로 털외투와 금시계 등을 사고 싶어 하는 아내를 향해 속사포처럼 쏟아내는 남편의 비난 가운데서 주인공의 가슴을 가장 아프게 찌르는 말은 금시계와 금강석 반지에 털외투를 입고 입으로만 무산자를 부르짖는 '위선적 문인'이라는 말이다. 즉 관념과 실천이 일치하지 않는다면 진정한 마르크스주의 문학가가 결코 될 수 없다는 혹독한 비판이다.[28]

남편은 아내의 소비욕망이 상품의 구입을 통해서 신여성으로서의 자신을 돋보이게 하고 사회적 지위와 위세를 드러내기 위한 것이라고, 즉 마르크스가 말한 사용가치로서의 소비욕망이 아니라 소위 신여성으로서의 차이에 대한 욕망을 드러내는 것으로 파악하는 가치관의 차이를 드러냄으로써 아내와 극심한 갈등을 빚는다. 즉 남편의 가치관과 아내의

---

28) 송명희, 「강경애 문학의 간도와 디아스포라」, 21면.

여자로서의 소비욕망이 충돌한다. 하지만 아내가 자신의 소비욕망을 포기하며 남편의 뜻을 따르는, 즉 남편의 가치가 승리하는 것으로 둘 사이의 갈등은 해소된다.

문밖으로 내쫓긴 아내는 북풍한설의 칼바람과 눈발이 예리한 칼끝으로 피부를 찌르는 혹한의 체험 속에서 "나는 아직까지 몸이 성하다. 그리고 헐벗지는 않았다. 이 위에 무엇을 더 바라는 것이 허영 그것이 아니냐"라는 깨달음을 얻는다. 즉 자신의 소비욕망이 남편 동지들의 입원이나 그 가족들의 돌봄과 비교할 때에 생존이라는 관점에서 절박성이 떨어진다는 데 대한 자각을 얻는다.

그런데 남편의 주인공에 대한 폭력성에 대해서는 비판적 언급을 하지 않을 수 없다. 그것은 일종의 가정폭력이다. 남편은 자신의 가치를 주인공에게 일방적으로 강요했을 뿐만 아니라 육체적 폭력까지 구사했고, 북풍한설에 밖으로 내쫓기까지 했다. 더구나 그 돈은 남편이 아니라 주인공 자신이 번 원고료 수입이 아닌가. 추구하는 가치가 옳으면 상대방에게 자신의 가치를 설득이 아니라 언어적 신체적 폭력까지 행사하며 강요해도 좋다는 것인지 지적하지 않을 수 없다. 물론 가부장적 가정에서 흔히 볼 수 있는 현실감과 작품의 극적 효과를 위해서 그렇게 했다고 보이지만 폭력은 그 자체로서 결코 용납되어서는 안 된다.

강경애는 행여 자신이 입으로만 마르크스주의를 부르짖는 작가가 될까 봐 전전긍긍 자기성찰의 메스를 자아 내부를 향해 들이댔던 것으로 보인다. 즉 관념과 실천의 괴리를 두려워한 것이다. 그것은 금시계와 금강석 반지에 털외투를 입고 입으로만 무산자를 부르짖는 위선적 문인이라는 남편의 비난 속에 단적으로 집약되어 있다. 「원고료 이백 원」에서 작가의 주제의식은 남편의 의식을 통해 반영되어 있으며, 주인공은 그에 설득당하는 것으로 설정되었다. 이 작품은 마르크스주의 작가로서 강경애의 자기성찰과 자기반영적 작가의식을 뚜렷이 보여주고 있다.

> K야 나와 같은 처지에서 금시계 금반지 털외투가 무슨 소용이 있는 게냐. 그것을 사는 돈으로 동지의 한 생명을 구원할 수 있다면 구원하는 것이 얼마나 떳떳한 일이냐. 더구나 남편의 동지임에랴. 아니 내 동지가 아니냐. 나는 단박에 문 앞으로 뛰어갔다.
>
> ─「원고료 이백 원」부분[29]

작품의 결말에서 주인공은 편지의 수신인인 동생 K가 상급학교를 진학하지 못하게 되었다는, 그래서 스위트홈을 이루지 못할지도 모른다는 비관이 얼마나 값없는 비관인가를 지적한다. 그리고 책상 위에서 배운, 즉 관념적 지식은 이미 충분하다며 이제야말로 "실천으로 말미암아 참된 지식을 얻어야 할 때"이며, 사회적 가치를 떠나 교환가치를 향상시킴에 몰두한다면 그야말로 낙오자요, 패배자라고 충고한다.

> K야 너는 책상 위에서 배운 그 지식은 그것만으로도 훌륭하다. 이제야말로 실천으로 말미암아 참된 지식을 얻어야 할 때이다. 그리하여 너는 오직 너의 사회적 가치(社會的 價値)를 향상시킴에 힘써야 한다. 이 사회적 가치를 떠난 그야말로 교환가치(交換價値)를 향상시킴에만 몰두한다면 낙오자요 퇴패자이다. 이것은 결코 너를 상품시 혹은 물건시 하는 데서 하는 말이 아니오. 사람이란 인격상 취하는 방면도 이러한 두 방면이 있다는 것을 네게 알려 주고자 함이다.

---

29) 연변대학교 조선문학연구소 허경진·허휘훈·채미화 주편, 앞의 책, 118~119면.

- 「원고료 이백 원」부분[30]

위의 결말에서 강경애는 인간의 욕망을 실현시켜 주는 상품의 두 가지 가치, 즉 사용가치와 교환가치에 대한 자신의 견해를 분명하게 밝히고 있다. 그런데 마르크스가 『자본론』에서 말한 '사용가치'는 이 작품에서는 '사회적 가치'라는 말로 대체되고 있다. 개별 상품이 지니고 있는 유용성이라는 개념의 사용가치 대신 사회적 가치라는 말을 사용한 것은 상품과 인간을 구별 짓기 위한 것으로 보인다. 어떤 사물의 생산자 자신에 대한 것이 아닌 타인에 대한 사용가치를 사회적 사용가치라고 부른다고 할 때 강경애는 '사회적 가치'를 바로 '사회적 사용가치'와 동일한 의미로 사용한 것으로 보인다. 즉 강경애는 사회적 유용성을 사회적 가치라는 단어로 표현한 것 같다.

하나의 상품이 다른 상품과 일정한 비율로 교환될 수 있는 가치를 교환가치라고 할 때에 K에게 상급학교 진학은 스위트홈을 이루는 데, 즉 결혼시장에서 보다 나은 결혼조건, 즉 교환가치를 올려주는 것에 불과하므로, 이제는 사회적 실천을 통한 사회적 가치를 향상시켜야 한다고 주인공은 충고한 것이다. "너를 상품시 혹은 물건시 하는 데서 하는 말이 아니오. 사람이란 인격상 취하는 방면도 이러한 두 방면이 있다는 것을 네게 알려 주고자 함이다"라는 작품의 마지막 문장은 상품에 사용가치와 교환가치가 있다면 인간과 삶과 그 활동은 사회적 가치와 교환가치로 구분할 수 있다는 것이다. 그리고 진정한 마르크스주의 지식인이라면 교환가치가 아니라 사회적 가치를 실천하는 삶을 살아야 한다는 주장이다. 원고

---

30) 위의 책, 120면.

료를 자신의 소비욕망을 충족시키는 데 사용하지 않고 남편 동료들의 절
박한 생존을 위해 사용해야 한다는 남편의 질책을 주인공이 받아들였듯
이 동생 K에게 자신만의 교환가치를 높이는 교육과 배움이 아니라 사회
적 가치를 실천하는 삶을 살아나가는 것이야말로 진정한 지식인이 취할
바라는 작품의 주제를 진술한 것이다.

「유무」, 「동정」에서도 일인칭의 주인공 화자로 등장하는 여성 주인공
의 자기반성의 문제가 제기되고 있다. 「유무」는 작가로서의 정체성에 대
해서 진지하게 고민하는 주인공을 통해 작가로서의 역할과 본질에 대해
질문한다. 여기서 드러나는 것도 간도 이주민의 비참한 생활상이다. 가
족은 이미 해체되었고, 빚에 야반도주를 해야 하는 상황이다. 게다가 악
몽에 시달리는 등 정신적으로도 그들은 지극히 황폐해진 상태다. 이러한
상황에서 작가는 무엇을 해야 하는 존재인가를 작품은 질문하고 있다.

「동정」에서도 지식인인 일인칭 주인공의 자기반성이 나타나고 있다.
빚 때문에 창기로 전락하고, 자살로 인생을 마감한 간도 이주여성의 비
참한 죽음을 통하여 이주민들, 특히 몸으로 살아갈 수밖에 없었던 이주
여성의 생존의 절박성이 드러난다. 그리고 그런 여성에 대해 입으로는
동정을 보내면서도 막상 그녀에게 도움이 필요한 상황에서 그것을 외면
해버린 데 대한 지식인으로서의 자기반성이 작품에 짙게 나타나고 있
다.[31]

「원고료 이백 원」, 「유무」, 「동정」 등은 민족이 처한 현실과 간도 이주
민에 대한 지식인의 도덕적 윤리적 책임에 대한 진지한 고민과 세계관적
갈등이 드러난 여성 지식인 소설이라고 할 수 있다. 일인칭의 주인공이

---

31) 송명희, 「강경애 문학의 간도와 디아스포라」, 21~22면.

겪는 세계관의 갈등에서 강경애의 작가로서의 치열한 자기반성을 읽을 수 있다. 강경애는 관념만의 마르크스주의 작가가 되는 것을 늘 경계하며, 관념과 실천이 일치하는 완벽한 마르크스주의 작가가 되기 위해 끊임없이 자신을 향해 성찰의 칼날을 들이댔다는 것을 위의 작품들은 보여주었다고 생각한다.

4. 나가며

강경애의 많은 소설들은 이주 조선인들의 최후의 희망의 땅이었던 간도가 이들의 기대와 꿈을 어떻게 배반하는가를 다각적이고도 현실감 있게 증언해 왔다. 즉 기아와 궁핍으로부터 벗어나기 위해 고향을 떠나왔지만 당초의 기대와는 달리 간도라는 새로운 거주국에서 그들은 오히려 더 극심한 적빈에 시달린다. 이들은 가족마저 온전하게 유지하지 못한 채 가족 해체의 위기에 직면해 있다. 중국인 지주로부터는 경제적으로 착취당하고, 더욱이 여성들은 성적으로 유린당하거나 빚에 몰려 매춘의 길로 들어선다. 설상가상으로 토벌단으로부터 재산과 생명을 늘 위협받고, 항일운동을 하다가 감옥에 가거나 사형을 당하고, 농민들은 농사조차 지을 수 없는 불안한 상황에 처해진다. 즉 간도에서 살아간다는 것 자체가 험난한 투쟁과 고통의 연속이다.

이처럼 생존을 위협받는 간도라는 공간을 배경으로 「그 여자」와 「원고료 이백 원」은 여성 지식인을 주인공으로 내세우며 지식인의 본질과 역할에 대해 질문을 던진다. 「그 여자」에서는 자아도취와 겉멋에 빠져 간도의 절박한 현실을 외면한 여성 지식인에 대해 야유를 보내며 무산자인 농부들의 폭력적 응징을 통해 그 잘못을 비판하였다. 「원고료 이백 원」에서는 개인적 소비욕망을 합리화하는 데서 벗어나 동지들의 생존을 위해 원고료를 사용하겠다는 깨달음을 얻으며, 동생 K에게도 교환가치로서의 교육과 배움이 아니라 사회적 가치를 실천하는 것이 진정한 지식인의 본질이요, 역할이라는 것을 충고하는 여성 지식인을 그려냈다. 즉 입이나 글을 통해서만 무산자를 위하는 허위의식에 사로잡힌 작가나 지식인이 아니라 무산자를 위해서 그들의 고통에 공감하고 헌신할 줄 아는 실천적 롤 모델을 제시하였다.

강경애는 관념과 실천이 일치하는 완벽한 마르크스주의 작가가 되기 위해 끊임없이 자기성찰과 반성으로 자신을 채찍질했던 것으로 보인다. 그러한 작가로서의 내적 고민을 두 작품은 적절히 그려냈다.

-『문예운동』2022년 여름호(154호), 문예운동사, 2022.06.

4. 강경애 소설의 남성성 연구

1. 남성성과 그 유형들

『남성성과 문화』의 저자 존 베이넌(John Beynon)은 이 책의 서두에서 '남성성'은 수많은 남성들로 구성되어 있으며, 모든 남성들은 공통적으로 남성의 몸을 가지고 있지만 젠더, 즉 '남성다움'과 '여성다움'의 형식과 표현들은 무수히 많다고 했다. 그는 남성성에는 언제나 문화적 역사적 지리적 위치가 덧붙여지며, 남성(maleness)이 생물학적이라면, 남성성(masculinity)은 문화적이라고 했다. 그에 의하면 남성성은 개인들과 집단들에 의해 서로 다른 장소, 환경, 시대에 서로 다르게 형성되고 표현되는 문화의 소산이다. 남성성은 유전적 구성의 일부로 가지고 태어나는 것이 아니라 문화적으로 동화되어가는 것이다. 즉 문화적 방식으로 재생산하도록 학습한 사회적 행위 규칙들로 구성된다.[1]

남성성은 여성성(femininity)과 견주지 않으면 존재할 수 없는 관계적

---

1) 존 베이넌, 임인숙 · 김미영 역, 『남성성과 문화』, 고려대학교출판부, 2011, 13~15면.

개념이다.[2] 즉 생물학적 본질이 아니라 사회역사적이고 문화적인 투쟁과 변화의 산물이다.[3] 사회문화적으로 구성되는 남성성은 남성스러운 행동, 특징, 역할 등을 의미하는 젠더 정체성을 의미한다. 이는 한 개인이 태어나면서 갖는 생물학적 성(sex)과는 달리, 가정, 교육, 직업, 대중매체, 관습 등 여러 가지 사회문화적 제도를 통해 습득된다. 남성성은 국가, 사회, 종교, 사회 계층, 문화 등에 따라 다양한 형태로 존재하며, 사회문화적으로 상이하고 역사적으로 변화하는 다원적이고 유동적인 개념이다.

여성과 남성의 특성들을 통틀어 지칭하는 여성성과 남성성은 해부학적 구조, 외모, 젠더 정체성, 성 역할, 성적 지향, 문화적으로 결정된 사회 행동 등이 포함되며, 시대와 문화에 따라 달라져 왔다. 프로이트(Sigmund Freud)는 전기에 남성성/여성성의 양극을 적극성/수동성의 양극과 같은 것으로 보고, 여자의 적극성을 남성성으로, 남자의 수동성을 여성성으로 파악했다. 하지만 이와 같은 프로이트의 본질주의적 정의는 후기에 수정된다. 즉 남자와 여자 모두 적극성과 수동성뿐만 아니라 남성적 특징과 여성적 특징들도 함께 갖고 있다는 점을 인정했던 것이다. 칼 융(Carl Gustav Jung)은 남녀 모두 남성성과 여성성을 공유한 것으로 파악했으며, 남성 안의 여성성을 아니마(anima)로, 여성 안의 남성성을 아니무스(animus)라고 명명했다. 페미니즘 심리학자 샌드라 벰(Sandra L. Bem)은 '남성이나 여성은 모두 남성성과 여성성을 함께 가질 수 있으며, 양성의 균형과 통합을 이룬 양성성(androgyny)을 바람직한 인간적 자질로 파악했다.[4]

---

2) 코넬, 안상욱 · 현민 역, 『남성성/들』, 이매진, 2013, 112면.

3) 존 베이넌, 앞의 책, 98면.

4) 케이 듀오, 이혜성 역, 『남녀의 행동연구』, 이화여자대학교출판부, 1989, 201~218면.

서두에서 언급했듯이 남성성은 결코 단일하지 않다. 즉 복수성을 지닌다. 코넬(R.W. Connell)은 남성성을 헤게모니적 남성성, 종속적 남성성, 공모적 남성성, 주변화된 남성성 등 네 가지 유형으로 분류하였다.[5] 그 주요 개념을 요약하면 다음과 같다.

헤게모니적 남성성(hegemonic masculinity)에서 말하는 '헤게모니'는 사회적 삶에서 주도적 위치를 점유하고 유지하는 문화적 역할을 의미한다. 헤게모니적 남성성에 속하는 그룹은 그 위치가 고정되어 있지 않고 역사적 문화적 사회적 영향을 받아 유동한다. 헤게모니적 남성성은 기존 젠더 관계 패턴에서 헤게모니적 위치를 차지한다. 즉 사회적으로 실질적인 권력을 행사하는 남자들은 자신이 점한 지배적 위치에서 여성 위에 군림하려는 경향이 있다. 이는 이성애, 결혼과 연계되지만 권위, 제도적 권력, 그리고 육체적 강함과도 관계가 있다.[6]

종속적 남성성(subordinated masculinity)은 남성 집단 내에서 헤게모니를 갖지 못한 남성들, 예를 들면 동성애 남성을 비롯하여 이성애 남성과 남자아이들 중의 일부도 종속적 남성성에 속한다. 특히 동성애 남성성은 남자들 사이의 젠더 위계질서 밑바닥에 위치한다. 가부장적 이데올로기에서 게이다움이란 헤게모니적 남성성에서 상징적으로 추방된 모든 것의 저장고이다. 이는 쉽게 여성다움으로 동화되며, 여기에서 동성애 혐오에 대한 공격의 흉악함이 유래한다. 이성애 남성과 남자아이들 중 일부도 모욕적 의미가 여성성과 상징적으로 겹친다는 점에서 종속적 남성성이 명백하게 드러난다.[7]

---

5) 코넬, 앞의 책, 111~129면.
6) 위의 책, 123~125면.
7) 위의 책, 125~127면.

공모적 남성성(complicit masculinity)은 헤게모니적 남성으로부터 일반적으로 얻는 혜택과 이익을 누리는 남자들을 의미한다. 이 남성성은 가부장제 제일선의 부대가 되는 긴장과 위험을 감수하지는 않지만 가부장적 혜택을 실현한다는 의미에서 공모적이다. 이들은 아내와 어머니를 존중하고, 집에 가족 임금을 가져오지만, 페미니스트를 브래지어를 태우는 극단주의자라고 쉽게 확신하는 경향이 있다.[8]

주변화된 남성성(marginalized masculinity)은 소외된 남성성이라 칭한다. 이는 젠더 내부 질서의 관계가 아니라 계급이나 인종 같은 다른 구조와 젠더 사이의 관계를 의미한다. 주변화는 지배 집단의 헤게모니적 남성성에 권위를 부여하는 역할을 담당한다. 주변화와 권위 부여의 관계는 종속된 남성성들 사이에서도 존재할 수 있다.[9]

정희진은 한국 남성의 남성성을 분석한 「한국 남성의 식민성과 여성주의 이론」이란 글에서 한국의 남성성을 패권적 남성성, 주변적 남성성, 식민지 남성성으로 분류한 바 있다. 그가 말한 패권적 남성성은 '한 사회가 지향하는 대세 남성'을 의미한다. 주변적 남성성은 가난한 남성, 동성애자 남성, 장애인 남성, 학력이 낮은 남성, 병역 의무를 마치지 못한 남성, 즉 코넬이 분류한 종속적 남성성을 의미한다. 하지만 '종속적' 대신 '주변적' 남성성이라는 단어를 사용한 이유는 남성 계급 내부에서는 정치·경제적 약자의 남성성을 지칭하지만, 이들은 결코 그 자체로 약하지 않기 때문이다. 즉 주변적 남성성은 남성 문화 안에서는 중심을 지향하거나 비굴하고 의존적인 태도를 보이지만, 여성에게는 더 폭력적이고 강

---

8) 위의 책, 127~128면.
9) 위의 책, 128~130면.

한 남성성을 보이는 경우가 많다는 이유 때문이라는 것이다.[10]

정희진은 '식민지 남성성'에 대해 특히 비판적인데, 이는 식민 지배를 경험한 한국사회의 특성을 반영한 유형이다. 한국 남성은 국제정치, 즉 주변 강대국과의 관계에서 자신을 여성으로 자처하며 영원한 식민지 피해자로 위치 짓는다는 것이다. 식민지 남성성은 역사상 한 번도 외세와의 관계에서 한국 여성을 보호한 적이 없는 남성성이다. 이것의 가장 큰 문제는 자신의 성별과 정체성 등 존재의 모든 이슈를 강대국과의 관계로, 즉 모든 문제를 미국과 같은 대타자 때문이라는 전가와 투사의 메커니즘으로 환원시킨다는 것이다. 한국 남성은 미국 남성과 한국 여성에게 '당하는' 이중의 피해자로 위치 짓는, 자기성찰과 성장이 불가능한 존재라고 정희진은 신랄하게 비판한다.[11]

이 글은 코넬의 이론을 참고하되, 전적으로 그의 이론에 따라 강경애 소설의 남성성 유형을 분류하지는 않겠다. 왜냐하면 코넬의 이론이 강경애 소설의 남성성을 분석하는 데 큰 도움이 되는 것이 사실이지만 강경애가 소설을 썼던 1930년대의 한국사회에 완전히 부합하는 이론이라고는 생각하지 않기 때문이다. 따라서 나는 강경애 소설에서 드러난 남성성의 특성에 따라 그 유형을 도출하고자 한다. 즉 지배와 폭력의 남성성, 기회주의적 남성성, 좌절과 분노의 남성성이 그것이다.

이 글은 강경애의 대표작 『인간문제』(1934)를 비롯하여 『어머니와 딸』(1931), 「소금」(1934), 「지하촌」(1936), 「원고료 이백 원」(1935) 등의 주요 작품에 반복적으로 등장함으로써 유형화할 수 있는 남성 인물을 분

---

10) 정희진, 「한국 남성의 식민성과 여성주의 이론」, 권김현영 엮음, 『한국 남성을 분석한다』, 교양인, 2017, 27~56면.
11) 위의 논문, 56~66면.

석하여 남성성을 도출하고, 이에 대한 작가의 젠더의식도 함께 살펴보고
자 한다. 이 글이 시도하는 남성성 분석은 강경애의 문학을 페미니즘과
여성 인물에 국한하여 분석해왔던 기존 연구의 한계를 극복하고, 강경애
의 페미니즘을 새로운 방향에서 연구할 계기가 될 것으로 생각한다. 또
한 마르크스주의자 강경애의 이념이 어떻게 소설에 반영되어 남성 인물
들을 형상화했는가를 알 수 있는 좋은 기회도 될 것이다.

그동안 강경애 소설의 인물 연구는 대체로 여성에게 초점이 맞추어져
왔다. 다만 김남석은 『인간문제』한 편을 대상으로 남성 인물에 초점을 맞
추어 분석하였다. 그는 수탈형 남성상 정덕호, 소외형 남성상 신철, 각성
형 남성상 첫째 등으로 남성 인물을 분류하며, 그들이 각기 다른 계층의
입장을 대표하는 인물들로 형상화되었다고 해석한 바 있다[12]

2. 강경애 소설의 남성성과 그 유형

1) 지배와 폭력의 남성성

존 베이넌이 말했듯이 남성성은 특히 계급과 하위문화, 연령, 인종 같
은 지표에 의해 좌우된다.[13] 강경애는 마르크스주의자로서 계급문제 형
상화가 소설의 주요한 관심사였다. 이 글의 분석 대상이 된 다섯 편의 작
품은 「지하촌」을 제외하고는 주인공이 모두 여성이다. 따라서 남성은 대

---

12) 김남석, 「강경애 소설의 남성상 연구 ─ 『인간문제』를 중심으로」, 『한국문학이론과
    비평』38, 한국문학이론과비평학회, 2008, 103~127면.
13) 존 베이넌, 앞의 책, 15면.

체로 주인공인 여성의 상대역으로 등장하며, 지주, 지식인, 노동자(소작농, 장애인) 등 다양한 계층이 등장한다. 그런데 남성 인물들은 그가 속한 계급의 전형성을 띠고 반복적으로 등장하며, 남성성도 계급에 따라 유형화되어 재현되는 특징을 나타내는 것으로 파악된다.

그 중 대표적인 유형의 하나가 지배와 폭력의 남성성이라고 할 수 있다. 강경애의 소설에서 『인간문제』의 '정덕호', 『어머니와 딸』의 '이춘식', 「소금」의 중국인 '팡둥'은 모두 지주 신분의 헤게모니적 남성들이다. 이들은 남성 집단 내부에서 주도적이고 지배적인 위치를 점유하며, 젠더 관계에서도 자신의 지배적 위치를 이용하여 여성 위에 군림하고, 특히 하층계급의 여성을 손쉽게 착취하고 필요가 없어지면 버린다. 즉 지배와 착취, 그리고 폭력의 남성성을 드러낸다.

『인간문제』의 정덕호는 친일 지주로서 면장까지 겸한, 즉 마을의 경제권과 행정 권력을 모두 장악한 인물이다. 그는 주재소를 마음대로 주무르며 소작권을 통해 소작인들의 생사여탈을 장악한 막강한 권력자로 그려진다.

'선비의 아버지'는 그가 던진 산판에 맞아 죽었고, '풍헌 영감'은 고율의 소작료 수탈로 인해 부채에 시달리다가 추수할 논이 입도차압을 당하자 빈손으로 마을을 떠나고 만다. '개똥이'는 비료 값과 장리쌀 빚을 갚는 명목으로 농사지은 쌀을 저가에 그에게 다 빼앗긴다. '첫째'는 풍헌 영감과 개똥이에 대한 덕호의 불합리한 처사에 저항하다 소작마저 떼이고 만다. 이밖에도 마을의 남성들은 지주 정덕호에게 짓눌린 채 저항도 하지 못하고 지배당한다. 다만 첫째만이 정덕호의 불합리한 소작제에 저항하지만 그도 결국 도망치듯 마을을 떠난다.

이처럼 정덕호는 소작권을 빌미로 마을의 하층계급 남성들(소작인)

에 대해 총체적이고 구조적 횡포를 저지를 뿐만 아니라 철저한 남아선호 사상의 소유자로서 마을의 하층계급 여성들 위에 군림한다. 그는 아내가 아들을 낳지 못하자 아들을 낳기 위해 마을의 가난한 여성들을 차례로 첩으로 들였다가 낳지 못하면 쫓아내는 악행을 반복한다. 그 첫 희생자가 '신천댁'이다. 이어 '간난이'를 통해서도 아들을 얻지 못하자 그는 주인공 '선비'에게 마수를 뻗친다. 특히 딸 옥점이의 친구인 선비에 대해서는 그의 딸 옥점과 조금도 달리 생각하지 않는다는 둥 서울로 올려보내 공부시켜 주겠다는 둥 선심성 발언으로 환심을 산 후 일종의 그루밍 성범죄를 저지른다.

부모를 차례로 잃은 선비는 덕호의 음흉한 야심을 눈치채지 못하고, 자신의 아버지가 그로 인해 돌아가셨다는 사실도 알지 못한 채 그가 아버지와 같은 옹호자요, 보호자가 되겠다고 하는 말을 굳게 믿는다. 여러 차례 감언이설로 신뢰를 쌓은 후 정덕호는 선비의 몸을 "씩씩하며 그의 입에 닥치는 대로 모조리 빨아 넘"기는가 하면 "생선과 같이 매끄럽게 뛰노는 선비를 든 채 홀딱 들여 마셔도 비린내도 나지 않을 것 같았다"라는 표현에서 드러나듯이 망설임 없이 성폭력을 자행한다.

> 덕호는 씩씩하며 그의 입에 닥치는 대로 모조리 빨아 넘긴다. 선비는 덕호가 왜 이러는지? 아뜩하고 얼핏 생각나지 않았다. 그러고 그의 품을 벗어나려고 다리팔을 함부로 놀렸다. 덕호는 생선과 같이 매끄럽게 뛰노는 선비를 든 채 홀딱 들여 마셔도 비린내도 나지 않을 것 같았다. 그래서 그는 씨앗 틀을 발길로 차서 밀어 놓고 선비를 안고 넘어졌다. 그러고 치마폭을 잡아당겼다.[14]

---

14) 연변대학교 조선문학연구소 허경진·허휘훈·채미화 주편, 『강경애』, 보고사,

정덕호는 선비의 몸이라는 공간을 성적 욕망의 대상으로 대상화할 뿐만 아니라 아들을 낳는 도구로 객체화한다. 그는 지주의 헤게모니적 위력과 그루밍을 통해 선비의 몸을 자신의 성적 욕망을 실현하는 공간으로 점유한다. 그리고 그 욕망의 근저에는 여성을 아들 낳는 도구로 여기는 가부장적 의식이 강력하게 작용하고 있다.[15] 이처럼 일제강점기 반봉건적 농촌사회의 하층계급 여성들 – 신천댁, 간난이, 선비 등 – 은 지주 정덕호의 성적 욕망의 노예이자 아들을 낳는 도구로 객체화되고 피해자로 전락한다. 이처럼 헤게모니적 남성 정덕호는 지배와 폭력의 남성성의 소유자이다.

정덕호와 같은 지배와 폭력의 남성성은 『어머니와 딸』의 지주 이춘식에게서도 발견된다. 그는 주인공 옥이의 친모인 예쁜이를 첩으로 들인 헤게모니적 남성이다. 그는 소작농의 딸인 예쁜이를 호강첩으로 들인다고 데려갔지만 그녀를 제대로 사랑해 주지도 않는다.

> 남편 춘식이는 낮에는 어느 회사 사장으로 출근하고 밤이 되면 기생 아씨들에게 둘러싸여서 밤새우는 것이 거의 일과가 되다시피 하였다. 예쁜이를 같이 데려다 놓고는 마누라의 새우는 것도 돌아보지 않고 도리어 욕질까지 하면서 밤이 되면 끈히 건너오더니 며칠 지나서 역시 싫증이 났는지 발길을 뚝 끊어버리고 혹시 어쩌다 마주치는 때가 있어도 본척만척하여 두는 것이었다.[16]

2006, 527면.

15) 송명희, 「『인간문제』에 재현된 여성의 몸과 페미니스트 지리학」, 『문예운동』2022년 가을호(155), 문예운동사, 2022.09, 88면.

16) 연변대학교 조선문학연구소 허경진 · 허휘훈 · 채미화 주편, 앞의 책, 269~270면.

뿐만 아니라 그녀가 아들 대신 딸(옥이)을 낳은 후 그의 아내로부터 온 갖 구박을 받으며 궂은일을 하는 데도 전혀 무관심하다. 마침내 그는 딸 옥이를 빼앗고 예쁜이를 내쫓으려 하는데 예쁜이는 딸을 빼앗기지 않으 려고 항거한다. 이처럼 그는 자신의 일시적인 욕망을 위해 예쁜이의 인 생을 망쳐놓았고, 예쁜이 아버지의 소작마저 떼어버려 그녀의 가족을 모 두 죽음으로 몰아넣는다. 즉 예쁜이가 딸 옥이를 데리고 고향으로 돌아 온 후, 소작마저 떼이고 만 아버지는 이춘식에게 항의하기 위해 찾아갔 지만 뜻을 이루지 못하고 몇 달 후에 애통이 터져 죽고 말았으며, 어머니 와 남동생 세인마저 아버지를 찾으러 갔다가 그가 죽었다는 소식을 듣고 한강에 투신자살을 하는 등 가족 전체의 불행이 지주 춘식으로부터 야기 되었던 것이다.[17]

이처럼 이춘식은 소작인들의 위에 군림할 뿐만 아니라 여성을 지배하 고 착취하며 일시적 쾌락의 대상으로 소모적으로 이용하다 쉽게 버리는 인물이다. 그는 『인간문제』의 정덕호와 마찬가지로 지배와 폭력의 남성 성을 나타내는 인물이다.

「소금」의 중국인 지주 팡둥도 지배와 폭력의 남성성의 전형성을 벗어 나지 않는다. 그는 조선에서 이주해온 간도 지역 소작농들을 향해 막강 한 권력을 휘두른다. 조선 농민들은 피땀 흘려 농사를 짓고도 결실은 팡 둥에게 높은 소작료로 빼앗긴다. 그뿐 아니라 그들은 보위단과 자x단, 그 리고 마적단에게 나머지 곡식마저 빼앗기는데, 그들의 뜻을 거스르면 목 숨의 안전마저 위협당하기 때문이다. 이처럼 간도에 이주한 조선인들은

17) 송명희, 「강경애의 『어머니와 딸』과 모녀관계」, 『문예운동』2023년 여름호(158), 문 예운동사, 2023.06, 94면.

이중 삼중으로 생존권을 위협받는 경제적 고통과 목숨마저도 보장받을 수 없는 위기 속에서 살아간다.

주인공 봉염 모의 남편도 열악한 주거와 배고픔과 궁핍에 시달리며 간도에서 십여 년의 세월을 뼈 빠지게 일해 왔지만 누구의 총에 왜 맞아 죽었는지도 모르게 억울한 죽음을 당하고 만다. 의식주의 열악함과 궁핍을 넘어서서 생명의 안전조차 보장받을 수 없는 상황에서 농사지은 벼를 지주 팡둥에게 빼앗기고도 반항할 줄 모르는 채 봉염의 부모는 생존을 위해 팡둥에게 그저 비굴하게 굴 뿐이다.

팡둥은 가장이 누구에게 왜 맞아 죽었는지도 모르는 채 아들 봉식마저 가출을 해버려 소작조차 할 수 없게 된 봉염 모녀가 찾아오자 몇 푼의 돈이나마 주기 싫어 자신의 집에 두고 일을 시킬 생각을 한다.

> (전략) 모녀를 바라보는 팡둥은 난처하였다. 지금 저들의 눈치를 보니 자기에게 무엇을 얻으러 왔거나 그렇지 않으면 자기 집을 바라고 온 것임을 시간이 지날수록 깨달았다. 그는 불쾌하였다. 저들을 오늘로라도 보내려면 돈이라도 몇 푼 집어줘야 할 것을 느끼며 당분간 집에서 일이나 시키며 두어둬 볼까? 하는 생각이 어렴풋이 들었다. 팡둥은 약간 웃음을 띠었다.[18]

즉 집안일을 시키며 무임금으로 노동력과 성을 착취할 생각을 한다. 그는 봉염 모에게 옷감을 가져다주거나 먹을 것을 챙겨주는 등 거짓 친절을 베풀며 환심을 사다가 그의 아내가 친정에 간 틈을 타 성폭력을 자

---

18) 연변대학교 조선문학연구소 허경진 · 허휘훈 · 채미화 주편, 앞의 책, 363면.

행한다. "팡둥의 살찐 뒷덜미를 보았을 때 싫은 생각이 부쩍 들었"음에도 "그 얼굴은 무어라고 형용할 수 없는 무서움을 띠"고 있어 그를 따라갔다는 것, 죽기로써 반항하였지만 임신을 하게 된 것은 그 관계가 본인의 의사에 반하는 성폭력이라는 것을 증명한다. 봉염 모가 팡둥에게 역겨움을 느끼면서도 무서움을 느껴 따라갈 수밖에 없었고, 팡둥의 아이를 임신하게 된 것이 "자기의 죄 같지는 않았다"고 생각하면서도 선뜻 임신 사실을 말하지 못한 것은 그가 자신보다 권력과 부가 월등한 두려운 존재이며, 언제 쫓겨날지 모르는 사회경제적 약자였기 때문이다.[19] 즉 수전 부라운밀러(Susan Brownmiller)의 지적처럼 그녀는 신체적인 힘을 넘어서는 헤게모니적 남성의 위력에 굴복할 수밖에 없었던 것이다.

> 모든 강간은 힘을 행사하는 행위지만, 어떤 강간범은 신체적인 힘을 넘어서는 권력의 우위를 활용한다. 이런 부류의 강간범은 자신에게 유리하게 작용하는 제도적 환경을 이용하는 데 비해, 그런 환경에서 피해자는 문제를 바로잡을 기회를 거의 얻지 못한다. (중략) 이뿐만 아니라 강간범들은 피해자의 저항을 약화시키고 시야를 왜곡하며 의지를 교란하는 권위적인 위계 구조를 제공하는 정서적 환경이나 의존 관계도 활용한다.[20]

중국인 지주 팡둥과 이주 조선인 사이에는 계급적 차원을 넘어서서 간도의 소유국인 중국인과 이주 조선인이라는 민족적 위계서열까지 존재했다. 따라서 그는 이주 조선인을 "제도적으로 억압하고 신체적으로 테

---

19) 송명희, 「주인공의 분노감정과 계급적 자각 – 강경애의 「소금」을 중심으로」, 『문예운동』2023년 봄호(157), 문예운동사, 2023.03, 88~89면.
20) 수전 부라운밀러, 박소영 역, 『우리의 의지에 반하여』, 오월의봄, 2018, 394면.

러"[21]할 수 있었던 것이다. 어디 그뿐인가? 봉염 모처럼 남편조차 잃은 조선인 이주여성은 젠더 질서 내부의 권력 관계를 넘어서서 가장 열등한 주변적 위치를 접할 수밖에 없는 존재이다. 즉 팡둥은 봉염 모에게 계급의 차원, 민족의 차원, 그리고 젠더 차원에서 중첩되는 권력을 행사했다. 그는 지배와 폭력의 남성성을 넘어서서 쪼잔하고, 치사하고, 비열한 남성성의 소유자이다. 강경애는 팡둥을 통해 단순한 젠더 위계서열만이 아니라 지주 계급의 소작인에 대한 구조적 권력 관계, 그리고 간도로 이주했던 조선인에 대한 중국인의 지배 관계를 간도를 배경으로 중층적으로 형상화했다.

2) 기회주의적 남성성

코넬은 헤게모니적 남성성은 그 수가 적은 데 비해, 헤게모니에서 이득을 얻는 남성들은 많다고 보았다. "왜냐하면 남자들은 가부장적 배당금, 곧 전반적인 여성 종속의 결과로 남자들이 일반적으로 얻는 이익을 누리기 때문이다."[22] 이러한 남성성을 코넬은 공모적 남성성이라 명명했다.

코넬의 공모적 남성성에 유사성을 보이는 남성성은 『인간문제』에서 선비와 간난이가 취업한 인천 방적 공장의 감독들에게서 찾아볼 수 있다. 그들은 자본가 계급이거나 지주 계급이 아니면서도 그들을 대리해서 간난이와 선비 등을 비롯하여 가난한 여공 위에 막강한 권력으로 군림한

---

21) 코넬, 앞의 책, 129면.
22) 위의 책, 127면.

다. 그들은 그럴 듯한 감언이설로 공장의 불합리한 여러 제도와 계약조건 등이 직공들의 장래와 편의를 생각해주는 것이라고 거짓 선전하며 기만한다. 뿐만 아니라 상금제도를 빙자해 호시탐탐 얼굴 고운 여공들을 성적으로 농락한다. 그들은 헤게모니적 남성으로부터 일반적으로 얻는 혜택과 이익을 누린다는 점에서 기회주의적인 공모적 남성성의 소유자들이라고 할 수 있다.

강경애의 소설에서 『어머니와 딸』의 '강수'와 '봉준', 『인간문제』의 '신철' 등은 모두 근대교육을 받은 지식층 남성이다. 이들은 자본이나 땅을 가진 헤게모니적 남성은 아니지만 부르디외(Pierre Bourdieu)가 말한 지식이라는 상징자본을 가짐으로써 사회적 혜택과 이익을 누린다는 점에서 공모적 남성성에 가깝다고 할 수 있다.

이 가운데 가난한 고학생이었던 강수는 기생 산호주의 경제적 후원으로 일본 유학을 마친 후 교사가 되지만 그녀를 배신하고, 학벌 좋고 집안 좋은 여학생과 결혼한다. 그는 자신이 속한 주변적 지위로부터 탈출하기 위해 기생 산호주를 이용하여 유학한 후 교사라는 지위를 얻자 그녀를 배신한다. 그는 자신의 사회적 지위에 걸맞은 여성과 결혼하기 위해 자신을 사랑했고, 유학비를 지원한 산호주를 배반한 기회주의적 인물이다. 그는 신체적 폭력이나 헤게모니적 지위가 아니라 사랑이라는 감정을 이용함으로써 산호주로 하여금 자발적으로 헌신하도록 만든 위선적이고 기회주의적 남성성의 소유자이다.

산호주에게는 말 한마디 전함 없이 그곳 사립 모 여학교를 우수한 성적으로 졸업한 깨끗한 여학생과 드디어 약혼되어서 문밖 예배당 내에서 목사의 주례 하에 성대한 결혼식은 끝나고 말았다.

바로 결혼식을 열흘 앞두고 산호주를 찾아온 강수는 아무러한 눈치도
그에게 보이지 않고 간 후 발길을 뚝 끊고 말았다.[23)]

결혼을 하고 나서도 그는 자신의 배신에 대해 한마디의 사과도 하지
않은 채 산호주에게 계속 치근덕거리는 행동을 보인다. 그는 신의를 지
키지 않고, 비열하고, 파렴치하고, 무책임한 남성이다. 강경애의 소설에
서 근대교육을 받은 지식인 남성들은 대체로 기회주의적 속성을 가진 인
물로 제시되곤 하는데, 강수는 자신의 이해관계에 따라 행동하는 기회주
의적 남성성을 대표하는 인물이다.

『어머니와 딸』에서 산호주의 아들 '봉준'도 지식인 남성이다. 그는 어
머니의 유언에 의해 어머니가 친딸처럼 거둬 기른 연상의 옥이와 결혼하
지만 일본에 유학하여 숙희라는 여학생을 알게 된 후 짝사랑에 빠져 옥
이에게 이혼을 요구한다. 그는 방학이 되어 집으로 돌아와서도 다락을
지어 따로 기거하는가 하면 자신의 친구 재일에게 아내 옥이를 소개하여
둘이 잘 되기를 바라는 등 어이없는 행동을 한다. 끝내 숙희의 마음을 얻
지 못한 봉준은 자신의 잘못을 반성하고 이혼을 철회하며 아내를 설득하
지만 실패한다. 남편의 이혼 요구와 둘이 싸우지 말고 잘 살아야 한다는
시모(산호주)의 유언 사이에서 갈등하던 옥이가 한 남자에게 종속되어
울고 웃던 이전의 자신의 삶이 무의미하고 무가치하다는 것을 깨달은 이
후 이혼하겠다는 자신의 의지를 절대 굽히지 않았기 때문이다.

산호주와 강수 사이에서 낳은 아들 봉준은 어머니가 축적한 경제력으
로 일본 유학을 한 지식층 남성이지만 강수와는 달리 자신의 신분적 이

---

23) 연변대학교 조선문학연구소 허경진 · 허휘훈 · 채미화 주편, 앞의 책, 282면.

익을 위해 아내를 배신하는 남성은 아니다. 그의 이혼 요구는 당대 지식인 남녀의 트렌드인 자유연애라는 사랑의 감정 때문이다. 그는 아내 옥이에 대해 사랑의 감정을 느끼지 못한다며 이혼을 요구하지만 그녀로 하여금 교육만큼은 제대로 받게 하는 등 인간적 신의는 지켜나간다. 그는 강수처럼 비열하고 치사하며 지질한 남성이 아니라 자유연애라는 트렌드를 좇는 신남성으로서 아내 옥이에게 이랬다저랬다 하는 기회주의적 남성성을 지녔다.

『인간문제』의 '신철'은 어떠한가? 선비의 미모를 흠모하는 지식인 신철은 지주 정덕호의 딸인 옥점의 구애와 아버지의 결혼 강요를 거절하고 가출한다. 그는 인천의 부두노동 현장에서 첫째의 의식화 과정에 깊게 개입한다. 즉 첫째의 계급의식을 각성시키고, 부두노동운동의 조직활동에 끌어들이는 역할을 하는 한편 간난이의 공장노동운동에도 영향을 미치는 인물이다. 그는 자신의 입신출세보다는 노동자 계급과 연대하고 협동하며 노동운동을 이끌지만 부두노동파업 혐의로 검거되자 아버지의 설득과 판사가 된 친구 박병식의 회유, 그리고 형무소 생활의 고통을 이기지 못하고 전향한다.

그는 감옥에서 십 년 이상을 보내야 한다는 사실에 앞이 아뜩해지는가 하면, 아버지의 설득대로 했더라면 하는 후회, 꽃다운 청춘을 철창 속에서 썩힐 것에 대한 두려움에 사로잡힌다. 그리고 자신의 행동이 무의미한 희생이라고 생각하는가 하면 그처럼 생각하는 자신이 비열하고 더럽다고 여기며 자책하는 등 양가감정의 갈등과 번민에 시달린다.

오늘 아버지의 애원을 듣던 그때, 그리고 아버지의 파리해진 얼굴을 바라보는 그 순간에 자신의 그 비장한 결심이란 얼마나 약한 것이었던가?

신철이는 한숨을 후 쉬었다. 그때 이 형무소에 같이 들어온 밤송이 동무며 그밖에 여러 동지의 얼굴들이 번갈아 떠오른다. 특히 인천에 있는 첫째의 얼굴이 무섭게 확대되어 가지고 그의 앞에 어른거려 보인다. 신철이는 그 얼굴을 피하려고 눈을 번쩍 떴다. 어젯밤만 해도 첫째의 얼굴을 머리에 그려 보며 그리워하였는데, 이 순간에는 어쩐지 첫째의 그 얼굴이 무섭게 보였던 것이다.

(중략)

확실히는 모르나 미결에서 기결로 옮아가게 될 것도 일이 년은 걸릴 듯하였다. 그리고 다시 기결에 들어서는 십 년이 될지, 십오 년이 될지? 그것은 짐작할 수가 없었다. 그러나 십 년 밖이지 십 년 내로는 될 것 같지는 않았다. 그러니 일생을 이 감옥에서 보내지 않으면 안 될 것이었다. 생각만 해도 앞이 아뜩해졌다. 그때 그는 병식이를 생각하였다. 그리고 그의 하던 말을 곰곰이 되풀이하였다. 어제 병식의 앞에서는 그의 말에 구역증이 나고 듣기도 싫더니 불과 하루를 지난 오늘에는 그 말이 그럴듯하게 생각되었다.[24]

지식인 신철은 자기성찰이 가능한 인물로서 한때는 노동운동의 지도자로서 활동해온 이상 추구형 인물이었다. 하지만 철창에 갇히자 신념이 흔들리며 현실과 타협하고 마는 유약한 남성이다. 마침내 그는 전향하여 쁘띠부르주아적 삶으로 돌아간다. 즉 처음에는 지식인으로서의 사명감을 갖고 노동운동의 지도자로서 활동했으나 그의 사명감과 신념은 투철하지도 지속되지도 못했다. 종국에 그는 전향하여 M국에 취업하고 옥점으로 추정되는 부잣집 딸과 결혼함으로써 얻어지는 안락하고 편안한 삶

---

24) 위의 책, 655~656면.

을 선택한다. 신철의 전향은 1930년대 사회주의자들이 일제의 탄압과 회유로 전향한 시대상황을 반영하는 한편 작가는 그가 속한 쁘띠부르주아 계급의 속성으로 인해 전향은 필연적인 귀결인 것으로 설정했다. 신철도 결국 자신의 이해관계에 따라 움직이는 기회주의적 남성성의 인물이다. 김남석은 신철을 중간자적 입장과 새로운 대안을 제시하려는 소외형 남성으로 해석했지만[25] 이런 해석은 그의 전향 이후까지 읽었을 때는 부합하지 않는다.

지식인의 기회주의적 속성에서 유일하게 예외적인 인물은 「원고료 이백 원」에 등장하는 주인공의 남편이다. 그는 직업이 교사이다. 그는 아내가 받은 원고료 이백 원을 동지의 치료를 위한 입원비와 감옥에 간 친구 부인을 돌보기 위해 사용해야 한다고 주장한다. 그리고 아내의 소시민적 소비욕망에 대해 "치사한 년, 여우같은 년, 모던걸이라는 두리홰눙년"이란 욕을 퍼붓고, "입으로만 무산자를 부르짖는 형편없는 문인"이라 매도하며, 급기야 자신의 아내 될 자격이 없다고 집에서 내쫓는다. 게다가 윙소리가 나도록 아내의 뺨을 후려치는 등 신체적 폭력까지 행사[26]하는 남성이다. 작가는 주인공이 반성하며 남편의 주장을 수용하는 것을 통해 남편의 가치를 옹호하는데, 그 이유는 그것이 작가 강경애의 가치관에 부합하기 때문이다. 하지만 남편은 아내에게 자신의 가치를 강요하고, 집에서 내쫓고, 신체적 폭력까지 행사하는 남성, 즉 젠더적 관점에서 볼 때에 지배적이고 폭력적인 남성이다. 그러나 그는 지식층 남성의 기회주의적 전형성으로부터는 벗어나 있다. 작가는 남편의 아내에 대한 폭력성

---

25) 김남석, 앞의 논문. 107면, 124면.
26) 송명희, 「강경애 소설의 여성 지식인의 두 양상 - 〈그 여자〉와 〈원고료 이백 원〉을 중심으로」, 『문예운동』2022년 여름호(154), 문예운동사, 2022.06, 135면.

에 대해서는 문제를 제기하지도, 비판도 하지 않음으로써 반페미니즘적 태도를 보였다.

이처럼 강경애는 여러 작품에서 지식인 남성에 대해서 대체로 부정적으로 묘사했다. 이들은 헤게모니적 남성처럼 지배와 폭력의 남성성을 행사하지는 않는다. 그렇지만 지식이라는 상징자본을 가진 이들은 자신의 이익에 따라 신념을 버리기도 하고, 여성을 이용하기도 하는 기회주의적 남성성의 소유자들이다. 마르크스주의 작가 강경애는 쁘띠부르주아인 지식층의 타협적이고 기회주의적인 이중성을 폭력과 지배의 헤게모니적 남성 못지않게 비판적 시각으로 재현해냈다.

3) 좌절과 분노의 남성성

강경애의 소설에서 「지하촌」의 칠성, 『어머니와 딸』의 둘째, 『인간문제』의 첫째는 최하층의 빈한한 남성들이다. 이들 가운데 「지하촌」의 칠성은 가장 주변적인 남성이다. 후천적인 지체장애가 있는 그는 마을의 어린애들로부터도 놀림을 받고, 장애로 인해 정상적인 노동을 할 수 없어 거지 노릇으로 연명한다. 그는 시각장애가 있는 옆집 큰년을 짝사랑하지만 제대로 마음을 표현하지도 못한다. 그는 큰년을 위해 멀리까지 나가 동냥을 하여 그녀에게 줄 옷감을 사지만 갑자기 내린 비로 하룻밤을 노숙하며 돌아오지 못하는 사이 큰년은 첩을 여남은 명이나 둔 돈푼깨나 있는 남자에게 시집을 가고 만다.

장애인인 칠성은 자신의 장애에 대해서 다음과 같이 깊은 무력감과 좌절을 느낀다.

약만 먹으면 이제라도 내 병이 나을까, 큰년의 병도……. 아니야, 이미 병신이 된 담에야 약을 쓴다고 나을까. 그래도 알 수가 있나, 어쩌다 좋은 약만 쓰면 나도 남처럼 다리팔을 제대로 놀리고 해서 동냥도 하러 다니지 하고, 내 손으로 김도 매고 산에 가서 나무도 쾅쾅 찍어오고, 애새끼들한테서 놀림도 받지 않고……. 그의 가슴은 우쩍하였다. 눈을 번쩍 떴다. 병원에나 가서 물어볼까……. 그까짓 놈들이 돈만 알지 뭘 알아. 어머니의 하던 말 그대로 되풀이하고 맥없이 주저앉았다.[27]

이처럼 칠성은 신체적 기능장애 때문에 아버지가 부재하는 집안의 성인 남자로서 정상적 노동으로 가족을 부양할 수도 없고, 큰년을 연모하면서도 그녀가 팔리듯이 시집을 가는 상황에서 그 어떤 행동도 취할 수 없는 소외된 남성이다. 그의 신체적 장애는 인간 능력의 약화와 심리적 무기력을 초래하며, 결국 사회환경의 장애가 중층적으로 발생하여 인간으로서 정상적인 사회생활을 할 수 없는 불리한 조건 속으로 그를 몰아넣는다.[28] 따라서 그는 총체적인 무력감과 좌절에 휩싸여 있다.

『어머니와 딸』에서 가난한 과부의 아들이었던 둘째는 최용문의 일꾼(머슴)이다. 그의 어머니는 가난으로 인해 치료를 제때 받지 못해 죽고 만다. 둘째는 밤중에 의원을 데리러 가지만 거절당하고 집으로 돌아온다. 그는 어머니의 시체 앞에서 솟구치는 분노의 감정을 느끼지만 구체적 행동으로 나아가지는 않는다.

27) 연변대학교 조선문학연구소 허경진 · 허휘훈 · 채미화 주편, 앞의 책, 157~158면.
28) 송명희, 「장애와 질병, 그리고 빈곤의 한계상황 – 강경애의 〈지하촌〉을 중심으로」, 『문예운동』2022년 겨울호(156), 문예운동사, 2022.12, 88면.

뜨거운 눈물이 차디찬 송장 위에 한 방울 두 방울 떨어지기 시작하였다.
때마침 옆집 닭은 홰를 치고 꼬끼오 - 하고 울었다. 여기까지를 생각한 둘
째는 깊이깊이 가라앉았던 분까지 왈칵 닥쳐 몰려 하늘을 뚫을 듯하였다.
그는 두 주먹을 다져 쥐고 벌떡 일어났다"[29]

둘째는 고향에서부터 사모하던 예쁜이가 이춘식에게 딸 옥이마저 빼
앗기고 쫓겨날 위기에 처하자 돌연 나타나 이춘식의 상노를 밀쳐 죽인
죄로 경관에게 끌려가고 만다. 작품의 초반부에서 둘째의 예쁜이에 대한
연모의 감정이 상당한 분량으로 묘사되었고, 예쁜이가 이춘식 집을 나오
는 과정에 개입하여 살인죄로 끌려간 후 그가 어떻게 되었는지에 대해서
생략해버린 것은 이 작품의 서술상의 한계라고 할 수 있다. 어쨌든 둘째
는 사랑하는 여자를 위해서는 자신의 목숨도 아끼지 않는 헌신적 남성성
을 지녔다.

『인간문제』의 첫째는 어머니의 매춘과 지체장애가 있는 이 서방의 구
걸행각으로 연명하는데, 고율의 소작료와 소작권 횡포에 맞서 정덕호에
게 반항하다 소작마저 떼이고, 도망치듯 농촌 용연 동네를 떠난다. 인천
에서 부두의 하역노동자가 된 그는 착취적인 농촌을 떠나 도시로 왔건만
여전히 장시간 노동과 저임금, 그리고 열악하고 위험한 노동환경에 시
달린다. 그는 이곳에서 지식인 신철과 만남으로써 계급의식에 눈을 뜨며
부두노동자 파업 투쟁을 주도하는 인물로 성장한다. 그는 신철의 전향에
실망하고, 선비의 죽음에 좌절하며 노동운동을 주도할 주체는 여러 가능
성이 열려 있는 신철과 같은 지식층이 아니라 자신과 같은 다른 가능성

---

29) 연변대학교 조선문학연구소 허경진 · 허휘훈 · 채미화 주편, 앞의 책, 266면.

이 아예 배제된 노동자 계층이라는 것을 자각한다.

그의 전향에 대해 첫째는 "그렇다. 신철이는 그만한 여유가 있었다. 그
여유가 그로 하여금 전향을 하게 한 게다. 그러나 자신은 어떤가? 과거와
같이, 그리고 현재와 같이 아무런 여유도 없지 않은가? 그러나 신철이는
길이 많다. 신철이와 나와 다른 것이란 여기 있었구나"[30]라고 비판된다.
그는 그가 속한 계급적 기반으로 하여 결코 계급투쟁의 주체가 될 수 없으
며, 동시에 새로운 사회를 건설할 주체세력도 될 수 없다는 작가의식의 반
영이다.[31]

그런데 첫째의 노동운동가로의 성장은 단순히 신철의 지도에 의한 것
만은 아니었다고 할 수 있다. 왜냐하면 그는 농촌에서부터 소작농들이
받는 부당한 대우에 분노하고 저항하는 인물이었다. 따라서 그가 부두노
동운동의 주역으로 성장한 것은 기질적으로 분노하고 저항하는 남성성
을 지녔기 때문이다.

작가는 한때 노동운동을 지도하지만 변절하고 마는 지식인 신철과 같
은 쁘띠부르주아 계급의 인물이 아니라 철저한 프롤레타리아인 첫째나
간난이와 같은 의식화된 노동자들에 의해서만 인간문제가 해결될 것이
라는 결말을 제시했다. 작가가 제목으로 삼은 '인간문제'는 바로 계급 갈
등의 문제이다. 바로 그 문제를 해결할 혁명의 주체는 지식층이 아니라
소작 빈농의 아들과 딸이었다가 근대도시로 와 부두의 하역노동자가 된

---

30) 위의 책, 667면.
31) 송명희, 「『인간문제』에 대한 여성비평적 연구」, 『비평문학』11, 한국비평문학회,
1997. 245면.

첫째, 방적노동자가 된 간난이와 선비 같은 억압과 지배를 당하는 당사자인 피지배층 노동자들이라는 주제의식을 작가는 결말에서 명확히 하였다.[32] 하지만 그들이 과연 근대적 자본제의 공고한 지배체제를 뚫고 인간문제, 즉 계급 갈등의 문제를 해결할 수 있을 것인가 하는 질문에 작가는 직접 답하지 않은 채 열린 결말로 작품은 끝이 난다.

작가는 자신이 옳다고 믿는 가치에 반하는 행위나 사건이 일어날 때 일어나는 분노감정이야말로 인간문제 해결의 강력한 내적 에너지가 되리라고 전망했다. 하지만 장애인 칠성과 둘째는 무력감과 좌절감에 강하게 지배되어 억압과 착취를 당하는 사람으로서 당연히 가지는 분노와 저항, 그리고 이의 행동화로 나아가지 못하고 좌절한다. 다만 첫째만이 분노하고 저항하며 이를 행동화할 수 있는 남성성을 지닌 인물로 성장했다.

그리고 칠성, 둘째, 첫째는 모두 가난으로 인해 사랑의 감정을 느낀 여자에게 제대로 고백도 해보지 못한 남성들이다. 이들은 헤게모니적 남성으로부터 지배받는 최하층의 주변적 남성들로서 사랑하는 여자를 헤게모니적 남성에게 빼앗긴다는 공통점을 지닌다. 즉 그들의 순수한 사랑은 계층적 한계로 인해 성취되지 못하고 좌절된다. 그럼에도 그들은 여성을 지배하고 폭력을 행사하는 헤게모니적 남성들에 비해, 그리고 여성을 자신의 출세를 위해 이용하는 쁘띠부르주아 남성에 비해 여성을 돌보고 헌신하는 태도를 가진 순수하고 긍정적인 남성으로 그려졌다. 정희진의 "주변적 남성성은 남성 문화 안에서는 중심을 지향하거나 비굴하고 의존적인 태도를 보이지만, 여성에게는 더 폭력적이고 강한 남성성을 보이는

---

32) 송명희, 「『인간문제』에 재현된 여성의 몸과 페미니스트 지리학」, 96면.

경우가 많다"³³⁾라는 견해에 부합하는 남성인물은 적어도 강경애 소설에는 등장하지 않고 있다.

3. 결론

이 글은 강경애 소설의 남성성을 『인간문제』를 비롯하여 『어머니와 딸』, 「소금」, 「지하촌」, 「원고료 이백 원」 등의 주요 작품에 등장하는 남성 인물들을 분석하여 도출하였다. 강경애 소설의 남성성은 그 특징적 자질에서 볼 때 지배와 폭력의 남성성, 기회주의적 남성성, 좌절과 분노의 남성성 등 세 가지 유형으로 분류할 수 있다.

강경애 소설에서 도출된 지배와 폭력의 남성성은 『인간문제』의 지주 정덕호, 『어머니와 딸』의 지주 이춘식, 「소금」의 중국인 지주 팡둥에게서 발견할 수 있다. 일제강점기의 시대 상황에서 땅을 소유한 지주계급 남성들은 소작제도를 통해 남성(소작인)들 위에 군림하여 착취하고 지배와 폭력의 권력을 휘두른다. 마찬가지로 이들은 하층계급의 여성들을 성적, 경제적으로 지배하고 폭력을 행사한다.

기회주의적 남성성은 『어머니와 딸』의 '강수'와 '봉준', 『인간문제』의 '신철' 등 지식층에서 찾아볼 수 있다. 근대교육을 받은 지식층 남성들은 땅이나 자본을 가진 것은 아니지만 지식이라는 상징자본을 가짐으로써 가부장적 혜택과 이익을 누린다는 점에서 공모적 남성성에 가깝다. 이들은 자신의 이익에 따라 행동하고 여성을 이용하기도 하는 기회주의적 남

33) 정희진, 앞의 글, 51면.

성성의 소유자들이다. 다만 「원고료 이백 원」의 사회주의자 남편만은 예외적이다.

좌절과 분노의 남성성은 「지하촌」의 칠성, 『어머니와 딸』의 둘째, 『인간문제』의 첫째 등에서 발견된다. 이들은 모두 헤게모니적 남성들로부터 지배당하는 주변적 남성들로서 자신들이 처한 궁핍한 현실에 좌절하고 무력감을 느낀다. 하지만 이들 가운데 첫째만은 좌절과 무력감을 넘어서서 분노하고 저항하는 남성성을 발휘한다. 그는 농촌에서는 지주 정덕호의 횡포에 맞서 저항하다 도망쳤고, 인천에서는 부두노동운동을 주도하며 노동자들만이 계급혁명의 주체세력이 될 수 있다고 자각하는 인물이다. 작가는 현실의 부당함에 맞서 저항할 수 있는 분노감정이야말로 인간문제의 해결, 즉 계급혁명의 내적 에너지가 될 수 있다고 전망하며 첫째에게 희망을 건다. 그런데 이들은 모두 사랑하는 여자를 헤게모니적 남성들에게 빼앗기고 마는 공통점을 지닌다. 즉 이들의 순수한 사랑은 계급적 한계로 인해 좌절된다. 그럼에도 이들은 여성을 지배하며 폭력을 행사하고 착취하는 헤게모니적 남성들에 비해, 그리고 자신의 이익에 따라 여성을 이용하기도 하는 지식층 남성들에 비해 순수한 감정으로 여성에게 헌신하는 태도를 보인 긍정적 남성들이다.

이처럼 작가 강경애는 남성성의 형상화에서도 부르주아 남성에게는 지배와 폭력의 남성성을, 쁘띠부르주아인 지식층 남성에게는 기회주의적 남성성을, 프롤레타리아 남성에게는 좌절과 분노의 남성성을 부여했다.

한마디로 강경애는 남성성을 계급에 따라 구성되고 좌우되는 것으로 파악하였다. 따라서 남성 인물들은 그가 속한 계급의 전형성을 띠고 반복적으로 등장하며, 남성성도 계급에 따라 유형화되어 재현되는 특징을 나타낸다. 부르주아 남성의 지배와 폭력의 남성성, 쁘띠부르주아 남성의 기회주의적 남성성, 프로레타리아 남성의 좌절과 분노의 남성성 등 계급에 따라 달리 재현된 세 가지 유형의 남성성은 궁극적으로 작가의 마르크스주의적 세계관을 반영한다.

-『문예운동』2023년 가을호(159), 문예운동사, 2023.09.

제3부

최하층의 빈곤과 장애

5. 주인공의 분노감정과 계급적 자각
- 강경애의 「소금」을 중심으로

1. 들어가며

　강경애의 중편소설 「소금」(『신가정』5~10호, 1934.05~10)은 일본 제
국주의의 폭압적 식민통치와 수탈경제를 견디다 못해 고향을 등지고 이
주한 간도에서 우리 민족이 어떻게 고난의 삶을 살았는가를 주인공인 봉
염 모의 삶을 통해 극명하게 보여준다. 이 작품은 간도에서 남편과 자식
들을 차례로 모두 잃어가며 몸으로 살아갈 수밖에 없었던 조선 이주여성
의 적빈의 삶과 계급적 자아 각성을 주제로 삼고 있다.
　1930년대에 강경애가 실제로 거주했던 간도는 「소금」이라는 소설의
행동과 사건이 일어나는 물리적 배경으로서의 구체적이고 명시적인 장
소를 넘어서서 일제강점기 한민족의 디아스포라와 관련된 비극적인 민
족 체험을 담아낸 공간이란 의미로 확대되어 있다. 일제강점기 우리 민
족의 간도로의 이주는 단순한 공간상의 이동이 아니라 국내에서 국외로
의 이주이며, 일제의 토지 수탈과 식민지 자본주의화 과정에서 빚어진

민족의 비극적인 디아스포라이다.[1]

일제강점기 우리 민족은 일제의 토지조사사업(1910~1918)으로 인한 농민의 소작화와 동양척식회사 등에 의한 체계적인 착취를 견디다 못해 간도로의 이주를 선택하지 않을 수 없었다. 1930년에 이르렀을 때 간도 이주 농민의 수는 무려 60만 명에 달했다.[2] 따라서 「소금」에서 주인공 가족의 간도 이주는 우리 농민의 국외 이주의 전형적 형태의 하나로 파악할 수 있다.

「소금」의 발표연도는 1934년이지만 작품의 시대적 배경은 정확히 제시되어 있지 않다. 다만 〈제3회 해산〉에서 팡둥이 봉염 모녀를 집에서 내쫓을 때 "어서 나가! 만주국에서는 공산당을 죽이니깐"이라고 말한 것을 볼 때 1930년대 초반 만주국 성립 이후의 시기로 추측할 수 있다. 왜냐하면 일본은 만주를 침략전쟁의 병참기지로 만들기 위해 1931년 9월 18일에 만주사변을 일으켜 1932년에 만주 전역을 점령했고, 이어 괴뢰국가인 만주국 성립을 선포[3]했기 때문이다. 강경애는 이 작품에서 자신이 살았던 1930년대 초반의 간도 이주 조선인들이 겪은 고난의 삶을 주인공 가족을 통해 생생하게 그려냈던 것이다.

이상경이 「소금」을 간도문학이 우리 민족에 기여할 수 있는 최대치를 구현한 작품으로 평가한 바[4] 있듯이 이 작품은 강경애의 대표작인 장편소설 『인간문제』와 함께 비중 있게 평가되고 있다. 선행연구로는 「소금」

---

1) 송명희, 「강경애 문학의 간도와 디아스포라」, 『한국문학이론과 비평』 12-1, 한국문학이론과 비평학회, 2008, 8면.
2) 윤인진, 『코리안 디아스포라』, 고대출판부, 2003, 45~51면.
3) 송명희, 앞의 논문, 12면.
4) 이상경, 『강경애 - 문학에서의 성과 계급』, 건국대학교 출판부, 1997, 81면.

한 작품에 대한 개별 연구[5], 중국 여성작가와의 비교문학 연구[6], 강경애
의 다른 작품들과 함께 언급한 부분 연구[7] 등이 있다.

이 글은 「소금」을 '이주 조선인의 적대적 환경과 적빈의 삶', '모성애와
그 갈등', 그리고 '계급적 각성과 분노감정의 표출' 등의 순서로 분석하겠
다.

2. 이주 조선인의 적대적 생존 환경과 적빈의 삶

이 작품은 〈제1회 농가〉, 〈제2회 유랑〉, 〈제3회 해산〉, 〈제4회 유모〉,
〈제5회 어머니의 마음〉, 〈제6회 밀수입〉 등 총 6회로 분재하여 수록되고
있다. 〈제1회 농가〉의 발단 단계는 바가지 몇 짝을 달고 "마치 끝도 없는
망망한 바다를 향하여 죽음의 길을 떠나듯 뭐라고 형용하여 아픈 가슴
을 설명할 수 없었다"라는 표현처럼 불안하고 막막한 상태로 십여 년 전

---

5) 한만수, 「강경애 소금의 복자 복원과 검열우회로서의 '나눠쓰기'」, 『한국문학연구』
   31, 동국대학교 한국문학연구소, 2006, 169~191면. ; 김원희, 「강경애 「소금」의 개념
   적 은유 접근 방법」, 『인문학연구』41, 조선대학교 인문학연구원, 2011, 339~366면. ;
   정현숙, 「균열과 통합의 여성서사 – 강경애의 「소금」론」, 『한국문학이론과 비평』12
   –1, 한국문학이론과비평학회, 2008, 57~77면.
6) 최창륵 · 풍열, 「일제 강점기 한 · 중 이주민의 '만주' 체험과 근대적 각성 – 강경애
   「소금」과 뤼빈지 『국경선에서』의 비교문학적 고찰」, 『대동문화연구』101, 성균관대
   학교 대동문화연구원, 2018, 257~286면. ; 오경희, 「민족과 젠더의 경계에 선 여성
   의 이산 : 강경애의 『소금』과 허련순의 『바람꽃』 비교」, 『아시아여성연구』46-1, 숙명
   여자대학교 아시아여성연구원, 2007, 183~212면.
7) 김양선, 「강경애 후기 소설과 체험의 윤리학 – 이산과 모성 체험을 중심으로」, 『여성
   문학연구』11, 한국여성문학학회, 2004, 196~220면. ; 송명희, 앞의 논문, 7~33면. ;
   차성연, 「이주문학에 나타난 타자 재현의 문제 – 〈소금〉과 〈붉은 산〉의 '재만 조선인'
   재현을 중심으로 –」, 『한민족문화연구』38, 한민족문화학회, 2011, 423~449면.

고향을 떠나 간도의 농촌 지역인 '싼더거우(三頭溝)'[8]에서 중국인 땅을 얻어 농사를 짓게 된 상황을 전달한다. 봉염 가족이 이주한 싼더거우는 1920년에 청산리전투[9]가 일어났던 곳인 만큼 정치적으로 매우 예민한 지역이다.

이주 후 봉염 가족은 중국인의 땅을 얻어 농사를 짓게 되었지만 그들이 살아가는 나날은 적대적이고 불안한 상황에 지배되어 있었다. 왜냐하면 중국군대인 보위단(保衛團)들에게 날마다 위협을 당하여 죽지 못해서 그날그날을 살아가곤 하였기 때문이다. 농민들은 죽음의 위협으로부터 살아남기 위해 그들 몫의 돈이나 쌀을 준비해두지 않을 수 없었다. 그런데 공산당이 출현하자 지주와 보위단원들은 전부 도시로 몰리고 공산당이 있는 농촌 구역에는 들어오지 못했다. 그러나 다시 시국이 바뀌어 공산당이 쫓기어 들어가자 자x단[10]들이 나타났고, 농민들은 자x단들에게 다시 수탈을 당하는 상황에 처하였다.

즉 무장한 보위단과 자x단, 때론 마적단까지 출몰하여 착취하는 상황으로, 농민들은 하루도 마음 편히 살 수 없는 적대적이고 위협적인 상황

---

8) 중국 길림성 화룡현 삼두구(三頭溝)를 의미한다. 이곳은 청산리전투가 일어난 곳이다. 청산리전투는 독립군 3천여 명이 3만이 넘는 일본군을 청산리에서 대파한 한국 독립군의 3내 내첩 중 하나나. 1920년 10월 21일 중국 길림성 화룡현 삼두구 청산리 백운평에서 이범석이 지휘하는 북로군정서(총사령관 김좌진) 제2 제대가 일본군 보병 19사단 야스카와 지로의 전위부대 200여 명을 교전 20여 분만에 전멸시켰다. 첫 전투의 승리로 청산리전투가 시작된 것이다.
9) 1920년 10월에 김좌진의 북로군정서와 홍범도의 대한독립군 등 독립군 연합 부대가 두만강 상류에 있는 청산리 일대에서 일본군과 싸워 크게 이긴 전투이다. 크고 작은 전투가 약 일주일에 걸쳐 벌어졌으며, 청산리대첩은 이 전투들을 통틀어 이르는 말이다.
10) 여기서 자x단은 청나라 말기 중국 농민들이 결성한 무장 자위단을 의미하는 것으로 여겨진다.

에 처해 있었다. 그들의 총소리와 약탈이 두려워서 농민들은 마을에는
토담을 쌓아놓고, 집에는 부뚜막에 비밀 움을 파놓고 총소리가 나면 며
칠 동안이나 숨어 지내야 했다. 옷이나 곡식도 움에 넣어두고 조금씩 꺼
내놓고 먹곤 하는 불안하기 그지없는 나날을 보내야만 했다.

따라서 봉염 모는 용정에 있는 지주 팡둥이 왔다고 기별이 왔을 때, 혹
시 "자x단들이 또 돈을 달리려고 거짓 팡둥이 왔다고 하여 남편을 데려
가지 않는가" 의심하고, "한숨을 푹 쉬며 없는 사람은 내고 남이고 그저
죽어야 그 고생을 면할 게야 별 수가 있나 그저 죽어야 해" 하며 남편의
안위를 걱정했던 것이다.

귓가를 스치는 총소리에 주인공의 불확실한 불안은 현실적 공포로 구
체화된다. 전신이 피투성이가 된 아들 봉식이 목에 선혈이 샘처럼 흐르
는 남편을 내려 뉘었던 것이다. 즉 남편이 누군가의 총에 맞아 살해된 것
이다. 그런데 남편이 어느 편에 의해 살해당했는지 확실하지 않다. 왜냐
하면 전지적 화자는 보위단과 자x단, 그리고 마적단의 농민 착취를 언급
한 반면 공산당의 착취를 언급하지 않았고, 이미 공산당이 쫓기어 들어
간 상황에서 자x단들이 나타났다고 설명하고 있기 때문이다. 따라서 봉
염 아버지를 죽인 것은 자x단일 가능성이 크다. 하지만 봉염 모는 이를
판단할 만한 능력을 갖고 있지 않다.

주인공은 남편이 불려 나간 불안한 상황에서 햇빛 가득한 넓은 들판
을 바라보며 탄식한다. 왜냐하면 그 넓은 들판에는 자신 소유의 땅이 없
기 때문이다. 주인공의 탄식은 자신의 땅을 소유하지 못한 이주민으로서
의 소외의식에서 나온 것이다. 아무리 들판이 넓어도 그곳은 전부 중국
인 지주의 소유일 뿐 농민들은 피땀 흘려 농사를 짓고 곡식을 거두지만
그 결실은 대부분 지주가 가져간다. 그리고 나머지도 보위단과 자x단, 그

리고 마적단에게 빼앗겨야 하는 상황이다. 따라서 주인공은 들판에 대한 소속감과 애착 대신 이방인으로서의 소외감을 느낄 뿐이다. 이주하여 십여 년의 세월이 흘렀지만 자신의 땅을 소유하지 못한 주인공은 뿌리가 없는 무주거자이다. 그는 그 땅에 대한 실존적 내부성[11]을 가질 수 없는 외부자에 불과한 것이다.

> 그는 눈을 옮겨 저 앞을 바라보았다. 그 넓은 들에 햇볕이 가득하다. 그리고 조 겨 같은 새 무리들이 그 푸른 하늘을 건너질러 펄펄 날고 있다. 우리도 언제나 저기다 땅을 가져보나 하고 그는 무의식 간에 탄식하였다. 그러고 그나마 간도 온 지 십여 년 만에 내 땅이라고 뭇을 짓게 된 붉은 산을 보았다. 저것은 아주 험악한 산이었는데 그들이 짬짬이 화전을 일구어서 이젠 밭이 되었다. 그러나 아직도 완전한 곡식은 심어 보지 못하고 해마다 감자를 심곤 하였다.[12]

햇빛 가득한 넓은 들과 대조적인, 아직 곡식을 제대로 심을 수는 없지만 짬짬이 일군 자신의 화전이 있는 붉은 산을 바라보다가 주인공은 어느새 자신의 기름진 밭을 빼앗아간 고향의 참봉 영감을 떠올리며 증오심에 사로잡힌다. 그러다가 다시 "아무리 마음만은 지독히 먹고 애를 써서 땅을 파나 웬일인지 자기들에게는 닥치느니 불행과 궁핍이었던 것이다. 팔자가 무슨 놈의 팔자야 하느님도 무심하지 누구는 그런 복을 주고 누구는 이런 고생을 시키고……"[13]처럼 아무리 노력해도 빈곤을 떨칠 수

11) 에드워드 렐프, 김덕현 외 역, 『장소와 장소상실』, 논형, 2005, 125~126면.
12) 연변대학교 조선문학연구소 허경진·허휘훈·채미화 주편, 『강경애』, 보고사, 2006, 354면.
13) 위의 책, 354면.

없는 현실을 원망하며 팔자타령에 빠져든다.

부엌과 방안이 통해 있는, 돼지 굴이나 소 외양간 같은 열악한 주거환경에다 장을 담그고 음식의 간을 맞추는 소금조차 제대로 사 먹을 수 없는 식생활……. 이주 전 고향에서도 경험하지 못한 형편없는 식생활을 해야 하는 곳이 간도이다.

음식에 관한 허기와 갈망은 여성작가로서 강경애의 탁월한 묘사가 돋보이는 부분이다. 소금이 비싸 장도 제대로 담글 수 없고, 음식의 간을 맞출 수 없어 소금 대신 고춧가루를 넣어 먹던 남편이 매워서 눈이 빨개지고 이마에 땀방울이 맺히던 것, 팡둥의 성폭력으로 임신이 돼 입덧을 하는 동안 환장할 것처럼 먹고 싶던 냉면, 팡둥의 집에서 쫓겨나 해란강가 중국인의 헛간에서 출산한 후 극도의 배고픔에 한 그릇의 미역국을 갈망하지만 먹지 못하고 대신 파 뿌리를 씹어 먹어야 했던 허기, 봉염과 봉희 자매가 죽은 상황에서도 풍겨오는 감자 삶은 냄새에 "뜨근한 감자 한 톨 먹었으면 하다가 흥! 하고 고소를 하였다. 무엇을 먹고 살겠다는 자신이 기막히게 가련해 보였던 것이다"[14]라고 보여주던 자조…….

> (전략) 어쨌든 이곳 온 후부터 그는 소금 때문에 남몰래 운 적이 한두 번이 아니었다. 소금 한 말에 이 원 이십 전! 농가에서는 단번에 한 말을 사 보지 못한다. 그러니 한 근 두 근 극상 많이 산 데야 사오 근에 지나지 못한다. 그러므로 장 같은 것도 단번에 담그지를 못하고 소금 생기는 대로 담그다가도 어떤 때는 메주만 썩혀서 장이라고 먹곤 하였다. 장이 싱거우니 온갖 찬이 싱거웠다.[15]

---

14) 위의 책, 383면.
15) 위의 책, 355면.

(전략) 무엇을 좀 먹어야 할 터인데 그는 눈을 뜨고 사면을 휘돌아보았다. 아직도 헛간은 컴컴하다. 컴컴한 저편 구석으로 약간씩 보이는 파 뿌리! 그는 어제저녁에 주인 여편네가 오늘 장에 내다 팔 파를 헛간으로 옮겨 쌓던 생각을 하며 옳다! 아무 게라도 좀 먹으면 정신이 들겠지 하고 얼른 몸을 솟구어 파 뿌리를 뽑았다. 그러나 주인이 나오는 듯하여 그는 몇 번이나 뽑은 파를 입에 대다가도 감추곤 하였다. 마침내 그는 파를 입속에 넣었다. 그리고 우적 씹었다. 그때 이가 시큰하며 딱 맞질린다. 그래서 그는 얼굴을 찡그리며 입을 쩍 벌린 채 한참이나 벌리고 있었다.

침이 턱밑으로 흘러내릴 때에야 그는 얼른 손으로 침을 몰아넣으며 이 침이라도 목구멍으로 삼켜야 그가 살 것 같았다. 그는 다시 파를 입에 넣고 이번에는 씹지는 않고 혀끝으로 우물우물하여 목으로 넘겼다. 넘어가는 파는 왜 그리도 차며 뻣뻣한지, 그의 목구멍은 찢어지는 듯 눈물이 쑥 비어졌다. '파를 먹고도 사는가' 그는 이렇게 생각하며 헛간 문 사이로 보이는 하늘을 멍하니 쳐다보았다.[16]

열악하기 그지없는 주거와 늘 배고픔에 시달려야 하는 궁핍 속에서 십여 년의 세월을 뼈 빠지게 일하며 불안하게 생존해 왔던 남편이 누구의 총에 왜 맞아 죽었는지도 모르게 억울한 죽음을 당하고 만 것이다. 이처럼 의식주의 열악함과 궁핍을 넘어서서 생명의 안전조차 담보되지 못한 간도 이주 조선인이 겪은 수난의 생존현실을 강경애는 폭로하고 있다.

여름내 농사지은 벼를 지주 팡둥에게 전부 빼앗기고도 반항할 줄 모르는 채 비굴하게 구는 부모와는 달리 딸 봉염은 학교 선생님으로부터 배운 생각대로 "어머니, 왜 돈 없는 것을 알아야 해요. 운동화는 왜 못 사줘

---

16) 위의 책, 374면.

요. 오빠는 왜 공부 못 시켜요!"라고 반항한다. 그리고 그가 운동화를 신고 싶어 한 것이 결코 잘못이 아니라고 생각한다. 간도에서 학교의 교사가 이주민의 의식 계몽에 어떤 역할을 했는가를 암시하는 대목인데, 어린 봉염의 의식을 통해서 작가는 불공정한 현실과 빈곤의 부당성에 문제의식을 제기하고 있다.

봉염과 마찬가지로 아들 봉식도 아버지가 살아생전에 이주 농민들을 착취해가는 팡둥과 자x단원들에게 고맙게 구는 것을 두고 그것이 그르다고 아버지와 언쟁하였었다. 하지만 아버지가 막상 총에 맞아 넘어진 것을 보자 분노가 끓어오르며 누가 옳고 그른 것인지 분간할 수가 없이 머리가 아뜩해진다. 봉식은 장례를 치른 후 바람을 쐬겠다고 나가서 그 봄이 다 지나도록 돌아오지도 않고 소식마저 끊어버린다. 봉식의 가출은 더이상 아버지처럼 착취당하는 농민으로 살다가 죽지는 않겠다는 결단을 보여준 행동이라고 할 수 있다. 주인공은 아들을 찾아 용정으로 가 봉식이 고학이라도 하지 않나 하여 학교란 학교를 모두 기웃거렸으나 찾지 못한다.

모녀는 할 수 없이 팡둥의 집을 찾아가 무급으로 가사노동을 해주며 머문다. 뜻밖에도 옷감을 가져다주거나 먹을 것을 챙겨주는 등 친절을 베풀던 팡둥은 그의 아내가 친정에 간 틈을 타 봉염 모에게 성폭력을 가한다. "팡둥의 살찐 뒷덜미를 보았을 때 싫은 생각이 부쩍 들었"음에도 "그 얼굴은 무어라고 형용할 수 없는 무서움을 띠"고 있어 그를 따라갔다는 것, 죽기로써 반항하였지만 임신을 하게 된 것은 그 관계가 본인의 의사에 반하는 성폭력이라는 것을 방증한다. 주인공은 팡둥의 아이를 임신하게 된 것이 "자기의 죄 같지는 않았다"고 생각하면서도 선뜻 그에게 임신 사실을 털어놓지 못한다.

주인공이 팡둥에게 역겨움을 느끼면서도 무서움을 느껴 따라갈 수밖에 없었고, 임신에 대해서 말하지도 못한 것은 그가 자신보다 권력과 부가 월등한 두려운 존재이며, 갈 곳도 없이 언제 쫓겨날지도 모르는 사회경제적 약자의 처지였기 때문이다. 성폭력은 개인적 차원에서 일어나지만 궁극적으로는 불평등한 성별 권력관계에서 발생하는 젠더 폭력이라는 것이 주인공에게서도 명백히 확인된다.

하지만 팡둥은 봉식이 공산당에 들었다는 이유로 경비대에 잡혀 죽는 것을 목격한 후 이를 핑계 삼아 봉염 모녀를 집에서 내쫓아버린다. 공산당의 가족이니만큼 경비대원들이 나중에라도 알게 되면 자신에게 후환이 미칠까 하는 우려에다 그 자신도 극도로 공산당을 미워하는 만큼 모녀를 내쫓을 훌륭한 구실이 되었던 것이다. 애당초 모녀에게 돈 몇 푼 집어주는 것이 아까워 집에서 일이나 시키며 두어 보자고 생각했던 팡둥이었다. 만삭의 몸으로 내쫓기는 부당한 상황에서도 주인공은 아무런 저항도, 분노도 표출하지 못한다. 공정하지 못하고 부당한 상황에서 유발되는 분노감정은 자신의 안전이 보장되고 불안감이 없을 때에만 표출할 수 있다. 상대방이 나보다 권력이나 부가 월등할 때에는 절대 표출할 수 없는 감정이 분노이다.[17]

저항이나 분노의 말 한마디 못하고 내쫓긴 주인공은 용정 시가의 다닥다닥 붙어 앉은 수많은 집을 바라보며 몸담을 집이 없는 것을 탄식한다. 이때의 감정은 앞서 싼더거우에서 햇빛 가득한 넓은 들판을 바라보며 자신의 땅이 없음을 탄식했던 것보다 더 절박한 심정이었을 것이다. 농촌 싼더거우에서든 도시 용정에서든 주인공은 농사지을 땅도 소유하지 못

---

17) 최현석, 『인간의 모든 감정』, 서해문집, 2011, 117면.

했고, 기거할 집도 갖지 못했다. 주인공이 고향에서 간도의 싼더거우로, 다시 도시 용정으로, 또다시 해란강변 헛간으로 끊임없이 이동할 수밖에 없었던 것은 뿌리내릴 땅과 집을 갖지 못했기 때문이다. 따라서 주인공은 인간 실존의 근원을 상실한다. 조선을 떠날 때 그토록 열망했던 내 땅과 정착에의 꿈을 박탈당한 디아스포라로서의 소외감, 집 없는 자의 서러움에다 의지할 남편과 아들마저 죽었다는 절망감, 게다가 팡둥의 성폭력으로 임신하여 만삭의 몸이 된 주인공은 그저 탄식에 빠져들 수밖에 없었다. 쫓겨난 주인공은 시장에 내다 팔 나물 등을 다듬어 주는 대가로 해란강변 중국인 헛간에서 하룻밤을 보내며 봉희를 출산한다.

3. 모성애와 그 갈등

「소금」의 주인공은 강력한 모성본능을 가졌음에도 봉식, 봉염, 봉희, 그리고 명수 등에 대한 모성을 모두 박탈당하고 만다. 조선을 떠나온 이주민의 처지에다 농사지을 땅 한 뙈기 없는 서발턴(subaltern) 여성은 모성마저도 제대로 지켜낼 수 없다. 이 작품에서는 남편과의 사이에서 낳은 봉식과 봉염에 대한 평범한 모성애보다도 팡둥의 성폭력으로 낳은 아이 봉희와 젖 아이 명수에 대한 주인공의 모성애가 특별히 주목된다.

주인공은 지주 팡둥의 성폭력으로 임신을 하게 되자 여러 차례 유산을 시도하나 실패한다. 따라서 아이가 나오면 죽여서 해란강에 띄우리라 결심하지만 정작 아이가 나오자 "전신을 통하여 짜르르 흐르는 모성애! 그는 자기의 손이 턱 막히며 쥐려는 손끝에 맥이 탁 풀리는 것을 느꼈다"처럼 모성애 때문에 그렇게 하지 못한다. 남의 집 헛간에서 홀로 아이를 낳은 후 극도의 배고픔 속에서 한 그릇의 미역국을 갈망하며, 배고픔을 견디다 못해 파 뿌리를 씹으면서도 아기의 얼굴을 들여다보면 볼수록 뭉치 정이 폭폭 드는 것은 그야말로 본능적 모성애라고 하지 않을 수 없다. 갓 태어난 아기의 심장 소리를 들을 때 생존 본능이 오히려 강해지고, 산통을 겪으며 주검과 삶의 경계선에서 소생한 이후 오히려 삶의 환희마저 느끼는 주인공은 본능적 모성애가 아주 강렬한 여성이다.

쌘더거우에서부터 이웃으로 지냈던 용애 어머니의 소개로 주인공은 젖 유모로 채용되는데, 자신이 낳은 봉희와 친밀감을 쌓을 사이도 없이 방을 얻어 아직 어린애에 불과한 봉염에게 갓 낳은 봉희를 맡겨 두고 입주 젖 유모 노릇을 하게 된다. 주인공은 처음에는 밤마다 옷을 벗지 못한 채로 누웠다가 몰래 봉희를 찾아와서 젖을 먹이곤 하였다. 그러나 명수 모에게 들킨 이후에는 옷도 입지 못한 채 자는 척하다가 속옷 바람으로 달려와 아이들을 보고 가곤 했다. 주인공의 모성애 갈등은 봉염이 열병에 걸려 어머니를 그리워할 때 최고조에 이른다.

(전략) 비에 젖은 봉염의 몸은 불 같았다. 그는 또다시 아뜩하였다. 그리고 간폭을 긁어내는 듯함에 그는 부르르 떨었다. 따라서 젖 유모고 무엇이고 다 집어치우겠다는 생각이 머리가 아프도록 났다. 그러나 그들이 방까지 들어와서 가지런히 누웠을 때 그의 머리에는 또다시 불안이 불 일 듯하였다. 명수가 지금 깨어서 그 큰집이 떠나갈 듯이 우는 것 같고, 그리고 명수 어머니 아버지까지 깨어서 얼굴을 찡그리고 자기의 지금 행동을 나무라는 듯, 보다도 당장에 젖 유모를 그만두고 나가라는 불호령이 떨어지는 듯, 아니 떨어진 듯, 그는 두 딸의 몸을 번갈아 만지면서도 그의 손끝의 감

측을 잃도록 이런 생각만 자꾸 들었다.[18]

혈육인 봉염과 봉희에 대한 모성애와 젖 유모라는 직업 사이에서 주인공은 안절부절못하는데, 당장 젖 유모를 집어치우고 아픈 아이들을 돌보고 싶지만 돈이 없으면 살아갈 수가 없으니 이러지도 저러지도 못하는 갈등에 휩싸일 수밖에 없다. "유모(乳母)는 그 자체로 모순을 내포하고 있는 존재다. 자신이 낳은 아이에게는 어머니의 부재를 감당토록 해야 하는 동시에, 자신의 수유 노동과 돌봄 노동을 다른 사람이 낳은 아이에게 상품으로 제공하면서 '어머니 역할(mothering)'을 수행하는 여성"[19]인 것이다.

1930년대 간도는 이 작품에서 볼 때에 용애 어머니가 하는 남의 빨래 해주는 일, 주인공의 젖 유모 등 여성이 몸으로 수행하는 직업이 이미 근대 자본주의의 노동시장으로 편입되어 있었음을 알 수 있다. 즉 시장 경제의 확대 속에서 경제적 행위와 무관하게 사적인 영역의 것으로 간주되었던 감정, 사랑, 애정, 돌봄의 행위나 빨래 같은 육체노동이 노동시장에 편입되어 유통되기 시작했던 것이다.[20]

젖 유모 노릇에 정작 자신의 자식들은 제대로 돌보지 못한 나머지 열병으로 둘을 모두 잃었지만 열병 전염을 우려해 명수의 집에서 주인공은 해고되고 만다.

---

18) 연변대학교 조선문학연구소 허경진 · 허휘훈 · 채미화 주편, 앞의 책, 381면.
19) 구자연, 「1930년대 소설에 나타난 유모(乳母)의 재현 양상」, 『구보학보』29, 구보학회, 2021, 205면.
20) 서지영, 「식민지 도시 공간과 친밀성의 상품화」, 『페미니즘 연구』11-1, 한국여성연구소, 2011, 28면.

분이 내려가려니 잠깐 잊었던 봉염이 봉희, 명수까지 뻔히 떠오른다. 생각하면 할수록 그들은 자기가 일부러 죽인 듯했다. 그가 곁에 있었으면 애들이 그러한 병에 걸렸을는지도 모르거니와 설사 병에 걸렸다 하더라도 죽기까지는 않았을 것 같았다. 그는 가슴을 탁탁 쳤다. "남의 새끼 키우느라 제 새끼를 죽인단 말이냐…… 이년들 모두 가면 난 어쩌란 말이. 날마저 데려가라." 하고 소리를 내어 울었다.[21]

주인공은 "남의 새끼 키우느라 제 새끼를 죽인단 말이냐……"처럼 그야말로 남의 새끼인 명수를 돌보느라 제 자식인 봉염과 봉희를 죽게 만든 것을 자책하면서도 정작 젖 아이 명수를 돌볼 수 없게 되자 자신의 젖꼭지를 움켜쥐며 "이년! 명수를 왜 못 보게 하니. 네가 낳기만 했지 내가 입때 키우지 않았니. 죽일 년, 그 애가 날 더 따르지, 널 따르겠니. 명수는 내 거다"라고 절규한다. 하지만 다음 순간 명수의 머리카락 하나 자유로이 만져보지 못할 처지가 된 냉혹한 현실을 깨닫는다.

주인공은 엄마가 그리워서 퉁퉁 붓도록 울던, 죽은 아이들이 생각나서 공동묘지로 가보지만 "갑자기 싫은 생각이 냉수같이 그의 등허리를 지나친다. 여기에 툭툭 튀어나오는 달 같은 명수의 그 얼굴, 그는 멈칫 서며 주검이란 참말 무서운 것이다"[22]라는 생각이 들며 그곳을 빠져나오고 만다.

앞집 처마 끝 그림자와 이 집 처마 끝 그림자 사이로 눈송이같이 깔리어 나간 달빛은 지금 명수가 자지 않고 자기를 부르며 누워 있을 부드러운 흰

---

21) 연변대학교 조선문학연구소 허경진·허휘훈·채미화 주편, 앞의 책, 380면.
22) 위의 책, 383면.

포단과 같았던 것이다. 그러나 그것은 그의 볼을 사정없이 후려치는 듯한 달빛이었다. 그는 두 손으로 볼을 쥐고 그 달빛을 밟고 섰다. 그리고 "명수야!" 하고 쏟아져 나오는 것을 숨이 막히게 참으며 조금도 이지러짐이 없는 저 달을 쳐다보았다. 그의 눈에는 어느덧 눈물이 술술 흐른다. 그리고 정이란 치사한 것이다! 라고 생각하였다.[23]

주인공은 자신의 명수에 대한 그리움에 대해 "정이란 치사한 것이다" 라고 하면서도 그 감정을 주체할 길이 없다. 자신이 낳은 죽은 친자식보다도 젖을 먹여 키운, 살아있는 명수에 대한 제어할 길 없는 강박적 그리움을 몇 페이지에 달하도록 길게 그려낸 것에서 과연 모성애란 무엇인가에 대하여 의문을 갖지 않을 수 없다.

젖 아이 명수는 임신과 출산을 통해 얻은 친자식이 아닌, 단지 모유 수유라는 돌봄 노동을 통해 친밀감이 형성된 거래 관계일 뿐이다. 즉 혈육의 애정이 아니고, 자신의 젖을 먹여 키운 아이, 다시 말해 스킨십을 통해 쌓인 애정 관계에 불과하다. 그럼에도 불구하고 모유 수유의 과정을 통해 친자식보다도 더 강렬한 유대와 친밀감[24]이 둘 사이에 형성되었던 것이다.

작가가 봉식, 봉염, 봉희에 대한 모성애보다도 더 긴 지면을 할애해가며 주인공의 명수에 대한 그리움을 중요하게 그린 것은 무엇 때문인가? 그것은 아마도 젖 유모 노릇에 친밀감을 쌓을 틈도 없이 죽은 봉희보다도 수유 과정을 통해 긴 시간 동안 명수에게 친밀감과 애착, 그리고 정서

---

23) 위의 책, 383면.
24) 비비아나 A. 젤라이저, 숙명여자대학교 아시아여성연구소 역, 『친밀성의 거래』, 에코리브르, 2009, 244면.

적 유대가 더 강하게 형성되었기 때문인가? 모유 수유 체험에 대해 한 연구자가 말했듯이 "아기가 어머니의 소유가 아닌, 서로가 열심히 몰입하여 경험을 나누는 존재로서 자리매김하는 동등한 입장"[25]이 되었기 때문일까? 여기서 동등한 입장이란 '주고받기(give and take)'가 가능한 관계를 의미한다. 즉 어머니와 아기는 수유 과정의 신체 접촉을 통해 서로 관심과 사랑의 상호작용을 하고 서로에게 소중한 존재가 되었기에 주인공은 혈육 여부를 떠나 젖 아이인 명수에 대해 그토록 강한 애착을 느꼈던 것 같다. 봉염과 봉희의 주검에 대해서 싫고 무서운 느낌이 순간 스쳐 간 반면 수유 과정을 통해서 친밀감이 형성된 살아있는 명수에 대해서는 반복적으로 그리움이 환기되는 것은 낳은 정보다 기른 정이라는 말로는 다 설명하기 어려운 감정이다. 자신의 자식들은 이미 다 죽었고, 애정을 쏟을 살아있는 대상이 유일하게 명수이기 때문일까? 아니면 말로는 다 설명할 수 없는 죽음과 삶의 냉정한 거리 때문인 것일까? 아니면 그 둘 다가 결합된 감정일까?

와윅(Warwick)은 모성 역할의 획득은 신체적인 돌봄 활동과 모성으로서의 감정 및 정서가 조화를 이루는 것이라고 했다.[26] 즉 주인공의 명수에 대한 애착은 임신 또는 출산과 무관하게 수유하고 돌보는 과정을 통해 자연스럽게 형성된, 만족스럽고 즐겁고 보람된 경험으로서의 모성애를 기반으로 한 것이다. 그것은 돌봄 노동이라는 경제적 행위와 친밀성의 거래라는 사실을 초월한 본능적 모성애이다. 그런데 '보살핌의 행위

25) 신현정, 「모유수유체험의 의미탐색」, 『교육인류학연구』9-2, 한국교육인류학회, 2006, 106면.
26) 강정미, 「초기 영아모의 수유 방법에 따른 모아 애착, 모성 역할 자신감 및 산후 우울 정도」, 건국대학교 대학원 석사논문, 2017, 9면.

와 친밀성의 정서가 하나의 통일체로 모든 여성에게 내재하는 자연스런 본질이라고 보는 것은 일종의 모성이데올로기[27]라고 할 수도 있다.

4. 계급적 각성과 분노감정의 표출

주인공은 작품이 발단될 때부터 적대적이고 위협적인 상황에 대한 불안과 없는 사람은 죽어야 고생을 면할 수 있다고 생각하거나 아무리 노력해도 벗어날 수 없는 궁핍에 팔자타령과 탄식으로 일관해왔다. 딸 봉염의 '왜 돈이 없냐'는 불평을 들었을 때에도 없으면 자식한테까지 모욕을 받는구나 하고 노여운 생각이 들며 그저 이 모두가 내 땅이 없기 때문이라 생각하는 데서 한 발자국도 나아가지 못했었다. 성폭력을 당해 팡둥의 아이를 임신하여 만삭으로 그의 집에서 내쫓기는 순간에도 아무런 저항을 하지 못하고 없는 자의 운명을 탓할 뿐인 인물이었다.

그런데 남편과 자식을 모두 잃고 두만강을 오가는 목숨을 건 소금 밀수에 나선 주인공은 무장한 공산당을 만났을 때 "여러분! 당신네들은 왜 이 밤중에 단잠을 못 자고 이 소금 짐을 지게 되었는지 알으십니까!"라는 연설만 하고 그냥 보내주자 왜 그들은 소금 짐을 뺏지 않았을까 하는 의문을 갖는다. 그리고 그들의 연설이 봉염의 학교에서 들은 교사의 말씀과 같다고 생각하는 등 의식 변화의 작은 조짐이 엿보인다.

천신만고 끝에 소금 밀수에 성공하여 돌아온 다음날 아침 사염 단속을

---

27) 김현숙 · 김수진, 「영화 속의 모성, 영화 밖의 모성」, 심영희 외 편, 『모성의 담론과 현실』, 나남출판, 1999, 280면.

나온 순사에게 발각되어 소금을 모두 빼앗기자 주인공은 "당신네들은 우리의 동무입니다! 언제나 우리와 당신네들이 합심하는 데서만이 우리들의 적인 돈 많은 놈들을 대O할 수 있습니다"[28]와 같은 공산당의 말이 떠오르며, '내 소금을 빼앗은 것은 돈 많은 놈이었구나!'와 같은 계급적 각성에 이른다. 그동안 공산당을 남편을 죽인 철천지원수로 생각하던 오해에서 벗어나 돈 많은 유산자들이야말로 자신의 적이라는 사실을 비로소 깨우친 것이다. 이러한 각성은 주인공으로 하여금 "이때까지 참고 눌렀던 불평이 불길같이 솟아올랐다. 그는 벌떡 일어났다"[29]처럼 그동안 억압했던 분노가 한순간에 폭발하는 행동 변화를 야기한다.

즉 그때까지 팔자타령만을 일삼던 주인공, 여름내 농사지은 벼를 지주 팡둥에게 전부 빼앗기고도 반항할 줄 모르는 채 비굴하게 굴던 주인공, 임신한 채로 팡둥의 집에서 내쫓기면서도 말 한마디 못하던 주인공, 젖 아이 명수의 집에서 해고되어도 반항하지 못하던 주인공과는 완전히 달라진 태도이다. 그것은 그때까지 자신을 지배하고 있던 가난을 자신의 운명으로 받아들이며 탄식만 하던 운명론자와는 전혀 다른 모습이다.

즉 남편과 아이들의 목숨을 비롯하여 고향의 자신의 밭과 간도에서 농사한 곡식과 소금을 빼앗아 간 것은 모두 돈 많은 놈, 즉 유산자들이었다는 계급적 각성은 불공정한 현실에 반항하는 불길 같은 분노감정을 표출하도록 용기를 불러일으킨 것이다. 그리고 그것은 자신의 직접 체험을 통해 공산당들이 자기를 도와 싸워줄 것이라는 확신과 연대의식이 있었기에 가능했다.

28) 연변대학교 조선문학연구소 허경진·허휘훈·채미화 주편, 앞의 책, 393면.
29) 작품의 마지막 단락의 복자 부분은 한만수 교수에 의해서 상당 부분 복원되었다. : 한만수, 앞의 논문.

하지만 주인공의 계급적 각성은 자신을 둘러싼 민족, 성, 그리고 계급의 다중적 억압에 대한 총체적 각성과는 다소 거리가 있다. 즉 간도로 이주할 수밖에 없었던 일제강점기의 민족적 억압, 중국인 지주 팡둥과 고향의 참봉 영감으로부터 받았던 계급적 억압, 팡둥으로부터 겪은 성적 계급적 억압, 그리고 그를 젖 유모로 채용했던 모성 착취의 총체적 고리에 대한 통찰과는 일정한 거리가 있는 것이다.

그것의 일차적 원인은 계급을 민족과 성보다 우선시한 마르크스주의자 강경애의 한계일 수도 있지만 민족, 성, 그리고 계급의 다중적 억압에 대한 통찰까지 그려내기엔 1934년의 피식민지인 작가에 대한 억압이 크게 작용했을 것이다. 이미 「소금」의 결말 부분이 복자 처리가 크게 되었던 데서 짐작할 수 있듯이 표현의 자유가 극도로 억압된 시대의 작가로서 어쩔 수 없는 내부 검열의 산물로 여겨지는 측면이 있다.

주인공은 스피박(G. C. Spivak)이 기존의 지배적인 담론에서 배제된 피식민지인, 이민자, 노동자, 소수자, 여성 등 종속적인 처지에 놓이거나 주변부에 놓인 사람들을 포괄하는 용어로 사용했던 서발턴(subaltern)이다. 즉 봉염 모는 피식민지인, 이민자, 노동자, 여성 등의 다중적 의미가 중층적으로 결합된 서발턴이다.

작품의 결말에서 주인공은 전 지구상에 다양한 형태로 흩어져 있으며, 자본의 논리에 희생당하고 착취당하면서도 자본의 논리를 거슬러 갈 수 있는 저항성을 갖는 주체라는 의미[30]로서의 서발턴으로 제대로 개념화된다.

독자들은 다중의 억압과 착취 하에 놓인 서발턴 여성의 삶에 대한 작

---

30) 태혜숙, 『탈식민주의 페미니즘』, 여이연, 2001, 117면.

가의 탁월한 묘사를 통해 간도 이주여성의 고난에 찬 삶을 읽지 않을 수 없다. 작가는 남편과 자식을 모두 잃고 몸으로 살아갈 수밖에 없었던 서발턴 이주여성을 등장시켜 그녀 자신은 한숨만을 내쉴 뿐 직접 발화하지 못했던 억압과 착취를 대신 발화해냈다. 나아가 결말에서는 자본의 논리에 분노를 표출하는 저항성을 갖춘 주인공으로의 변화를 그려냈다. 그런 의미에서 「소금」은 서발턴 여성의 서사를 탁월하게 그려낸 탈식민주의 페미니즘 서사라고 할 수 있을 것이다.

— 『문예운동』 2023 봄호(157), 문예운동사, 2023.03.

6. 장애와 질병, 그리고 빈곤의 한계상황
– 강경애의 「지하촌」을 중심으로

1. 장애인문학과 장애의 개념

2022년 8월 초, 역사상 초유의 집중호우로 서울 신림동의 반지하방에 세 들어 살던 일가족 세 명이 구조 요청을 했음에도 빠져나오지 못하고 모두 사망한 사건이 있었다. 봉준호 감독의 영화 〈기생충〉에서보다 더 참혹한 사건이 반지하방에서 실제로 발생한 것이다.

현대의 반지하방이나 다를 바 없는 '지하촌'이란 움집이나 반움집, 또는 어떤 구조물의 지하에 모여 붙어 들어앉은 오막살이집 따위가 많이 있는 곳을 뜻하는 단어이다. 강경애의 단편소설 「지하촌」(《조선일보》 1936.03.12〜04.03)에서 제목이자 배경으로 제시된 '지하촌'은 일종의 슬럼(slum)가를 의미한다. 빈민들이 밀집하여 살고 있는, 주거 및 생활환경이 극히 불량한 주거공간이 지하촌이다. 이곳은 저학력과 빈곤과 실업에 처해 있을 뿐만 아니라 사회생활 전반에 걸친 불균등성이 집중적으로 드러나는, 하층계급 빈민들이 살아가는 주거공간이다. 강경애는 읍내와는 떨어진 변두리 시골의 열악한 생활환경 속에서 장애와 질병의 고통에

시달리는 빈곤층의 모습을 지하촌을 배경으로 적나라하게 그려내고 있
다.

　작가는 「지하촌」에서 불량한 주거공간에 대한 묘사보다는 그곳에서
살아가는 장애와 질병을 지닌 인간의 고통받는 몸과 빈민들의 한계상황
적 삶을 주인공 칠성을 중심으로, 자연주의적 기법으로 묘사해낸다. 마
르크스주의 작가인 강경애의 소설에서 빈곤과 그로부터 야기되는 사회
구조적 모순은 핵심적인 소재 가운데 하나지만 「지하촌」은 빈곤에다 장
애와 질병이라는 문제가 동시적으로 작용함으로써 디너지(denergy)[1]의
극한으로 내몰린 인간의 고통받는 몸을 그려내고 있다.

　「지하촌」은 주인공이 장애인으로 등장하는 장애인문학이다. 장애인문
학에 대한 뚜렷한 정의가 이루어지지 않은 가운데 장애인문학은 장애인
작가의 작품, 장애가 그 소재나 제재가 되거나 장애 인물의 갈등이 두드
러지는 작품[2]이라는 정도의 범박한 정의가 존재할 뿐이다. 그만큼 장애
인은 우리 사회의 소수자로서 사회적 관심으로부터 소외되어 있고, 장애
인문학 역시 소수자문학 가운데서도 더욱 관심을 받지 못하는 사각지대
에 놓여있다. 그럼에도 우리 근대소설사에서 장애인은 나도향의 「벙어리
삼룡이」, 계용묵의 「백치 아다다」 등 여러 작품에서 주인공으로 등장하
며 관심을 크게 받아왔다.

　강경애의 「지하촌」은 칠성이라는 지체장애를 가진 인물이 주인공으로
등장할 뿐만 아니라 시각장애를 가진 옆집의 큰년, 공장에서 다리가 꺾

---

1) denergy: degrade와 energy의 합성어로서 시너지(synergy)의 반대말. 두 가지 요소
　가 만나서 플러스가 아니라 오히려 마이너스가 된다는 것을 의미한다.
2) 차희정, 「장애와 문학: 창작 주체로서의 장애인 문학 − 장편소설을 중심으로」, 『제30
　회 한중인문학회 국제학술대회 자료집』, 한중인문학회, 2012.06, 393면.

인 후 해고되어 거지로 살아가는 지체장애의 사내 등 신체적 장애를 겪고 있는 인물이 여러 명 등장하여 이들이 신체적 장애로 인해서 가정과 사회에서 경험하는 내적, 외적 갈등과 차별, 빈곤, 인간적 좌절 등을 보여주는 작품이라는 점에서 전형적인 장애인문학이라고 할 수 있다.

강경애가 이처럼 장애인을 작품화한 이유를 작가 자신의 후천적인 청각장애와 말기의 시력상실과 연관이 있다는 해석[3]은 어느 정도 설득력이 있다. 강경애는 「지하촌」을 쓰기 이전부터 중이염을 앓고 있었다.[4] 따라서 비장애인이 그린 장애인의 이미지가 부정적이거나 제한적으로 그려지고, 이는 장애에 대한 편협된 이해를 낳는다는 지적[5]과는 달리 강경애는 장애인과 장애에 대해서 보다 공감적 태도로 진지하게 작품을 창작했을 것이라는 추측이 가능하다.

그렇다면 장애의 정의는 무엇인가? 장애는 신체적 정신적 기능 저하나 상실, 이상 또는 신체 일부의 훼손으로 인하여 장기간에 걸쳐 일상생활 또는 사회생활에 상당한 제약을 받는 것을 의미한다. 그런데 장애는 한 사회가 어떠한 사람을 장애인이라고 정의하느냐에 따라 달라질 수 있는 상대적 개념으로, 개별 사회의 문화적 기대나 환경에 의해서도 달라질 수 있다. 왜냐하면 신체적·정신적 손상이 있더라도 주어진 환경에 잘 적응하여 사회생활에 지장이 없다면 장애인과 비장애인의 차이가 없

---

3) 구자연, 「강경애 소설 속 질병·장애의 재현과 방언 발화의 의미 - 『인간문제』, 「어둠」, 「동정」, 「지하촌」을 중심으로」, 『춘원연구학보』24, 춘원연구학회, 2022, 119면.
4) 강경애는 「지하촌」을 쓰기 이전부터 중이염을 앓고 있었다. 즉 〈작가, 작품 연보〉에 따르면 1932년 6월에 중이염 치료차 용정을 떠나 9월까지 장연과 서울에 머물렀다. : 연변대학교 조선문학연구소 허경진·허휘훈·채미화 주편, 『강경애』, 보고사, 2006, 702~703면.
5) 차회정, 「장애인 소설에 나타난 '장애' 인식의 양상」, 『한국문학논총』62, 한국문학회, 2012, 338면.

기 때문이다.[6)]

우리나라 장애인복지법에 따르면 장애는 15종으로 분류하고 있다. 그리고 장애는 신체적 장애와 정신적 장애로 나뉜다. 신체적 장애는 외부 신체기능장애와 내부 신체기능장애로 나뉜다. 외부 신체기능장애에는 시각장애, 청각장애, 언어장애, 지체장애, 뇌병변장애, 안면장애가 포함되고, 내부 신체기능장애에는 신장장애, 심장장애, 간장애, 호흡기장애, 장루, 요루장애, 뇌전증장애가 포함된다. 그리고 정신적 장애에는 지적장애, 정신장애, 자폐성장애가 포함된다.[7)]

세계보건기구(WHO)는 장애를 세 개의 차원으로 분류한다. 제1차 장애는 '기능장애(impairment)'로 신체의 생리학적 결손 내지 손상이다. 제2차 장애는 '능력장애(disability)'로 제1차 장애가 직간접적 원인이 되어 심리적 문제가 직간접적으로 발생할 경우의 인간적 능력(주체적 행동개념)이 약화 또는 손실된 상태를 말한다. 제3차 장애는 '사회적 장애(handicap)'로서 제1차 장애와 제2차 장애가 통합된 형태에 다시 사회환경의 장애(물리적 장애, 문화적 장애, 사회심리적 장애)가 통합된 형태이다. 즉 모든 장애 요인이 중층적으로 통합되어 사회적으로 정상적인 생활을 할 수 없는 불리한 입장에 처한 상태를 지칭한다.[8)] 그런데 이 세 가지 장애는 서로 분리된 것이 아니고 인과적, 시간적 연속관계에 놓여있다.[9)]

「지하촌」에 대해 부분적으로 언급한 글들은 여럿이지만 이 작품에 대

6) 송명희, 「장애와 문화복지」, 송명희 외, 『배리어프리 화면해설 글쓰기』, 지식과교양, 2017, 13면.
7) 위의 글, 17면.
8) 이철수 외, 『사회복지학사전』, Blue Fish, 2009.
9) 송명희, 앞의 글, 15면.

한 집중적 연구에는 김원희 · 송명희[10]의 표현양식의 독창성에 주목한 논문, 조정래[11]가 강경애의 「지하촌」과 김정한의 「사하촌」을 비교하며 창작방법과 현실의 문제에 대해 천착한 논문 정도이다.

이 글은 「지하촌」을 장애인문학으로 규정하고, 주인공 칠성의 장애인으로서의 갈등을 중점적으로 분석하겠다.

2. 장애인으로서의 무력감과 분노

이 작품의 주인공 칠성은 네 살 때 홍역을 앓고 난 후 경풍에 걸려 팔다리가 자유롭지 못한 지체장애를 갖고 있는 청년이다. 그는 선천적인 장애인이 아니라 후천적으로 장애를 갖게 되었으며, 그가 장애인이 된 이유는 가난으로 인해 질병을 제때 치료받지 못했기 때문이다.

> 그때 어머니는 앓는 자기를 업고, 눈이 길같이 쌓여 길도 찾을 수 없는 데를 눈 속에 푹푹 빠지면서 읍의 병원에를 갔다는 것이다. 의사는 보지도 못한 채 어머니는 난로도 없는 복도에 한 겻이나 서고 있다가, 하도 갑갑해서 진찰실 문을 열었더니 의사는 눈을 거칠게 떠 보이고, 어서 나가 있으라는 뜻을 보이므로, 하는 수 없이 복도로 와서 해가 지도록 기다리는데 나중에 심부름 하는 애가 나와서 어머니 손가락만한 병을 주고 어서 가라고 하였다는 것이다.

---

10) 김원희 · 송명희, 「강경애 〈지하촌〉의 표현 양식과 의미 생성」, 『한국문학이론과 비평』38, 한국문학이론과비평학회, 2008.
11) 조정래, 「〈지하촌〉의 세계와 〈사하촌〉의 세계」, 『국제어문』9 · 10합집, 국제어문학회, 1989.

어머니는 그 말만 하면 흥분이 되어 의사를 욕하고 또 세상을 원망하는 것이다. 그때마다 그는 어머니를 핀잔하고 그 말을 막아버리곤 하였다. 무엇보다도 불쾌하여 견딜 수가 없었던 것이다.[12]

칠성이 후천적으로 장애인이 된 것과 마찬가지로 그가 연모하는 옆집 큰년의 시각장애도 선천적인 것이 아니라 후천적 장애이다. 작품의 후반부에 등장하는 거지 사내도 공장의 모범공인이었으나 "다리가 꺾인 후에 공장에서 나오니, 계집은 달아나고, 어린 것들은 배고파 울고, 부모는 근심에 지레 돌아가시고……."[13]처럼 사고로 인해 후천적으로 지체장애가 되었을 뿐만 아니라 공장에서 해고되고, 가정은 해체되고, 부모님이 돌아가시는 등 연달아 불행을 겪게 되고 마침내 집도 절도 없이 떠도는 거지 신세로 전락하고 만다.

작중의 칠성, 큰년, 사내는 모두 질병이나 사고로 인해 후천적으로 장애를 갖게 되었고, 이들의 장애는 지체장애, 시각장애 등 외부 신체장애에 해당된다. 즉 칠성과 큰년의 장애는 타고난 운명이 아니라 질병 이후 빈곤으로 인해 적절한 치료를 받지 못함으로써 야기된 것이고, 거지 사내는 공장에서 노동 중 사고로 인한 후천적 장애로 제시된다. 즉 이들의 장애는 빈곤이나 위험한 노동환경이라는 사회의 구조적 모순에 의해 발생한 것이며, 그로 인해 이들은 점점 불행한 운명으로 전락해가는 것으로 작가는 그려냈다. 2019년 현재, 국립재활원 조사결과에 따르면 선천적 장애와 후천적 장애의 비율은 1:9로서 후천적인 질병이나 사고로 인해 장애인이 될 확률은 선천적인 장애보다 비교할 수 없이 높다.

---

12) 연변대학교 조선문학연구소 허경진 · 허휘훈 · 채미화 주편, 앞의 책, 157면.
13) 위의 책, 175면.

칠성이 "왜 이 동네 여인들은 그런 병신만을 낳을까?"라고 생각할 정도로 지하촌 사람들에게 장애는 일상적인 다반사였다. 하지만 칠성은 지하촌 주민들이 처한 장애가 선천적인 것이 아니라 큰년이나 자신처럼 후천적이라는 사실을 자각하며 '왜?'라는 의문을 품는다. 칠성이 제기한 의문을 통해 작가는 장애를 초래하는 하층민에 대한 복지 부재 사회의 구조적 모순에 대해 독자들의 관심을 환기한다.

칠성, 큰년, 거지 사내는 팔다리, 눈, 다리 등의 신체의 생리학적 결손 내지 손상에 의한 제1차 장애인 '기능장애(impairment)'를 갖고 있다. 그런데 이들의 기능장애는 신체적 기능상의 어려움뿐만 아니라 제2차 장애인 '능력장애(disability)'로, 나아가 제3차 장애인 '사회적 장애(handicap)'로 이어진다. 즉 신체적 기능장애가 원인이 되어 심리적 문제와 인간적 능력의 약화와 손실이 일어나고, 다시 물리적 장애, 문화적 장애, 사회심리적 장애가 통합된 형태의 제3차 장애, 즉 사회적 장애가 중층적으로 발생하여 이들은 인간으로서 정상적인 사회생활을 할 수 없는 불리한 입장에 처하게 된다.

즉 작중의 거지 사내는 사고로 다리가 꺾이게 되자 앞에서도 언급했듯이 공장에서 해고되고, 가정은 해체되고, 부모님이 돌아가시고, 떠돌이 거지 신세로 전락하는 불행을 겪게 된다. 사내의 제1차적 신체 기능장애는 제2차적 능력장애로, 결국은 제3차적 사회적 장애로 이어지는 인과적 시간적 연속관계에 놓이게 된다.

큰년은 질병으로 시각장애인이 되지만 빨래나 "허드렛일이나 앉아하는 일" 따위는 눈뜬 사람보다 낫다는 칠성 모의 말처럼 제2차적인 능력장애를 크게 야기하지는 않는다고는 하지만 그것은 어디까지나 주관적 평가일 뿐이다. 그녀가 첩을 여남은 명이나 둔 돈푼께나 있는 남자에게 시집을 가게 되는 것은 가난뿐만 아니라 시각장애가 원인이 된 제3차적인 사회적 장애라고 하지 않을 수 없다.

주인공 칠성은 어떠한가? 작가는 칠성을 중심으로 그의 장애와 그로 인해 점차 심화되는 불행을 세밀하게 그려내고 있다. 작품의 서두에서 칠성은 "동량 자루를 비스듬히 어깨에 메고 비틀비틀 동리 앞을" 지날 때, 팔다리의 장애로 걸음도 제대로 걷지 못하는 힘든 물리적 상황에서 무더위라는 자연조건마저 가중되어 더욱 힘이 든다. 그런데 마을의 아이들은 그의 옷자락을 툭툭 잡아당기는가 하면, 동냥자루를 잡아채고, 얼굴에 쇠똥 칠을 해놓는 등 그를 무시하며 조롱하고 집단적으로 괴롭힌다. 하지만 그는 그런 집단적 괴롭힘에 아무런 저항도 하지 못한 채 겨우 "이 이놈들"이라는 말을 내뱉을 뿐이다. 그는 꽁무니를 빼기 시작하는 아이들을 보며, 산 밑에 주저앉아 "웬일인지 자신은 세상에서 버림을 받은 듯 그렇게 고적하고 분하였다"나 "난 왜 병신이 되어, 그놈의 새끼들한테까지 놀림을 받나 하고, 불쑥 생각"한다. 즉 자신이 장애로 인해 조롱받음으로써 야기된 심리적 소외감과 놀림을 받은 데 대한 분노감정에 사로잡히며 신세 한탄에 빠져든다.

그러면서도 옆집의 눈먼 큰년이를 생각할 때에는 자신의 신세가 그보다는 낫다고 자위하며 "오늘 얻어온 것 중에 가장 맛있고 좋은 것을 큰년에게 보내야지"라며 큰년에 대해 애틋한 그리움에 젖어든다.

그는 왼손에 땀이 나도록 쥐고 있는 돈을 펴서 보고 한푼 한푼 세어보다가 이것으로 큰년의 옷감을 끊어다 주면 얼마나 좋아할까, 그의 마음은 씩씩 뛰었다. 고것 왜 우리 집에 안 올까, 오면 내가 돈도 주고 이 과자도 주

고, 또 또 큰년이가 달라는 것이면 내 다 주지.[14)

 큰년네 집에선 모깃불을 피우는지 향긋한 쑥내가 솔솔 넘어오고, 이따금 모깃불이 껌벅껌벅하는데 두런두런하는 소리에 귀를 세우니, 바자가 바삭바삭 소리를 내고, 호박잎의 솜털이 그의 볼에 따끔거린다. 문득 그는 바자 저편에 큰년이가 숨어서 나를 엿보지 않나 하자 얼굴이 확확 달았다.[15)

 큰년에게 옷감을 끊어다 주면 얼마나 좋아할까를 생각하며 씩씩 뛰는 마음, 바자[16) 저편에서 넘어오는 모깃불의 쑥내, 두런두런하는 소리에 큰년이가 숨어서 자신을 엿보지 않나 상상하며 얼굴이 확확 달아오르는 것은 모두 칠성의 큰년에 대한 절절한 그리움의 표현이다.

 하지만 이튿날 아침, 그는 "다 해진 적삼소매로 맥없이 늘어진 팔목은 뼈도 살도 없고, 오직 누렇다 못해서 푸른빛이 도는 가죽만이 있을 뿐이다. 갑자기 슬픈 마음이 들어 그는 머리를 들고 한숨을 푹 쉬었다. 큰년이가 눈을 감았기로 잘했지. 만일 두 눈이 동글하게 띄었다면 이 손을 보고 십 리나 달아날 것도 같다"[17)처럼 자신의 장애에 대한 자괴감과 열등감에 빠져든다. 따라서 빨래를 널기 위해 밖으로 나온 큰년을 바라보며 "손이라도 쑥 내밀어 큰년의 손을 덥석 잡아보고 싶었으나, 몸은 움찔 뒤로

---

14) 위의 책, 149면.
15) 위의 책, 150면.
16) 대, 갈대, 수수깡, 싸리로 발처럼 엮거나 걸어서 만든 물건. 울타리를 만드는 데 쓰인다.
17) 연변대학교 조선문학연구소 허경진·허휘훈·채미화 주편, 앞의 책, 151면.

물러나지며, 온 전신이 풀풀 떨렸다"[18]처럼 칠성의 신체장애는 자신감 부재라는 제2차적 심리적 문제를 야기하며 큰년에 대한 마음을 행동으로 옮기지 못하게 작용한다. 그러면서도 "큰년의 해어진 치마폭 사이로 뻘건 다리가 두어 번 보이"자 "자기가 옷가지라도 해주지 않으면 큰년이는 언제나 그 뻘건 다리를 감추지 못할 것 같다"[19]라고 생각하는 등 집착에서 벗어나지 못한다.

> 약만 먹으면 이제라도 내 병이 나을까, 큰년의 병도……. 아니야, 이미 병신이 된 담에야 약을 쓴다고 나을까. 그래도 알 수가 있나, 어쩌다 좋은 약만 쓰면 나도 남처럼 다리팔을 제대로 놀리고 해서 동냥도 하러 다니지 하고, 내 손으로 김도 매고 산에 가서 나무도 쾅쾅 찍어오고, 애새끼들한 테서 놀림도 받지 않고……. 그의 가슴은 우쩍하였다. 눈을 번쩍 떴다. 병원에나 가서 물어볼까……. 그까짓 놈들이 돈만 알지 뭘 알아. 어머니의 하던 말 그대로 되풀이하고 맥없이 주저앉았다.[20]

칠성은 자신과 큰년의 장애가 지금이라도 좋은 약을 쓰면 나을까 생각하는가 하면, 낫게 되면 동냥도 자유롭게 하고, 들에 나가 김도 매고, 자신 대신 어머니가 하는 나무도 하고, 아이들로부터 놀림도 받지 않게 될 것이라고 상상한다.
이처럼 칠성의 장애는 신체적 기능장애만이 아니고, 소외감과 좌절감, 자신감 부재 등 심리적 문제를 야기하며, 동냥, 김매는 것, 나무하기와 같

---

18) 위의 책, 152면.
19) 위의 책, 152면.
20) 위의 책, 157~158면.

은 사회경제적 노동활동의 능력장애를 초래하여 결국 자존감 있는 한 명의 인간으로서 정상적인 생활을 할 수 없게 만드는 사회적 장애에 처하도록 작용한다. 그는 장애로부터 벗어나 아버지가 부재하는 가족에서 어머니를 대신하여 노동도 하고 성인남자로서 정상적인 역할을 하길 간절하게 소망한 것이 어제오늘의 일이 아니었다.

> 먼 산에 아지랑이 아물아물 기는 어느 봄날, 그는 자리에서 일어나 창문 곁에 서니, 동무들이 조그만 지게를 지고 지팡이를 지게에 꽂아 가지고 열을 지어 산으로 가고 있다. 어쩌나 부럽던지 한숨에 뛰어나와서, 우두커니 바라볼 때, 언제나 나도 이 병이 나아서 재들처럼 지팡이를 저리 꽂아 가지고 나무하러 가보나, 난 어른이 되면, 저 산에 가서 이런 굵은 나무를 탕탕 찍어서 한 짐 잔뜩 지고 올 테야……[21]

이 작품에서 칠성이 지체장애로 인해 겪는 가장 큰 갈등은 옆집의 큰년을 연모하면서도 이를 표현하지 못한다는 것이다. 큰년이 첩을 여남은 명이나 둔 돈푼깨나 있는 남자에게 시집을 가게 될 거라는 말을 어머니로부터 들었을 때에 그는 "눈먼 것을 얻어다 뭐를 해!"라고 겉으로는 퉁명스럽게 반응하면서도 가슴속은 질투심으로 불탔고, 머리에 열이 오르고 다리팔이 떨리는 등 극렬한 반응을 보인다.

하지만 그가 할 수 있는 일은 거의 없었다. "저 앞은 지척을 분간할 수 없는 어둠으로 덮였"다는 표현에서 지척을 분간할 수 없는 어둠은 지하촌의 밤 풍경에 대한 외적 묘사라기보다는 그 자신의 앞날이나 큰년과의

---

21) 위의 책, 167면.

관계에 희망이 보이지 않는다는 내적 절망감의 표현이다. 밤의 어둠 속에서 빛나는 별빛과는 달리 그의 운명에는 별빛 같은 희망을 가질 수 없기에 그는 눈가에 눈물이 핑 돌며 통곡이라고 하고 싶은 심정이다. 하지만 큰년이 시집을 간다는 읍내의 부자 남자에 비해 경제력도 없고, 건강한 신체도 없는 그로서는 큰년을 붙잡을 수 있는 현실적 방도가 없어 그저 산과 하늘의 무심함을 원망할 뿐이다.

> "눈먼 것을 얻어다 뭐를 해!"
> 칠성이는 뜻밖에 이런 말을 퉁명스레 내친다. 그의 가슴은 지금 질투의 불길로 꽉 찼고, 누구든지 큰년이만 다친다면 사생을 결단하리라 하였다. 이러고 나니 머리에 열이 오르고 다리팔이 떨리었다.
> (중략)
> 그는 우뚝 섰다. 저 앞은 지척을 분간할 수 없는 어둠으로 덮였고, 하늘 아래 저 불타산의 윤곽만이 검은 구름같이 뭉실뭉실 떠 있다. 그 위에 별들이 너도나도 빛나고, 별빛이 눈가에 흐르자 눈물이 핑그르르 돌며 통곡이라도 하고 싶었다. 저 산도, 저 하늘도 너무나 그에겐 무심한 것 같다.[22]

칠성이 큰년의 부모를 설득하고 큰년의 마음을 붙잡을 방법으로 유일하게 생각해낸 것은 치마가 다 해어져 다리가 뻘겋게 드러난 큰년을 위해 치맛감을 사주는 일이다. 하지만 돈이 모자란 그는 평소 동냥을 다니던 가까운 지역을 벗어나 송화읍까지 나가 동냥을 하여 옷감을 사 가지고 돌아오는데, 큰년의 손에 어서 옷감을 쥐어주고 싶은 마음, 무엇보다도 큰년을 시집가지 못하게 할 희망으로 가슴이 부푼다.

---

22) 위의 책, 162면.

칠성이는 그의 마을로부터 육 리나 떨어져 있는 송화읍 어귀에 우두커
니 서 있었다. 읍에 와서 돌아다니나 수입이 잘되지 않으므로, 이렇게 송
화읍까지 오게 되었고, 그래서야 겨우 큰년의 옷감을 인조견으로 바꾸어
가지고 돌아오는 길이었던 것이다.

이 밤이나 어디서 지낼까 망설이나, 어서 빨리 이 옷감을 큰년의 손에
쥐어주고 싶은 마음, 또는 큰년의 혼사 사건이 궁금하고 불안해서 그는 가
기로 결정하고 걸었다. [23]

하지만 칠성은 멀리 송화읍까지 나가는 바람에 시간이 늦어져 밤길로
돌아오다 비까지 내리자 옷감이 젖을 것을 염려하여 어느 처마 밑에서
비를 피하게 된다. 그는 날이 밝자 "벽이 회벽으로 되었고, 지붕은 시커먼
기와로 되었으며 널판자로 짠 문의 규모가 크고 또 주먹 같은 못이 툭툭
박힌"[24] 돈푼이나 있어 보이는 집에 동냥을 청했다가 동냥은커녕 사나운
개에 물려 다리에 선혈이 흐르는 상처를 입게 된다. 연자간에 피해 들어
간 그는 다리가 꺾여 공장에서 나온 사오십 세가량의 거지 사내를 만나
게 되는데, 그는 "허, 치가 떨려서. 내 왜 그리 어리석었던지 지금이라면
죽더라도 해볼 걸. 왜 그 꼴이었어! 흥!"이라는 말을 내뱉는다. 하지만 칠
성은 그 말의 의미를 제대로 알아들을 수가 없다. 아마도 그 사내는 사고
가 나서 공장에서 부당해고를 당한 것에 제대로 저항도 하지 못한 데 대
한 자신의 어리석음을 자책하는 듯하지만 작가는 이를 더이상 구체적으
로 언급하지 않는다. 질병뿐만 아니라 공장의 위험한 작업환경에 따른
사고는 후천적 장애의 한 요인이 된다는 것을 작가는 사내를 등장시킴으

---

23) 위의 책, 168면.
24) 위의 책, 169면.

로써 보여주고자 한 것 같다.

집으로 돌아온 그는 어머니의 걱정을 들으며 동네에 돌고 있는 돌림병인 눈병을 앓고 있는 동생 칠운, 머리를 쥐 가죽으로 싸매고 죽어가는 동생 영애를 바라보는 것이 고통스럽다. 게다가 어젯밤 내린 비로 인해 어머니가 경작하는 조밭이 못 쓰게 되었다는 말을 들은 데다 설상가상으로 큰년이 어제 시집을 가버렸다는 청천벽력 같은 소식까지 듣게 된다. 하지만 그가 할 수 있는 일이라곤 비가 좍좍 쏟아지며 바람은 미친 듯이 몰아치고, 우르릉 쾅쾅 하늘에 천둥이 치고 번갯불이 쭉쭉 찢겨나가는 하늘을 묵묵히 노려볼 뿐이다.

칠성이 마음속으로 느끼는 분노감정은 폭풍우가 휘몰아치는 날씨와 천둥 번개가 요란한 기상상태를 통해서 간접적으로 표현되고 있다. 그런데 동생들이 치료받지 못하고 병들어 죽어가는 질병의 처참한 상황에도 손을 쓸 수 없는, 즉 가족들을 제대로 돌볼 수 없는 자신의 무능력, 비로 인해 어머니가 경작하는 조밭이 못 쓰게 된 상황, 무엇보다도 옷감을 끊어 왔는데 큰년이 시집을 가버렸다는 절망적 상황에 대해서 그는 어떤 현실적 행동이나 저항도 할 수가 없이 무력할 뿐이다.

이처럼 칠성은 신체적 기능장애가 원인이 되어 성인 남자로서 정상적 노동으로 가족을 제대로 부양할 수도 없고, 큰년이를 연모하면서도 그녀가 팔리듯이 시집을 가는 상황에서 그 어떤 행동도 취할 수 없이 그저 무력감과 분노를 느낄 뿐이다. 그의 신체적 장애는 인간 능력의 약화와 심리적 무기력을 초래하며, 결국 사회 환경의 장애가 중층적으로 발생하여 인간으로서 정상적인 사회생활을 할 수 없는 불리한 조건 속으로 그를 몰아넣었던 것이다.

어쩌면 이 작품에서 칠성이 느낀 가장 큰 장벽은 "저것도 계집이 그리

우려니 하니, 불쌍한 마음이 들고 또 아들의 장래가 캄캄해 보이었다"[25] 와 같은 어머니의 우려처럼 성인 남자로서 성적 욕망조차 제대로 표현하고 실현할 수 없다는 절망감일 것이다.

"장애인도 성적 욕구가 있다는 사실은 사회적으로 이제까지 무시되었고, 인간의 당연한 기본권 가운데 하나인 성적 권리가 장애인에게도 동등하게 차별 없이 보장되어야 한다는"[26] 가치관은 강경애가 「지하촌」을 썼던 1930년대에는 형성되어 있지 않았다. 하지만 강경애는 칠성의 성적 욕망의 좌절을 진지하게 그려냄으로써 장애인도 비장애인과 동일하게 성적 아이덴티티를 지닌 존재라는 것을 인정하고, 그 좌절을 공감적 태도로 그려냈다는 점에서 이 작품의 큰 의의가 있다고 할 수 있다.

칠성뿐만 아니라 작중의 거지 사내는 지체장애로 인해 직장에서 해고되자 아내가 집을 나가버림으로써 성적 욕망은 실현될 수 없었고, 시각 장애를 가진 큰년이는 이미 많은 첩을 둔 남자에게 시집을 가는 데서 알수 있듯이 성적 대상에 불과할 뿐 주체로서의 성적 권리의 실현과는 거리가 있다. 이처럼 장애는 기능장애, 능력장애, 사회적 장애를 넘어서서 성적 장애까지 야기하는 결정적 요인으로 작용하고 있다.

3. 빈곤과 질병의 지옥고

이 작품에서 장애 못지않게 지하촌 사람들을 고통 속으로 몰아넣는 것

---

25) 위의 책, 162면.
26) 장애여성공감, 「장애와 성: 성욕의 서사를 넘어서」, 『여/성이론』24, (사)여성문화이론연구소, 2011.06, 131면.

은 빈곤이다. 질병과 이를 치료할 수 없게 만드는 빈곤은 지하촌 사람들을 질병 치료를 제때 받지 못하는 고통 속으로 몰아넣고, 종국에는 장애나 죽음에 이르게 만든다. 즉 지하촌 사람들은 질병에 노출된 채 장애인 못지않은 신체적 불편과 고통을 겪고 있으며, 인간으로서 최소한의 존엄성마저 훼손당하며 겨우 목숨을 부지하고 있다. 지하촌 사람들의 몸은 '빈곤'이란 사회의 구조적 모순에 의해 기아에 허덕이고, 적절한 치료를 제때 받지 못하는 질병의 고통 속에서 생존하며, 장애를 향해 가거나 서서히 죽어가는 한계상황에 처해진다.

즉 칠성의 어머니, 동생인 칠운, 여동생인 영애 등은 질병에 걸렸지만 빈곤으로 인해 적절한 치료를 받지 못하고 있으며, 인간으로서 누려야 할 최소한의 권리조차 누리지 못한 채 매일매일 끼니를 걱정해야 하는 상황이다. 그들에겐 살아있다는 것 자체가 축복이 아니라 재앙으로 인식된다.

> 아기는 언제 그 도토리를 먹었던지 캑캑 하고 게위놓는다. 깨느르르한 침에 섞이어 나오는 도토리 쪽은 조금도 씹히지 않은 그대로였고 그 빛이 약간 붉은 기가 띤 것을 보아 피가 묻어 나오는 것임을 알 수가 있었다. 아기의 얼굴은 발갛게 상기되고 목에 힘줄이 불쑥 일어난다.[27]

어린 영애는 모친의 젖이 제대로 나오지 않는 상황에서 늘 배고픔에 시달린 나머지 삼킬 수도 없는 도토리를 삼키다가 그것을 피와 함께 게위놓거나 피똥을 누고, 머리의 종기 딱지를 떼어 오물오물 씹어 먹는가

---

27) 연변대학교 조선문학연구소 허경진 · 허휘훈 · 채미화 주편, 앞의 책, 154면.

하면, 자신의 오줌을 쪽쪽 핥아먹는다.

　칠성이는 눈도 거들떠보지 않고 돌아앉아 파리가 우글우글 끓는 곳을 바라보니 밥그릇이 눈에 띄었다. 언제나 어머니는 그가 늦게 일어나므로 저렇게 밥 바리에 보를 덮어놓고 김매러 가는 것이다. 그는 슬그머니 다가앉아 술을 들고 보를 들치었다. 국에는 파리가 빠져 둥둥 떠다니고, 밥 바리에 붙었던 수없는 바퀴 떼는 기급을 해서 달아난다. 그는 파리를 건져내고 밥을 푹 떠서 입에 넣었다. 밥이란 도토리뿐으로 밥알은 어쩌다가 씹히곤 했다. 씹히는 그 밥알이야말로 극히 부드럽고 풀기가 있으며, 그 맛이 달큼해서 기침을 할 지경이었다. 그러나 그 맛은 잠깐이고 또 도토리가 미끈하고 씹혀 밥맛이 쓰디쓴 맛으로 변한다. 그래 도토리만은 잘 씹지 않고 우물우물해서, 얼른 삼키려면 그만큼 더 넘어가지 않고 쓴 물을 뿌리며 혀 끝에 넘나들었다.[28]

　칠성이라고 해서 크게 다를 바가 없다. 위의 인용문처럼 파리가 우글우글하고, 바퀴 떼가 붙어 있다 달아나는 밥그릇에는 어쩌다 쌀알이 씹힐 뿐 도토리가 대부분이다. 열악하기 짝이 없는 식사와 그것마저 부족해서 늘 기아에 허덕이는 상황에서 칠성은 살아있음과 태어남을 축복이 아니라 재앙으로 인식한다.

　"으아으아"
하는 아기 울음소리에 머리를 돌렸다. 영애의 울음소리가 아니요, 아주 갓 지난 어린아이의 울음인 것을 직각하자, 큰년의 어머니가 아기를 낳았는

---

28) 위의 책, 153면.

가 했다. 그러나 불안하던 마음이 다소 덜리나 아기라고 입에만 올려도 입
에서 신물이 돌 지경이었다. 지금 봉당에서 피똥을 누느라 병든 고양이 꼴
한 그런 아기를 낳을 바엔 차라리 진자리에서 눌러 죽여버리는 것이 훨씬
나을 것 같았다. [29]

따라서 칠성은 큰년의 집에서 들려오는 갓난아기의 울음소리에 "지금
봉당에서 피똥을 누느라 병든 고양이 꼴 한 그런 아기를 낳을 바엔 차라
리 진자리에서 눌러 죽여버리는 것이 훨씬 나을 것 같았다"처럼 질병과
기아의 고통에 시달리는 여동생 영애 같은 아이를 낳을 바에야 차라리
낳자마자 죽여버리는 것이 훨씬 나을 것 같다는 극단적인 사고를 하게
된다.

"글쎄 살지도 못할 것이 왜 태어나서 어미만 죽을 경을 치게 하겠니. 이
제 가보니, 큰년네 아기가 죽었더구나. 잘되긴 했더라만……. 에그 불쌍하
지. 얼마나 밭고랑을 타고 헤매었는데, 아기 머리는 그냥 흙투성이더라구
나. 그게 살면 또 병신이나 되지 뭘 하겠니?. 눈에 흙이 잔뜩 들었더라니,
아이 죽기를 잘했지!"[30]

칠성의 이미니도 근년네 아기가 죽었나는 소식을 전하며 죽은 것은 불
쌍하지만 그렇게 태어나 봤자 "병신이나 되지"라며 죽기를 잘했다고 말
한다. 이처럼 지하촌에서는 여성들의 임신이나 아이의 탄생은 전혀 축복
이 되지 못한다. 큰년 모는 아이를 낳은 당일까지도 밭일을 하며 밭고랑

---

29) 위의 책, 157면.
30) 위의 책, 160면.

을 타고 헤매다가 출산한 나머지 아기는 머리가 흙투성이인 채로 태어나 자마자 곧바로 죽는다. 즉 '탄생 자체가 삶을 오염시키는 죽음, 즉 아브젝 트(abject)이다.[31]

여성들은 출산한 당일이나 다음날에도 노동을 해야 하는 상황에서 임신은 노동의 방해 요인이 될 뿐이다. 큰년의 어머니는 출산하는 당일에도 노동을 하다가 아기를 낳았고, 아기가 죽었지만 이를 슬퍼하거나 산후조리를 할 새도 없이 당장 다음날로 김을 매러 나가야 한다. 칠성의 어머니 역시 막내딸 영애를 낳은 후 곧바로 무거운 도리깨를 들고 보리마당질을 하는 과도한 노동의 후유증으로 오늘날까지도 누구에게 말도 할 수 없는 부인과적인 질병을 앓고 있다.

> 그것 때문에 여름에는 더 덥고 또 고약스런 악취가 나고, 겨울엔 더하고 항상 몸살이 오는 듯 오싹오싹 추웠다. 먼길을 걸으면 그 살덩이가 불이 붙는 듯 쓰라리고, 또 염증을 일으켜 퉁퉁 부어서 걸음을 걸을 수가 없으며, 나중엔 주위로 수 없는 종기가 나서, 그것이 곪아 터지느라 기막히게 아팠다. 이리 아파도 누구에게 아프다는 말도 할 수 없는 그런 종류의 병이었다."[32]

이처럼 매일매일 끼니 걱정을 해야 하는 지하촌 여성들에게 아이가 한 명 늘어나는 임신과 출산은 축복이 아니라 재앙이나 다를 바가 없다. 처음부터 아기는 영양실조로 부실하게 태어나서 제대로 먹지도 못한 채로 병이 들면 치료를 받지 못해 장애인이 되거나 죽고 만다. 지하촌 여성들

---

31) 노엘 맥아피, 이부순 역, 『경계에 선 줄리아 크리스테바』, 앨피, 2007, 94면.
32) 연변대학교 조선문학연구소 허경진·허휘훈·채미화 주편, 앞의 책, 161면.

에게 "출산이 소중한 경험이 아니라 병신을 낳고 죽음을 낳는 체험으로 형상화됨으로써 과연 생명의 탄생이란 어떤 의미를 가져야 하는지"[33]를 저울질하는 부정적 경험이 되고 만다.

동생 칠운이도 동네에 퍼진 전염성 눈병을 앓고 있지만 약을 사지 못해 고통을 겪다가 시각장애가 될지도 모른다. 머리의 종기를 치료받지 못해 서서히 죽어가고 있는 여동생 영애는 아브젝트의 하이라이트를 보여준다.

> 아기도 머리를 갸웃하여 오빠를 바라보고 손을 내민다. 아기의 조 머리
> 엔 종기가 지질하게 났고, 거기에는 언제나 진물이 마를 사이 없다. 그 위
> 에 가늘고 노란 머리카락이 이기어 달라붙었고 또 파리가 안타깝게 달라
> 붙어 떨어지지 않는다. 아기는 자꾸 그 가는 손가락으로 머리를 쥐어 당기
> 고, 종기 딱지를 떼어 오물오물 먹고 있다.[34]

> 아기는 언제 그 헝겊을 찢었는지, 반쯤 헝겊이 찢어졌고, 그리로부터 쌀
> 알 같은 구더기가 설렁설렁 내달아오고 있다.
> "아이구머니 이게 웬일이야 응, 이게 웬일이어!"
> 어머니는 와락 기어가서 헝겊을 잡아 젖히니, 쥐 가죽이 딸려 일어나고
> 피를 문 구더기가 아글아글 떨어신다.
> "아가, 아가 눈 떠, 눈 떠라 아가!"
> 이 같은 어머니의 비명을 들으며, 칠성이는 "엑!" 소리를 지르고 우둥퉁

---

33) 김주리, 「식민지 시대 소설 속 출산 서사의 의미」, 『현대소설연구』44, 한국현대소설
학회, 2010, 49면.
34) 연변대학교 조선문학연구소 허경진 · 허휘훈 · 채미화 주편, 앞의 책, 152~153면.

통 밖으로 나와버렸다.[35]

　배가 고픈 영애는 자신의 종기 딱지를 뜯어 먹거나 소화도 되지 않는
도토리밥을 먹고 토하거나 피똥을 싸놓는다. 여기에서 나아가 지하촌 사
람들은 무지로 인해 병의 상태를 더욱 악화시킨다. 즉 어머니가 쥐 가죽
을 종기가 난 머리에 붙인 결과 영애는 병이 낫기는커녕 부패하여 구더
기가 우글우글 떨어지는 그로테스크한 몰골로 죽어간다. 칠성 역시 개한
테 물린 상처에 먼지를 바르는 등 무지는 이들의 질병을 악화시키는 데
크게 한몫을 하고 있다.

　칠성의 어머니가 산후에 적절한 치료를 받지 못해 악취가 나고 곪아
터지는 부인과 질환에 걸린 것이나 어린 영애의 종기에서 구더기가 우글
거리며 떨어지는 상태로 죽어가는 것은 그야말로 크리스테바가『공포의
권력』[36]에서 말한 혐오스런 아브젝트(abject) 그 자체이다. 영애의 점액
질의 토와 피똥, 머리의 종기 딱지, 우글거리는 구더기, 어머니의 곪아 터
진 상처에서 나오는 악취와 점액질, 칠운의 눈병에서 나오는 진물 등의
점액질은 동일성의 외부로부터 온 위험을 표상한다. 즉 비자아로부터 위
협당하는 자아, 외부환경으로부터 위협받는 사회, 죽음으로부터 위협받
는 삶[37]을 표상한다. 그것은 지하촌 사람들의 생명을 위협하며 역겨움과
혐오를 넘어 그들을 장애 또는 죽음을 향해 가게 만든다. 즉 그것은 삶의
경계를 모호하게 만들며 삶의 질서를 교란하여 죽음에 이르게 만드는 혐
오 그 자체이다. 칠성의 가족 중 특히 영애는 생명을 위협하는 아브젝트

35) 위의 책, 179면.
36) 줄리아 크리스테바, 서민원 역,『공포의 권력』, 동문선, 2001.
37) 위의 책, 116면.

의 극한을 보여준다. 그리고 이 모두는 지하촌의 빈곤과 무지로부터 발생했다.

4. 지하촌에 나타난 몸의 사회학

몸에 관한 접근법에는 자연주의적(본질주의적) 접근법과 사회구성주의적 접근법이 존재한다. 자연주의적 접근법은 "인체의 능력과 한계가 개인을 규정하고 국내·외적인 생활양식을 특징짓는 사회적, 정치적, 경제적 관계를 만든다고 주장한다. 부, 법적 권리 및 정치적 권력에서의 불평등은 사회적으로 만들어지거나 우연히 발생하여 되돌릴 수 있는 것이라기보다는, 생물적인 몸의 결정력에 의해서 주어졌거나 적어도 그것에 의해 정당화되는 것으로 간주된다."[38]

사회구성주의자들은 몸을 생물학적 현상으로 파악하는 입장에 반대하며 몸을 사회적 구성물로 본다. 이들은 몸의 사회적 중요성에 주목하고 몸이 어떻게 사회적 상징으로서 기능하며 사회적 불평등을 정당화하는가에 대한 통찰을 제공함으로써 몸을 당당한 사회학의 탐구 대상으로 만드는 데 기여했다[39]

사회구성주의의 관점에서 장애는 개인의 병리적 문제로 치부되지 않는다. 장애는 여러 이해관계로 얽힌 사회적 상호작용과 제도적 맥락 속에서 구성되는 것이다.[40]

---

38) 크리스 쉴링, 임인숙 역, 『몸의 사회학』, 나남출판, 1999, 69면.
39) 위의 책, 9면.
40) 이주화, 「사회구성주의적 장애 연구의 비판적 고찰 : 상대주의와 반실재론적 성격을

강경애는 지하촌에서 살아가는 사람들의 장애와 질병에 처한 몸이 개인적 차원을 넘어서서 빈곤과 온갖 사회적 불균등성을 보이는 사회의 구조적 모순에 의해서 결정되는 것으로 그려냈다. 가령 칠성이 "왜 이 동네 여인들은 그런 병신만을 낳을까?"라고 생각하다가 곧바로 그들의 장애가 선천적인 것이 아니라 후천적이라는 사실을 깨닫는 것처럼 장애는 결코 선천적이고 자연주의적인 생물학적 현상이 아니었던 것이다. 즉 빈곤이라는 후천적인 사회환경의 구성물이라고 보았다.

더욱이 장애의 몸이 가진 제1차적 기능장애는 신체적 생물학적 장애에 그치지 않고, 제2차의 능력장애와 제3차의 정상적 사회경제적 활동을 할 수 없는 사회적 장애로 그려낸 것은 작가 강경애가 사회구성주의적 시각으로 장애와 질병을 바라보았기 때문이다. 작가는 장애와 질병을 구성하는 사회적인 결정적 요인으로 빈곤을 들고 있다. 칠성의 장애와 어머니와 동생 칠운과 영애의 질병뿐만 아니라 도토리밥에다 다 해진 적삼과 잠방이를 입어야 하며, 먼지 냄새 싸하게 올라오고 빈대 냄새가 역할 뿐만 아니라 비가 새는 방 등 열악하기 짝이 없는 의식주의 열악함……. 작가는 빈곤이라는 사회의 구조적 모순이야말로 장애와 질병의 근본 원인이라고 웅변한다.

이 작품을 창작한 1930년대는 일제의 수탈경제로 인해 빈곤층의 고통이 극심하던 시기였다. 작가는 지하촌을 배경으로 삶과 죽음의 경계가 모호해지는 장애와 질병의 한계상황을 자연주의적 기법으로 처절하게 그려냈다.

－『문예운동』2022년 겨울호(156), 문예운동사, 2022. 12

중심으로」, 『이론과 실천』22－1, 대구대학교 한국특수교육문제연구소, 2021, 29면.

제4부

/

여성성장소설과 모녀관계

7. 문학적 양성성을 추구한 여성성장소설[1]
- 강경애의 『어머니와 딸』을 중심으로

1. 성차별주의를 넘어선 문학비평

우리의 현대문학사는 남성작가 위주로 이루어져 있으며, 남성작가에 대한 연구서가 부지기수인 반면 여성작가와 여성문학에 대한 연구가 제대로 이루어지지 못한 잘못된 연구 풍토를 채훈은 다음과 같이 지적한다.

우리나라 현대문학에 걸친 연구열은 해마다 드높아가는 추세에 있다. 그러나 어찌된 까닭인지 현대여류소설에 대한 연구만은 지극히 부진한 형편 아래 놓여 있다.

근대적인 단편소설의 첫 작품으로 꼽는 이광수의 단편소설 「무정」이

---

1) 이 글의 원제는 『여성과 문학』2호(한국여성문학연구회, 1990)에 발표했을 때에는 '문학적 양성성을 추구한 여성교양소설'이었다, 하지만 교양소설보다 성장소설이라는 명칭이 더 일반화되었기에 이 책에서는 '문학적 양성성을 추구한 여성성장소설'로 제목을 바꾸었다.

1910년에 발표되었고, 여류 작가 김명순의 첫 작품인 「의심의 소녀」가 1917년에 발표되었으므로 연수는 7년의 장거밖에 없는 셈이다. 그러나 우리나라의 현대문학사는 온통 남성작가 위주로 엮어져 있을 뿐더러 남성작가에 대한 연구서는 부지기수인 형편에도 불구하고 여류 작가나 여류 문학을 연구한 연구서는 몹시 영성한 실정이다. 이는 이광수 이후 오늘날에 이르기까지 남성작가와 그들의 작품이 다수를 차지하고 있다는 것을 반증하는 것이겠지만 김명순 이후의 여류 작가 역시 비록 수적으로 적기는 하지만 저마다의 특색을 자랑하는 작품을 발표하면서 문학사를 빛내왔다고 믿어지는 만큼 기왕의 연구 풍토는 무언가 잘못되어 있다는 생각을 금할 길이 없다.[2]

문학사에서 여성작가의 소외 현상에 대한 문제점은 여러 연구자들에 의하여 지적되어온 바다.[3] 최근 강경애에 대한 재조명은 문학적 재평가를 통해 여성작가의 문학사적 소외를 극복하여 문학사를 제대로 기술해야 한다는 문제의식에다 1980년대 이후 비평의 새로운 조류로 부상하고 있는 페미니스트 비평의 영향이 크게 작용할 결과라고 할 수 있다.

그동안 강경애에 대한 연구는 문학사에서의 단편적인 언급[4]의 수준을 벗어나 여성 연구자들에 의한 석·박사 학위논문[5]과 남성연구자들의 여

---

2) 채훈, 「1930년대 한국여류소설에 있어서의 빈궁의 문제」, 『아세아여성연구』23, 숙명여대 아세아여성문제연구소, 1984, 125면.
3) 서정자, 「강경애 연구」, 『원우논총』1, 숙명여대 대학원, 1983.; 정영자, 「한국여성문학연구」, 동아대학교 대학원 박사논문, 1988.; 임금복, 「한국현대문학사에 나타난 여성문학의 위상과 그 극복」, 『국제어문』9·10합집, 국제어문학회, 1989.
4) 백철, 『신문학사조사』, 민중서관, 1952.; 김우종, 『한국현대소설사』, 성문각, 1973.; 김영덕, 『한국여성사Ⅱ』, 이화여자대학교출판부, 1972.; 김윤식, 『한국근대문학사논고』, 법문사, 1972.
5) 이계희, 「강경애론」, 이화여대 대학원 석사논문, 1974.; 안숙원, 「강경애연구」, 서

류의 한계를 벗어난 작가 또는 남성적 여성작가라는 평과 함께 비교적
긍정적 평가를 얻고 있다.

채훈은 박화성과 함께 강경애가 1930년대의 심각한 문제였던 빈궁에
대한 폭넓은 관심과 작품 자체의 특출함을 지닌 역량 있는 작가라는 점
에서 긍정적 평가를 하고 있다.[6] 이재선은 강경애가 여성원리에 의한 작
가이기보다는 외향적이고 비판적인 이념을 중심하는 리얼리스트로서
극지로 밀려나고 고난받는 사람들의 험악한 삶의 조건과 이들의 인간다
움으로서의 복권에 관심을 두었던 작가였다고 평가했다.[7] 강경애의 『인
간문제』와 『어머니와 딸』을 분석해 온 송백헌은 강경애가 식민지 시대의
모순 속에서 역사적 주체를 민중 속에서 발견하고, 이들로 하여금 상황
적 모순을 발전적으로 반응하게 만든 치열한 작가의식의 소유자라고 평
가했다.[8] 조남현 역시 강경애는 주제의식, 소재, 배경 면에서 매우 남성
적인 작가로서 소설 구성력, 서술방법, 주제의식의 효과적 구현 등 기교
면에서 보다 성숙된 뒷받침이 있었다면 근대소설사에서의 가치 목록에
보다 당당하게 포함될 수 있었을 것으로, 전반적 차원에서 강경애의 작
가적 역량을 긍정적으로 평가했다.[9] 김윤식도 강경애가 여류 문인의 범
주를 벗어나는 작가로서 『인간문제』에서의 인천 부두 묘사와 방적공장

강대 대학원 석사논문, 1976. ; 이희수, 「강경애연구」, 강원대 교육대학원 석사논문,
　1981. ; 이상경, 「강경애연구」, 서울대 대학원 석사논문, 1984. ; 서정자, 「일제강점기
　의 한국여류소설연구」, 숙명여대 대학원 박사논문, 1988. ; 정영자, 「한국여성문학연
　구」, 동아대 대학원 박사논문, 1988.

6) 채훈, 앞의 논문.

7) 이재선, 『한국현대소설사』, 홍성사, 1979.

8) 송백헌, 「강경애의 인간문제연구」, 『여성문제연구』13, 효성여대 여성문제연구소,
　1984. ; 송백헌, 「강경애의 어머니와 딸 연구」, 『건국어문학』9 · 10합집, 1984.

9) 조남현, 「강경애 연구」, 『예술원 논문집』25, 예술원, 1986.

의 묘사는 한국근대소설 공간에서 처음으로 포착된 소재라며 작가적 역
량을 높이 평가했다.[10]

　이렇듯이 남성 연구자들이 강경애의 작가적 역량을 긍정적으로 논평
하면서 보여주는 공통의 태도는 그가 여류 문학의 범주를 벗어나는 남성
적 작가라는 평가이다. 즉 연구자들의 평가과정에 작용되고 있는 남근비
평(phallic criticism)이라고 불릴 만한 성적 매카시즘(sexual McCarthyism)
을 공통으로 볼 수 있다. 남성 연구자들은 암암리에 여성 또는 여성적인
것은 가치가 열등하고, 남성 또는 남성적인 것은 가치가 우월하다는 성
적 구분에 따른 흑백논리를 평가의 과정에서 노정한다. 따라서 강경애에
대한 긍정적 평가 속에는 그냥 작가로서 역량이 있기 때문이 아니라 여
성이지만 남성적 작가이기 때문에 긍정적이라는 가치평가가 나오는 것
이다. 이러한 성적 이분법은 남성작가와 여성작가 또는 남성적 문학과
여성적 문학의 특성도 제대로 규명하지 않은 채로 지극히 인상적이고 상
투적인 수준에서 성적 이분법을 적용하며 여성문학과 여성작가를 폄하
하는 차별을 야기한다. 이러한 성차별적 시각이 유지되는 한 어떠한 여
성작가의 문학도 온당한 가치평가를 받기 어렵고, 문학사에서의 정당한
자리매김 또한 이루어질 수 없을 것이다.

　여성문학비평(feminist criticism)을 일레인 쇼왈터(Elaine Showalter)는
페미니스트비평(feministcritique)과 여성중심비평(gynocritics)으로 분류
하고 있는데,[11] 이 가운데 여성중심비평은 다름 아닌 여성작가와 여성 작
품의 특수성과 차이성에 주목하는 비평의 방법이다. 필자는 여성중심비

---

10) 김윤식, 『속 한국근대작가논고』, 일지사, 1981.
11) 김열규 외 공역, 『페미니즘과 문학』, 문예출판사, 1988.

평이 관심을 기울이고 있는 연구 태도가 과연 남성과 여성이라는 작가의
성적 이분법이 문학작품에서 다소 다른 경험 · 인식 · 감수성 · 스타일의
차이를 표현하는 단계를 넘어서서 여성적 양식과 남성적 양식이란 이원
체계를 구성할 수 있을 정도로 다른 차이성을 보일 수 있을 것인가에 대
해서 매우 회의적이다. 그리고 이는 기존의 생물학적 결정론을 토대로
한 문학적 양식의 이원적 유형화라는 점에서 기존의 성차별주의를 그대
로 답습하는 것은 아닌가 하는 의구심도 가진다.[12]

그러나 만약 여성작가가 남성작가와는 다른 차이점과 특수성을 유형
화할 수 있을 정도로 가지고 있다면, 그것은 남성적 특징의 부정적 대위
개념으로서가 아니라 상대적 개성으로서 인정하여야 한다고 생각한다.
적어도 남성적 여성적 가치개념에 작용하는 성차별주의를 넘어선 가치
중립적인 문학적 규범을 만들어야 한다는 뜻이다.

또한 이러한 가치중립적인 문학적 규범을 제시하는 것이야말로 여성
문학비평이 해야 할 과제일 것이다. 그리고 모든 문학비평은 성적 흑백
논리를 벗어날 때에 제대로 된 문학비평을 이룰 수 있을 것이다.

2. 여성 공동운명의 자각

강경애의 『어머니와 딸』은 1931년과 1932년 사이에 『혜성』(1931년
8,9,11,12월, 1932년 1,3,4월)에 연재되다가 『혜성』이 폐간되자 이를 승계

---

12) 송명희, 「한국 페미니스트 문학비평의 현황과 전망」, 『겨레문학』2(1989년 겨울호),
    1989.12, 108~109면.

한 『제1선』(1932년 7,9,10월)에 연재된 소설이다. 강경애의 최초의 작품인 「파금(破琴)」(1931)이 《조선일보》의 부인문예란에 발표된 점을 감안한다면, 이 작품은 강경애의 데뷔작이며 출세작이라고 할 수 있을 것이다.

이 작품이 연재된 『혜성』의 편집자 채만식은 무명작가에게 어떻게 파격적으로 연재소설을 게재하도록 하게 되었는가를 다음과 같이 주(註)를 통하여 밝히고 있다.

> 이 작(作)은 여러 가지로 보아 낯선 솜씨가 아니다. 도리어 부분 부분의 섬세한 묘사 같은 것은 대가의 그것에도 손색이 없을 만큼 치밀하다. 이러한 점으로 보아 앞으로 대성할 소질이 넉넉하다는 것을 단언할 수 있다. 그러나 한 가지 섭섭한 것은 내용이 시속이 갑 헐한 미국 활동사진의 그것에 근사한 것이다. 그리고 사건을 진행시키는 데 무리와 조루(粗漏)가 많이 있다. 그럼에도 불구하고 이것을 발표하는 것은 한 무명작가로 - 더구나 현대조선에 있어서 - 여자로는 누구라도 손대어 보지 못한 큰 노력을 시험하였다는 것이다.[13]

이렇게 발표 당시부터 대단한 주목과 기대를 받은 이 작품에 대해서 서정자는 강경애의 휴머니즘 문학의 출발을 보여주는 역삭으로 봉건적 윤리도덕에 얽매였던 여성의 해방선언서라 논평한다.[14] 서정자의 지적처럼 이 작품은 가부장적 억압 하에 놓인 여인 2대의 삶을 세 명의 여성을 중심으로 조명한 작품이다. 즉 억압으로부터 해방을 성취하는 개성적

---

13) 『혜성』1931년 8월호, 147면.
14) 서정자, 「강경애 연구」.

이고 발전적인 '옥이'라는 인물을 중심으로 그녀의 친모와 시모의 삶을 대비시키며, 여성의 삶에 가해져 오는 가부장적, 계층적, 시대적 억압과 갈등을 총체적으로 제시하고자 하는 노력이 돋보이는 작품이다.

중편의 분량임에도 장편의 구조를 지닌 이 작품은 동경에 유학 중인 연하의 남편으로부터 이혼을 하자는 편지를 받은 옥이의 심적 갈등상태로부터 발단된다. 즉 이혼 요구를 받고 있는 옥이는 갈등적 심리상태에서 친모의 타락된 삶과 시모의 배신당한 삶이, 그리고 현재 자신이 처한 삶이 가부장적 억압 하의 공통의 운명이라는 자각으로부터 작품은 발단된다.

어려서부터 지금까지 친정어머니에 대한 인상이란 남자들의 무릎과 무릎 사이로 옮아 다니며 갖은 아양을 다 피우다가도 그들의 발길에 툭툭 채여 울고 다니는 꼴이었다.

그러나 오늘에 생각 키운 어머니 – 그의 과거를 짐작해 볼 때에 한 번도 보지 못한 자기 아버지란 사나이가 어딘지 모르게 그리우면서도 안타깝게 미워졌다. – 어머니의 타락된 원인이 아버지의 소위인 것을 깊이깊이 깨닫게 되었다.

그는 사립문 안으로 들어서자 맨땅에 펄썩 주저앉으며 '어머니 당신도 깨끗한 처녀였겠지요, 아버지를 만나기 전에는…. 아 얼마나 쓰림을 당하시다 못 해서 곱고 고운 어머니의 그 깨끗한 마음이 흐리어졌습니까? 이제서야 비로소 어머님의 쓰라렸던 가슴을 알겠습니다. 괴로움을 잊기 위하여 술을 마시고 울지 않았습니까! 오, 그 쓰림은 나에게도 왔습니다, 왔습니다!'[15]

15) 『혜성』1931년 8월호, 151면.

발단단계에서 친모의 타락되고 분열된 삶과 남편으로부터 이혼 독촉을 받고 있는 자신의 삶이 가부장적 억압 하에 놓인 공통의 여성 운명이라는 자각을 이룬 것은 앞으로 이 작품의 결말단계에서 제시할 여성해방의 비전에 대한 가능성을 열어 놓고 있다.

마르시아 웨시코트(Marcia Wesikott)는 무엇보다도 여성이 부자유 속에서 하나라는 판단에 도달했을 때, 개인 여성의 자유와 모든 여성의 자유는 연결되며, 여기에서 여성해방의 비전은 나올 수 있다고 말한 바 있는데,[16] 남성으로부터 억압받고 지배된 자신의 경험과 친모의 경험, 그리고 시모의 배신당한 경험이 낱낱의 개인적인 것이 아니라 여성 공통의 운명이라고 하는 자각은 여성해방을 성취할 긍정적 가능성을 암시한다.

전세대 여성의 억압된 삶의 전형으로 제시된 친모 '예쁜이'와 시모 '산호주'의 삶이 자연스레 삽입되어 조명되는데, 강경애는 친모와 시모의 삶을 단순히 가부장제의 모순에서만 파악하지 않고 계급 모순과 상호 연결된 복합적 모순 속의 여성 억압과 고통으로 형상화하고 있다는 점에서 그 작가적 역량이 돋보인다. 즉 친모의 삶을 통하여는 지주계급의 하층민에 대한 경제적 수탈과 착취가 성적 착취의 모순과 연결된 모습으로, 그리고 시모인 산호주의 삶을 통하여서는 지식층 남성의 여성에 대한 비열하고 파렴치한 성적 경제적 착취와 인간성의 타락을 고발한다.

친모, 시모, 옥이는 가부장적 모순과 억압 속에 놓인 공통의 운명이면서도 친모의 경우는 가장 억압되고 타락된 모습으로, 시모의 경우는 남자로부터 성적 경제적 착취를 당하고 배신의 상처를 입지만 모성의 발현에 의하여 갱생하는 삶으로, 옥이의 경우에는 억압되고 수동적인 삶을

---

16) G.볼스&R.D.클레인 편, 정금자 역, 『여성학의 이론』, 을유문화사, 1986, 276면.

신교육을 통해 자각하고 주체적인 삶의 가능성을 보여주는 삶으로 그려진다. 즉 어머니 세대와 딸 세대를 대비하면서도 발전적 플롯으로 그려냈다는 데에 작가의 여성해방에 대한 주제의식이 매우 선명히 드러나고 있다. 작가의 여성해방에 대한 치열한 의식은 이미 세 여성의 각기 다른 억압 양상의 인물 창조에서 치밀하게 의도되며, 그것이 인물 상호간의 외형적 갈등으로서만이 아니라 주인공 '옥이'의 내적 각성을 수반함으로써 여성해방에 관한 성취를 안과 밖을 통하여, 즉 고발의 차원을 넘어선 대안적 작품세계를 보여주었다고 할 수 있다.

3. 억압의 세 양상과 여성해방의 추구

옥이의 친모인 '예쁜이'는 이 작품에서 가부장제에 의해 가장 큰 억압과 피해를 받으며, 가장 타락한 여성으로 제시된다. 그녀는 첫사랑의 감정이 막 싹트려 할 때에 빈한한 소작농인 가족의 생계유지를 위한 수단으로 지주 이춘식의 첩으로 팔려간다. 예쁜이의 '성'은 경제적 신분적으로 우위에 있는 남성의 향락의 도구로 교환되는데, 이렇게 일탈된 성은 계속하여 본처와 그 자식으로부터 학대를 받아 그녀의 인생을 파멸의 구렁텅이로 빠뜨리는 조건이 된다. 그녀는 첩이라는 조건 때문에 학대받으며 딸 옥이를 낳은 후로는 남편으로부터도 천대를 받다가 급기야는 딸조차도 빼앗기고 쫓겨날 운명에 처한다. 그녀의 내쫓김은 그 순간에 찾아온 '둘째'의 운명을 파멸에 이르게 만들고, 그녀의 일가, 즉 부모와 남동생까지도 죽게 만드는 비운의 씨앗이 된다. 왜냐하면 그녀를 쫓아낸 이춘식은 이어 그녀와 교환했던 밥줄인 소작마저 끊어버렸기 때문에 이에 그녀의 아버지가 복수를 하러 찾아갔다가 실패하여 분에 못 이겨 죽어버렸고, 아버지를 찾아 올라간 어머니와 남동생마저도 이 소식에 투신자살한 일련의 사건을 촉발시켰기 때문이다.

예쁜이는 생계유지를 위하여 다시 성을 남성들의 쾌락의 도구로 팔아야 했다. 그녀의 타락은 단초부터 생계유지를 위한 수단으로 성을 도구화하였기 때문에 야기되었고, 계속적으로 생존을 위해 성을 도구화한 결과라고 할 수 있다. 그녀는 아버지가 첩으로 자신을 팔아버려도 말없이 그 희생을 수용하며, 또한 지주 이춘식이 자신을 일시적인 향락의 도구로 이용하고 무책임하게 내팽개쳐도 이에 대해 반항하지 못하고, 그 이후에도 독립적이고 주체적인 인생을 위한 어떠한 자각도 이루지 못한 채로 생존을 위해 성을 도구화함으로써 가장 불행하고 가장 타락된 모습을 띤 인물로 형상화된다.

결국 그녀의 타락화에 작용하는 요소는 딸을 팔아 생계유지를 해야 했던 가부장제와 일제강점기의 총체적 빈곤이다. 딸을 팔아 생계를 유지하겠다는 아버지의 가부장적 관념과 젊고 아름다운 여성을 첩으로 사들이는 일부다처제의 모순, 그리고 하층계급의 빈곤을 가중시키는 일제강점기의 경제적 모순이 상호 결합하여 예쁜이는 빠져나올 수 없는 타락의 세계로 전락한다. 여기에 예쁜이의 수동적이고 무주체적인 성격이 반응함으로써 자신의 타락에 아무런 제동을 걸지 못하였다고 할 수 있다.

옥이의 친모에 비하면 그녀의 시모인 '산호주'의 억압 양상을 사뭇 다르다. 그러나 산호주의 계층적 신분은 예쁜이만도 못한 고아 출신이며, 기생이란 천민 신분이다. 그녀는 남성으로부터 성적 경제적 착취를 당하다가 끝내는 배신을 당하는데, 그녀의 상대역은 지주계급과는 다른 지식층이다. 고학생 강수는 산호주의 헌신적인 봉사와 경제적 후원으로 동경

유학을 마치고 중학교에 교편을 잡지만 산호주에게 말 한마디 없이 여학
생 출신의 규수와 결혼을 해버리고 오히려 산호주에 대해 계속적인 소유
욕을 드러내는 파렴치하고 비열한 인물이다. "어쩌면 나도 남과 같이 남
편을 얻어 아들딸 낳고 재미있게 살아볼까"를 열망한 산호주가 기생 신
분으로서 평범한 가정부인의 삶을 동경하고 낭만적 사랑을 추구한 것이
오히려 남성으로 하여금 성적 경제적 착취를 가능케 만드는 조건을 제공
하였다고 할 수 있다.

남자의 추악한 배신과 파렴치성에 절망을 느낀 그녀를 구원하여 갱생
의 삶을 살게 만든 것은 임신으로 인한 모성의 발현과 축적된 경제력이
라고 할 수 있다. 그녀에게 모성은 부분적으로나마 가정주부의 삶을 보
장해 준다. 즉 아내로서의 역할은 배신으로 종지부를 찍었지만 어머니
로서의 삶은 가능해졌으며, 그녀의 내부에 잠재된 모성의 발현은 그녀의
삶에 갱생의 의지를 불어넣어 주었다고 할 수 있다.

> 그의 원하는 대로 아들을 낳게 되었다. 그는 처음으로 세상에 대한 애착
> 심을 가지게 되었다. 어린 것을 안고 들여다볼수록 신기맹통스러웠다. 따
> 라서 차츰차츰 차던 그의 가슴은 따스한 모성애로부터 녹아갔다.[17]

즉 그녀에게 가해진 가부장제의 억압은 성적 경제적 수탈과 착취의 타
락된 측면을 드러내지만 한편으로 모성적 욕구를 실현시켜 주었다고 할
수 있고, 이 모성을 억압으로 파악하지 않고 인간 구원의 원리로 제시한
데에 작가 강경애의 여성작가로서의 특이성과 함께 한국적 여성해방은

---

17) 『혜성』1931년 1월호, 147면.

모성을 결코 장애요인으로 취급하지 않는 특이성을 드러냈다고 할 수 있다.

예쁜이와 산호주는 전 세대 여성이 겪어온 억압의 상이한 두 측면을 보여주고 있다. 두 여성이 겪어온 삶의 조건은 가부장제의 모순뿐만이 아니라 경제적으로나 신분적으로 우월한 계층에 속한 남성의 하층계급 여성에 대한 성적 경제적 착취라는 점에서 경제적 계급적 모순과 상호 결합한 모순으로 형상화하였다는 데에 작가 강경애의 야심만만한 작가 의식이 돋보이는 측면이다.

반면에, 이 작품의 핵심적 인물인 옥이는 첩에서도 쫓겨난 예쁜이의 천덕꾸러기 자식의 운명이었음에도 불구하고 산호주를 만남으로써 안정을 찾으며, 그녀의 배려에 의하여 교육도 받고 후에 그녀의 아들과 혼인도 하는 인물이다. 현재 시점에서 그녀의 갈등은 동경 유학생인 연하의 남편 봉준의 이혼 요구이다. 그녀의 혼인은 시모인 산호주의 유언에 의하여 인습적으로 이루어진 구식 혼인이다. 동경에서 유학하며 자유연애에 눈떠 숙희라는 여학생을 사모하는 남편은 시골에 있는 구여성, 더구나 자신의 자유로운 의사에 의해서가 아니라 어머니의 유언에 의하여 부부가 된 옥이에 대해서 이성으로서의 애정을 느낄 수 없다. 그래서 편지에다 이혼을 요구하여 온 것이다. 이에 반응하는 옥이의 태도는 그저 한숨으로 갈등의 심리상태를 노정하는 한편 그녀가 처하고 있는 갈등과 친모의 타락된 삶과 시모의 배신당한 삶이 가부장제의 억압이란 공통의 끈으로 연결된 동일한 운명이라는 자각으로 이어진다.

갈등의 과정에서 보여준 옥이의 수동적이고 자기회의적인 태도는 서울에 올라와서 여학생이 된 이후에도 당분간 지속된다. 그러나 남편의 짝사랑 상대역인 숙희에게 상사병에 걸린 남편을 방문하여 달라고 요청

하러 갔다가 거절당하고 정신없이 뛰어오다가 넘어졌을 때 노동운동을 하다가 끌려가는 영실의 오빠를 목격하고 주체적인 삶의 자각을 이룬다. 즉 이혼을 요구하는 남편 때문에 갈등하는, 즉 한 남자를 위하는 삶보다 여러 사람을 위하여 희생하는 영실 오빠와 같은 삶이야말로 가치 있는 삶이라고 깨닫는 여성이 된다.

넘어지는 순간의 의미심장한 전기(turning point)를 통하여 그녀는 구시대의 종속적인 삶을 청산하는 의식의 변혁을 이룬다. 그것은 종속으로부터의 독립이고, 과거적 인연의 단절이요, 남편으로부터의 이혼을 의미한다. 그래서 남편이 자신의 잘못을 시인하고, 이혼 요구를 철회하며, 후견인이자 스승인 김영철 선생의 만류에도 불구하고 주체적이고 독립적인 삶, 한 사람을 위하여 희생하는 결혼보다 더 의미 있고 가치 있는 삶을 실현하기 위하여 남편을 떠나는 용기를 발휘한다.

옥이의 이러한 용기는 친모나 시모 세대로서는 갖기 어려운 것이다. 친모의 경우는 일부다처제의 모순 속에서 지배당하고 피해받는 삶을 살아왔다면, 또한 시모는 남자의 배신으로 인해 정상적 혼인도 하지 못한 채 배신의 아픔 속에서 남자를 불신하고 원망하는 삶을 살아왔다. 하지만 이제 그녀가 가고자 하는 삶은 더이상 억압과 배신과 원망의 삶이 아닌 주체적 삶이며, 남자에 의해서 지배당하는 종속적 삶이 아니라 자아실현을 스스로 추구하는 독립적인 삶이 될 것이다.

4. 교육을 통한 의식 전환과 사회적 자아의 각성

강경애가 여성해방의 대안으로 이혼을 제시한 것은 1930년대의 작품으로는 대단히 혁신적인 사상을 반영한 것이라고 할 수 있다. 그녀는 영실 오빠가 죄수복을 입고 끌려가는 것을 보고 의식이 반전되는 전환의 계기를 갖게 되는데, 이 점은 관점 여하에 따라 작가가 일정한 결론에 도달하기 위해서 의도한 작위성이 드러나는 부자연스런 대목이며, 구체성이 없고, 관념적이며, 논리적으로 매우 비약된 것이라고 볼 수 있다.

왜냐하면 영실 오빠란 존재는 그 이전의 플롯에 전혀 등장한 바 없으며, 이름조차 나타나지 않았다. 그리고 영실 오빠가 노동운동을 하다가 수감된 사람이라는 것 이외에 그의 구체적 행위는 전혀 드러나지 않고 있다. 이 점이 조남현의 지적처럼[18] 식민치하에서의 표현의 자유에 대한 제약임을 감안한다고 하더라도 다소 막연하고 추상적이며 비약되었다는 평가를 피해갈 수 없다.

그렇다면 절정과 결말의 주인공의 자각과 이혼은 작가의 어떠한 의도를 드러내고자 한 것인가? 그것은 우선 한 남성에게 희생하고 종속하는 결혼제도 그 자체를 부정하는 것이라고 볼 수 있다. 남편의 사랑 여부를 떠나서 결혼제도 그 자체를 억압으로 받아들였기 때문에 남편이 이혼 요구를 철회하며 매달렸을 때에도 옥이는 자신의 이혼 의지를 굽히지 않았던 것이다. 또한 그들 부부의 후견인인 김영철 선생이 강하게 이혼을 만류했음에도 옥이는 이혼을 통하여 새로운 사회적 삶을 개척하고자 했던 것이다.

어쨌든, 옥이는 영실 오빠를 본 후 극적 전환을 통하여 주체성을 자각하는데, 그 주체성은 사회적 자아의 각성과 연결된다. 결혼을 통하여 가정 내의 존재로서 그녀의 자아를 한정할 것이 아니라 아예 가정적 역할

---

18) 조남현, 앞의 논문.

을 이혼을 함으로써 단절하고 사회적 자아를 실현하고자 하는 것이다. 그녀는 자신의 주체성의 자각을 이룬 순간을 마치 종교적 엑스타시처럼 표현한다.

> 몇 백 명의 노동자를 위하여 자기 몸을 희생해 바친 영실 오빠, 이렇게 생각하고 나니 정신이 바짝 들었다.
> "오빠! 내 오빠도 되는 것이다!"
> 영실의 손을 뿌리쳤다. 그리고 그들이 밟고 간 넓은 길을 끝없이 바라보았다.
> 영실이는 눈을 부치며,
> "언니, 가자우."
> 옥이의 손을 잡았다.
> "봐라!"
> 옥이는 우뚝 서서 무엇을 깊이 생각하더니,
> "오빠가 간 이 길로 우리도 가야 한다! 영실아!"
> 그의 음성은 떨려 나왔다. 영실이는 멀거니 바라보면서,
> "언니 미쳤나 봐, 어서 가자우요!"[19]

그리고 남편에게 이혼을 약속해 주고 나서의 해방감을 "답답한 토굴에서 벗어나는 듯하였다"라고 표현하는가 하면 의식 전환을 통하여 새로운 세계에 눈 뜸을 다음과 같은 신비체험으로 묘사한다.

> 대문을 나서자 선들선들 부는 바람이 그의 전신을 날 듯이 가볍게 하여

---

19) 『제1선』1932년 10월호, 128면.

주었다. 따라서 모든 것은 새것과 새것으로 그의 눈을 둥그렇게 하였다. 왜 이럴까? 자신을 향하여 물어보았으나 일정한 대답이 없이 머리에 떠오른 것은 아까 그들이 밟고 간 아득해 보이는 훤 - 한 길이었다.[20]

절정과 결말단계에서 보인 옥의 돌연한 의식 변화는 작가로서는 나름대로 계산된 필연적인 변화라고 할 수 있다. 왜냐하면 작가는 옥의 의식변화는 다름 아닌 교육의 결과라고 의도한 것이다. 옥은 산호주의 배려에 의하여 교육을 받기 시작한 후, 시모가 사망한 이후에는 김영철 선생의 선처에 의하여 신교육과 접하게 되었다. 그녀는 공부에 매우 열성적이었고, 그 열성은 교사의 특별한 사랑과 주위의 질투를 불러일으킬 만한 것이었다. 즉 그녀는 어려서부터 내면에 신교육과 신여성을 선망하고 지향하는 마음이 잠재되어 있었고, 그것이 공부에 대한 대단한 열성으로 표출된 것이다. 그녀의 신교육과 신여성에 관한 동경심은 다음에서 잘 나타난다.

예배 다 마치기까지 옥은 불편함을 느꼈다. 그리고 남편과 숙희가 번갈아 떠올랐다. 따라 점점 자신은 아무것으로도 생각되지 않았다. '그들은 많이 알고 쓰기도 잘 할 터이지. 나도 배우면 되겠지.' 이리하여 겨우 가라앉히는 사이에 벌써 예배는 끝났다.

옥, 옥 밀려 나기는 사람들 틈에 섞이어 두 여자의 가는 뒷맵시를 바라보았다. 날씬한 허리, 알맞은 키와 샛노란 구두, 하얀 팔뚝 속으로 비치는 손시계.[21]

---

20) 위의 책, 129면.
21) 『혜성』1931년 1월호, 132면.

이 부분은 아직 남편이 숙희를 사모하고 있다는 것을 알기 이전의 옥이의 숙희에 대한 동경과 선망을 보여주는 대목이다. 이러한 동경과 선망은 서울에 와서 자신이 여학생이 되자 남편이 사다 준 화장품과 구두 등으로 여학생 차림을 하게 되었을 때, "자기의 달라진 옷맵시, 시험 쳐서 입학된 것을 그에게 자랑 겸 친히 눈에 보이고 싶었다. 그는 붓을 들었다. 영철 선생에게 편지를 쓰기 시작하였다"라는 심정 피력에서 잘 드러나고 있다. 그러나 그녀의 신여성에 대한 선망은 단순히 여학생 신분이 된다거나 여학생의 외양을 갖추는 데 있는 것이 아니다. 즉 그녀는 의식상으로 여학생과 같은 의식을 가진, 적극성과 능동성을 갖춘 신여성이 되고 싶은 것이다.

> 곁에서 듣는 옥이는 한층 더 부끄러웠다. 자기는 묻는 말도 대답 못 하는데 숙희는 말을 건넨다. '언제나 나도 저만큼 되어 보려나!' 하고 생각할 때 이 세상에서는 자기와 같이 못난 사람은 없을 것 같았다. 따라서 남편이 배척하는 것도 당연한 것이라 하였다.[22]

인용문에서 내비치는 신여성의 적극성에 대한 선망과 자신의 수동성에 대한 자책과 구여성적 의식과 행동에 대한 열등감의 표출은 그녀의 내면적 지향 욕구가 어떠한 것인지 잘 보여준다. 그녀는 적극적이고 능동적인 신여성의 자아상을 내면에서 추구하였으며, 그것은 바로 남편의 사랑을 회복시킬 수 있는 방법으로도 인식하였다.

이렇게 내면적으로 오랜 기간에 걸쳐서 추구해온 신여성으로서의 이

---

22) 『제1선』1932년 7월호, 131면.

상적 자아상은 그녀의 내면에 잠재되어 있다가 숙희를 사모한 나머지 병까지 든 남편에 대한 환멸과 어떠한 애원에도 불구하고 숙희가 남편을 문병하지 않겠다는 거절의 충격과 피곤함 속에서 한순간 영실 오빠의 모습에 투사되어 돌연히 의식의 표면으로 표출된 것으로 볼 수 있다. 따라서 그녀의 의식 전환은 신교육의 결과인 것으로 받아들여야 한다. 그리고 영실 오빠의 등장은 단지 의식 전환의 외적 계기를 제공하고 그녀가 앞으로 지향할 세계의 모습을 암시하기 위한 소도구로서의 의미 이상은 아니라고 보아야 한다.

결국 강경애는 여성해방에 필연적이고 중요한 요소로 교육을 중요하게 취급하고 있다는 점을 주목해야 한다. 교육을 통한 의식개혁이야말로 강경애가 여성해방의 성취에 필연적 과정으로 취급하고 있음을 알 수 있다. 그런데 의식개혁 이후에 추구되는 목표가 사회적 자아의 각성과 이혼으로 제시된 것은 남성과 결혼에 의존하지 않는 여성 자아(identity)의 제시라는 점에서 매우 진보적인 의식을 보여준 것이라고 할 수 있다. 또한 억압받는 여성에 대한 고발의 차원에서 분명히 한 단계 발전하여 억압을 극복한 여성 모델을 보여주었다는 점에서도 여성해방이라는 주제의식의 구현에 매우 고무적이라고 할 수 있다.

그렇지만 결말에서 가능성으로 제시된 삶은 강경애가 현실을 통해서 추구한 것이 아니라 이상적 목표로서 제시한 것이라고 생각된다. 왜냐하면 주인공이 이제껏 누려온 경제적 안정과 교육적 혜택은 결혼 안에서 이루어진 것이었다. 결혼의 물적 기반을 박차고 노동현장에 뛰어드는 삶의 추구가 당장 가능할지는 의문이 생긴다. 아무튼 작가 강경애는 여성해방의 희망과 가능성을 구체적으로 제시하는 대신 여지를 독자의 영역으로 남겨두고 있다.

5. 사회주의적 경향성을 띤 페미니즘

강경애의 페미니즘을 규명하기 위해서 그녀가 1929년부터 '근우회(槿
友會)'의 장연지회를 이끌었다는 사실과 관련하여 '근우회'에 대해 살필
필요가 있다. 근우회는 1927년에 발족한 여성단체로 3·1운동 이후 교육
계몽활동에 치중하면서 점진적 사회개혁을 추구해온 자유주의 여성운
동단체와 여성의 경제적 독립과 자본주의 경제구조의 변혁을 최우선의
목표로 추구한 '조선여성동우회(朝鮮女性同友會)'와 같은 사회주의 여
성운동단체를 통합한 단체이다. 근우회는 1926년에 민족운동의 통합을
위해 '신간회'가 조직된 데 시사를 얻어 좌우 양파의 여성운동단체가 연
합하여 범여성적으로 단일한 민족운동단체를 탄생시켰다.

근우회는 봉건적인 구 인습과 일제 식민지배의 질곡이라는 이중적 억
압으로부터 해방되기 위하여 여성 전체의 단결과 지위 향상을 추구하는
창립이념을 추구했으나 좌우 양파 간에 이념과 행동에서 많은 차이를 보
임으로써 1928년에는 우파의 대표급 여성이 근우회를 떠나는 갈등을 보
이는 가운데 1929년에 교육의 성차별 철폐 및 여자의 보통교육 확장, 여
성에 대한 사회적 법률적 일체 차별 철폐, 일체 봉건적 인습과 미신 타파,
조혼 폐지 및 결혼의 자유 등의 아홉 개의 행동강령을 채택하였다. 이렇
게 근우회는 반제 반식민의 민족자주독립운동과 더불어 반봉건 여성해
방운동인 가부장적 제도로부터의 여성해방이야말로 민족을 해방시키는
관건으로 믿고 여성운동을 추진시켰다.[23]

---

23) 박용옥, 「근우회의 여성운동과 민족운동」, 역사학회 편, 『한국근대민족주의 운동
　　연구』, 일조각, 1987.
　　정요섭, 『한국여성운동사』, 일조각, 1984.

『어머니와 딸』에서 보여준 강경애의 여성해방의식은 그녀가 근우회의 장연지회를 이끌었다는 사실과 더불어 근우회의 이념적 맥락에서 유사성을 발견할 수 있다고 보아진다. 첫째, 주인공인 옥이를 봉건적 인습을 탈피한 신여성으로 변화시켜간 작품의 구조. 둘째, 옥이를 위시하여 영실, 숙희, 연희 등의 여학생을 등장시켜 남성과 동등한 교육을 받게 한 점. 셋째, 가부장적 억압 하에 놓인 친모와 시모의 운명을 삽입하여 가부장제의 여성 억압을 고발한 점. 넷째, 인습적 결혼의 갈등을 이혼으로 해결하고자 하여 조혼 폐지 및 결혼의 자유를 제시하고자 점 등에서 근우회의 이념적 맥락과 일치하는 작가의식의 표출을 발견할 수 있다.

그런데 근우회가 좌우파를 통합한 이념적 지향성을 가지면서도 이념과 행동 면에서 좌우파 간에 일치점을 찾지 못하고 갈등하며, 우파적 성향보다는 좌파적 성향에 더 강하게 지배된 사실과 관련하여 이 작품에서 볼 때에 강경애의 여성해방의식은 근우회와 전체적 맥락을 같이하면서도 사회주의적 성향을 강하게 띠지 않았는가 여겨진다.

우선 여자 주인공들이 속하는 신분계층이 하층계급으로서 그들이 처한 갈등이 여성이라는 성적 존재로서만이 아니라 그들이 속한 계층적 성격에서 야기되는 것으로 설정한 점과 결말단계에서 주인공이 앞으로 추구해 나갈 목표를 암시해 주고 있는 영실 오빠가 노동운동을 한 인물이라는 점도 사회주의적 경향성을 강하게 드러낸다. 또한 우파 여성운동이 자유주의적 성격을 띠면서 자유연애 등의 성적 자유를 추구했던 것과는 달리 이 작품에 나타난 강경애의 자유연애에 대한 관념은 매우 부정적이라고 할 수 있다. 먼저 자유연애에 빠져 있는 봉준에 대하여 작가의 시선은 그리 긍정적이 아니다. 뿐만 아니라 자유연애는 주인공 옥이에게 가장 핵심적 갈등을 야기하는 요인으로 제시되고 있으며, 결말단계에서 옥이는 남편에 대해 연민과 경멸을 보내며, 자유연애 그 자체에 대해서도 부정적 관념을 표출한다.

> 시름없이 바라본 옥이는 속으로 '불쌍한 인간! 울 바에는 너를 위하여 울어라. 좀 더 나아가 여러 사람을 위하여 울어라! 한낱 계집애를 생각하여 운다는 것은 너무나 값없는 울음이 아니냐!' 이렇게 부르짖을 때 아까 본 영실의 오빠가 머리에 똑똑히 나타나는 것이었다. 하여 자기 가슴속에 깊이깊이 들어앉았던 남편인 봉준이는 차츰차츰 희미하게 사라지기 시작하였다. 봉준을 물끄러미 보았다. 핏기 없는 그의 야윈 얼굴, 진그락지[24] 같은 그의 흰 손은 마치 죽은 송장을 보는 듯한 것이었다. 그리고 이때처럼 아무 미련 없이 봉준을 불쌍하게 본 적은 없었다.[25]

위의 인용문에서 보듯이 자유연애는 "핏기 없는 야윈 얼굴과 진그락지 같은 흰 손"을 가진, 마치 '송장'과도 같은 유한계급의 인간이 추구하는 지극히 소아적(小我的)이고 창조성이 없는 부정적인 것으로 표현되고 있다. 또한 작가는 옥이의 어머니인 예쁜이를 사랑한 '둘째'의 경우를 통해서도 소위 신식의 자유연애는 아닐지언정 낭만적 사랑을 추구하다가 그것으로 인해 둘째가 비운의 결과를 초래했다는 점에서 부정적인 묘사를 하고 있다. 또한 산호주의 경우에는 고학생 강수와 추구한 자유연애가 오히려 성적 경제적 착취의 기반만을 제공했을 뿐으로 산호주의 인생에 깊은 상처를 주는 부정적인 사건으로 그리고 있다. 이와 같이 자유연애는 강경애에게 있어 부정적 묘사로 일관하여 그려지고 있다.

---

24) '진그락지'는 '긴 길이'라는 뜻으로, 황해도 방언이다.
25) 『제1선』 1932년 10월호, 128면.

그렇다고 하여 이 작품이 적극적으로 사회주의적 여성해방을 추구한 것은 아니라고 본다. 왜냐하면 주인공 옥이의 행동 속에 여성의 경제적 자립과 계급해방이란 목표는 추구되지 않았으며, 옥이는 이혼은 주장하지만 노동여성의 모습으로서가 아니라 결혼의 테두리에서 남편의 경제력에 의존하는 여성으로 그려졌기 때문이다. 따라서 여성해방의식에 관하여 강경애는 사회주의적 경향성을 띠고 있는 것은 사실이지만 사회주의적 여성해방을 적극적으로 추구하지는 않은 것으로 보인다.

강경애의 이 작품에서 드러난 사회주의적 이념의 경향성은 여성을 억압하고 착취하는 가부장제의 화신인 구체적 남성들이 지주 이춘식, 지식인 강수 등 지배계급에 속하는 인물들로서 이들이 피지배계급의 여성을 성적 경제적으로 지배하고 착취하는 부정적 인물로 그려진 데서도 확인된다.

반면에 남성이지만 예쁜이를 사랑하다 파멸한 '둘째'는 매우 인간성이 풍부한 인물로 형상화되었는데, 그는 지배계급의 남성이 아니라 지배계급 남성으로부터 지배를 당하며 사랑하는 여자를 빼앗기고 인생이 파멸에 이른 피지배계급 남성이라고 하는 점에서 좋은 대조가 된다.

또한 신교육을 받아 지식층으로 편입되어 가지만 기생의 사생아로 태어난 봉준은 자유연애에 빠져 아내에게 이혼을 요구한 점에서는 자기중심적이고 부정적 이미지로 묘사되었지만 인간적으로는 아내에게 인간애와 존중심을 발휘하는 나약한 남성상으로 묘사된 것과도 좋은 비교가 된다고 할 수 있다.

대체로 강경애의 작품이 빈한한 하층계급의 인물을 주인공으로 내세우며, 그들의 계급적 조건에서 겪는 빈곤과 갈등을 리얼리스틱하게 묘사해 냈다는 점에서 강경애의 세계관이 사회주의적 경향성을 띠고 있다는 점은 의심의 여지가 없다고 보아진다. 그리고 이는 여성해방의식에도 마찬가지이다.

6. 자매애와 문학적 양성성을 추구한 여성성장소설

이 작품에서 여성 상호 간의 관계는 지주 이춘식의 본처가 예쁜이를 내쫓도록 사주하는 부정적 인물로 묘사된 것을 제외하고는 대체로 여성들 간에 인간적 유대가 유지되는 관계로 설정되어 강경애 문학의 개성적 측면을 보여준다. 가령 남편 봉준을 두고 경쟁적 관계에 있다고 할 수 있는 옥이와 숙희의 관계는 절대 질투와 같은 감정이 개재되지 않은 관계로 그려진다. 옥이는 숙희의 신여성적 측면을 선망하지만 결코 남편이 짝사랑하는 여성이라는 데 대한 질투심 같은 것은 표출하지 않는다. 마찬가지로 숙희 역시 옥이에 대해서 여성으로서의 의리를 지키는 인물로 제시된다. 즉 아내가 있는 봉준의 애절한 사랑 호소에도 마음이 흔들리지 않으며, 옥이의 간청에도 불구하고 봉준을 문병하지 않은 이유는 "당신이 남편을 사랑하여 저한테 오신 것만큼 저 역시 당신을 생각하여 죽기로 못 가겠습니다!"에서 알 수 있듯이 여성으로서의 자매애 때문이라고 할 수 있다.

체리 리지스터(Cheri Register)에 의하면 여성해방론자의 평가를 받기 위한 문학의 다섯 가지 기능은 1)여성들의 토론장으로 기능할 것, 2)문화적 양성성 성취에 일조할 것, 3)역할 모델을 제시할 것, 4)자매애를 증진시킬 것, 5)의식화를 증진시킬 것 등이다.[26]

---

26) 한국여성연구회 문학분과 편역, 『여성해방문학의 논리』, 창작과비평사, 1990, 92면.

여성들 간에 자매애를 표현했다는 점에서 이 작품은 여성해방론자들의 충분한 논의의 기반을 제공하였다고 할 수 있다. 이 작품은 자매애를 넘어서서 여성들 간에 공동운명체라고 하는 연대의식을 형상화하고 있다. 즉 작품의 발단단계에서 옥이는 그동안 부정적 이미지를 갖고 경멸하던 친모를 향해서 우호감을 회복하며 동정과 연민을 느끼게 되고, 여성으로서의 공동운명을 자각한다.

또한 산호주의 옥이에 대한 애정은 친딸을 대하듯 혈육 같은 유대감을 보여준다. 옥이 역시 산호주에 대해서 친어머니와 같은 정신적 유대와 의존관계를 보여준다. 따라서 남편과의 이혼으로 인한 갈등 속에서도 옥이는 시모에 대해 더 죄송한 마음이 든다. 즉 봉준을 잘 기르고 싸우지 말라는 유언을 잘 받들지 못한 데 대한 죄스러움이다. 옥이와 시모의 정신적 유대 및 동일시는 작품의 결말단계에서 "어머니의 딸은 나다! 생전에 실행하지 못한 것을 나는 실행할 것이다"라고 다짐을 보여주는데, 이는 산호주가 생전에 가부장적 억압의 피해자로서 남자의 배신을 원망하며 살아왔다면 자신은 그러한 피해자 운명을 되풀이하지 않겠다는 의미로 받아들여진다. 즉 한 남자에 종속되고 억압되는 삶을 청산하겠다는 뜻이다. 그러면서 옥은 더이상 "그러나 한두 사람을 돌아보아 자신의 젊음을 무단히 썩혀드리고 싶지는 않았다. 보다도 자기의 젊음을 무가치하게 희생당하고 싶지는 않았던 것이다"라고 시모나 김영철 선생에 대한 의리를 생각하여 자신의 주체적 독립적 삶을 유보하지 않겠다고 결정한다. 이는 바로 봉준과 잘 지내야 한다는 시모의 유언으로부터의 단절이다. 이는 시모와의 정신적 유대에 대한 단절(separation)과 개별화(individuation)를 의미한다. 주체적 삶의 실현과정에서 옥이는 시모로부터의 정신적인 독립을 성취하여야 하는데, 그녀의 주체적 삶의 표현인 이혼은 시모와의 인간적 의리와 약속에 대한 배반으로서, 이는 시모로부터의 단절과 분리를 의미한다.

여성심리학자 쵸도로우(Nancy Chodorow)에 따르면 어린 소녀는 어머니에 대한 동일시와 더불어 어머니로부터의 독립도 성취해야 한다고 말한다.[27] 즉 여성이 성인이 되어가는 과정에서 어머니에 대한 동일시와 어머니로부터의 심리적 단절은 필연적 요소라는 것이다. 가디너(Judith Kegan Gardiner)는 모성을 다룬 작품에서 어머니에 대한 딸의 동일시 및 어머니로부터의 분리가 딸의 성숙한 여성 정체성 획득에 중요한 요소라고 하는 것이 강조된다고 말한다. 또한 어머니의 바람직한 면에 대한 개인적 동일시와 희생자로서의 어머니에 대한 신분적 동일시 사이에 갈등이 생기기도 하는 등 여성의 저작물 가운데 모녀관계에 대한 관심이 급증하고 있다고 지적한 바 있다.[28]

『어머니와 딸』의 경우에 어머니에 대한 동일시와 어머니로부터의 분리과정이 옥이와 산호주의 관계를 통하여 제시되고 있다. 이 분리과정은 옥이의 주체성 자각과 자연스레 연결된다. 옥이가 완전한 성인이 되는 과정에서 이는 필연적인 것으로, 희생적 여성성으로부터의 분리는 불가피하다고 할 수 있다. 친모인 예쁜이와 시모인 산호주와 그동안 이루어 온 정신적 유대와 동일시가 가부장제의 공통의 피해자라는 자각에 의해 이루어진 희생자로서의 동일시였다면 희생적 종속적 삶을 청산하고 여성해방을 성취하기 위해서 희생적 신분에 대한 동일시는 반드시 단절해

---

27) Nancy Chodorow, *Reproduction Mothering*, Berkely ; Univ. of California Press, 1978.
28) 가디너(Judith Kegan Gardiner), 「여성의 정체성과 여성의 글」, 김열규 공역, 앞의 책, 230면.

야 하는 것이다.

전체적으로 볼 때 아직 소녀 단계에 있던 옥이가 점차 정신적으로나 의식상으로 주체적 성인이 되어가는 과정을 그린 이 작품은 '여성성장소설'이라고 이름 지을 만한 작품으로 보아진다. 성장소설이 일정한 인생의 형성이나 성취에 도달하기까지의 과정을 그린 것이라고 할 때에 이 작품은 남성적 성숙(virile maturity)과는 다른 의미에서의 '여성성장소설'이라고 불릴 만한 작품이다. 주인공 옥이의 정신적 성숙과정과 시골 송화에서 서울로의 공간적 이동은 공간적으로 더 넓은 세계와의 접촉을 통하여 성숙을 지향하는 성장소설의 전형적 구조를 가졌다고 보아진다. 더욱이 구식의 시골여성이 신여성의 외양과 의식까지 완벽하게 갖추며, 결혼 내의 인습적이고 수동적인 자아로부터 벗어나 사회적 자아를 각성하여 가는 이 작품의 발전적 인물과 플롯은 성장소설로서의 조건을 충분히 만족시킨다고 할 것이다.

아무튼 이 작품은 여성 간에 자매애와 유대감을 표현한 점, 어머니와 딸 사이의 동일시와 단절을 표현한 점, 남성과 결혼에 의존하지 않는 여성 모델을 표현한 점, 모성을 인간 구원의 원리로 제시한 점, 또한 해방을 성취해가는 여성을 형상화한 점 등에서 여성작가인 강경애의 감정이입이 적극적으로 이루어진 여성해방소설로 읽힌다. 이는 강경애가 남성의 경험에 의존하지 않는 여성의 경험과 관점을 통하여 여성의 정체성(identity)을 독자적으로 표현한 결과라고 할 수 있다.

기존의 전형적인 젠더 구분에 의하면, 이 작품의 서사구조의 장편적 스케일, 치열한 현실인식, 객관적 묘사의 뛰어남, 사회구조 속에서 파악된 인물의 제시와 같은 요소들은 남성적인 것으로 분류될 수 있을 것이다. 반면에 섬세한 주관적 묘사와 문체, 심리 포착의 치밀성 등은 여성적인 것으로 구분 지을 수 있을 것이다. 그렇다면 강경애는 문학적 남성성과 여성성을 공유한 양성성(androgyny)의 작가라고 할 수 있다.

더 나아가서 강경애는 남성의 경험과 욕구, 관심에서 소외되고 타자화된 여성을 주인공으로 하여 여성의 경험과 욕구와 관점을 형상화한 점에서, 또한 여성해방을 문학적 주제로 표현한 점에서 진정한 여성작가라고할 수 있다. 이제 우리는 여성적인 것이기 때문에 열등한 것으로 평가절하되고 있는 성적 흑백논리를 벗어나야 한다. 또한 남성의 문학적 가치기준 속에서 왜곡되고 있는 문학적 여성성과 여성작가에 대해서 올바른위상을 부여해야 한다. 여성작가는 남성작가의 경험 속에서 왜곡되고 있는 여성의 경험을 여성 주체적 시각과 관점에서 재구성하고 복원하여야하며, 여성비평가는 여권론적 의식뿐만 아니라 문학적 여성성의 가치에대한 올바른 시각을 가지고 작품을 평가할 수 있어야 하며, 성차별주의에 지배되고 있는 문학적 가치체계와 규범으로부터 해방된 가치중립적인 문학적 규범을 제시하고 체계화하는 것을 과제로 삼아야 할 것이다.

－『여성과 문학』2, 한국여성문학연구회, 1990

8. 강경애의 『어머니와 딸』과 모녀관계

1. 들어가며

　강경애의 『어머니와 딸』은 경장편 정도 분량의 소설로서 잡지 『혜
성』[1] (1931년 8,9,11,12월, 1932년 1,3,4월)에 연재되다 『혜성』을 개제한
『제1선』(1932년 7,9,10월)에 연재 완료된 작품이다.[2] 하지만 이러한 사실
은 전집 『강경애』[3]의 편집자에 의해서도 정확하게 밝혀지지 않고 있다.
　『어머니와 딸』에 대한 선행연구는 외국작품과의 비교가 주목된다.[4] 영

---

1) 『혜성』: 1931년 3월 1일자로 창간된 시사종합지로서 1926년 8월 『개벽』이 통권 72
　호로 강제 폐간당한 지 5년 만에 태어난 개벽사의 대표적인 잡지이다. 『혜성』은 제
　13호(1932. 4)까지 발행됐고, 이어 『제1선』(1932.5)으로 개제하여 발행했으나, 이마
　저도 1933년 3월에 통권 10호로 종간되었다. 두 잡지는 총 23호로 폐간되었다. : 『개
　벽』의 뒤를 이은 종합지 『혜성』 - 1931. 3 (최덕교, 『한국잡지백년』2(재판) , 현암사,
　2005.)
2) 송명희, 「문학적 양성성을 추구한 여성교양소설」, 『여성과 문학』2, 한국여성문학연
　구회, 1990, 266면.
3) '연변대학교 조선문학연구소 허경진 · 허휘훈 · 채미화 주편, 『강경애』, 보고사,
　2006'에서는 『혜성』1931년 8,9,11,12월에 수록된 작품이라고 틀리게 말하고 있다.
4) 천연희, 「강경애의 『어머니와 딸』과 에디스 워튼의 『연락의 집』에 나타난 여성의 분

문학자 천연희는 강경애의 『어머니와 딸』과 케이트 초빈의 『깨달음』을 비교하면서 여성을 억압하는 사회구조의 모순과 이기주의 그리고 그로 인한 여성의 상처와 분노의 고발로 두 작품의 주제를 파악한다. 그리고 여성들이 진정한 자아를 확립하기 위해서는 남성이라는 타자의 힘에 기대기보다는 스스로의 자아 성찰과 자아 개발을 위해 부단히 내면적 힘을 키울 것을 촉구한 것으로 그 의미를 해석했다. [5] 또한 에디스 워튼의 『연락의 집』과의 비교에서 천연희는 주인공 옥이와 릴리는 모두 여성으로서 안아야 하는 분노와 절망을 경험하고 그를 극복하여 진정한 자신의 아이덴티티를 찾고자 한다는 점에서 상사관계를 갖는다. 하지만 옥이가 긴 인내와 적극적인 자기성찰과 숙성의 과정을 통하여 물리적, 정신적 힘을 얻게 되고 새로운 밝은 삶을 예견케 하는 긍정적 인물인 반면, 릴리는 남성의 힘에 의지한 외부적 환경의 개선을 쫓아가다가 허영과 위선의 덫에 걸려 침몰하고 마는 부정적 인물로 그려진다는 차이가 있다고 해석했다. [6]

필자는 오래전 「문학적 양성성을 추구한 여성교양소설」(1990)[7]이란 제목의 글에서 『어머니와 딸』을 대상으로 주인공 옥이의 자아 성장을 중

노에 관한 연구」, 『동서비교문학저널』2, 동서비교문학회, 1999, 221~252면. ; 천연희, 「강경애의 『어머니와 딸』과 에디스 워튼의 『연락의 집』에 나타난 어머니의 유산 - "삭힘"과 허영의 문제를 중심으로 - 」, 『신영어영문학』24, 신영어영문학회, 2003, 133~164면. ; 천연희, 「강경애의 『어머니와 딸』과 케이트 초빈의 『깨달음』 비교 연구」, 『영어영문학연구』28 - 3, 대한영어영문학회, 2002, 225~246면.

5) 천연희, 「강경애의 『어머니와 딸』과 케이트 초빈의 『깨달음』 비교 연구」, 226면.

6) 천연희, 「강경애의 『어머니와 딸』과 에디스 워튼의 『연락의 집』에 나타난 여성의 분노에 관한 연구」, 134면.

7) 「문학적 양성성을 추구한 여성교양소설」은 『여성과 문학』2(1990)에 발표 후 "송명희, 『문학과 성의 이데올로기』, 새미. 1994. 337~362면"에 재수록되어 있으며, 본 책에서는 '문학적 양성성을 추구한 여성성장소설'로 개제하였다.

점적으로 분석한 바 있다. 따라서 이 글은 성장소설이란 관점과는 달리 친모인 예쁜이와 시모인 산호주, 그리고 딸 옥이라는 세 명의 여성을 중심으로 한 모녀관계를 대상관계이론에 입각해 분석하고자 한다.

2. 친모의 모성 부재와 여성 공동운명의 자각

모성은 여성이 출산과 입양을 통해 아이의 보호자가 되고, 가족과 사회를 구성하는 한 구성원으로서 아이가 성장할 수 있도록 책임져 보살피는 양육과 관련한 자질, 경험 또는 그것을 수행하는 상태를 의미한다.

그런데 친모 예쁜이는 딸 옥이가 가족과 사회의 한 구성원으로서 성장하는 데 필요한 양육자 또는 보호자로서의 바람직한 모성을 보여주지 못한 것으로 옥이에게 회상된다. 즉 친모는 이춘식의 첩 노릇을 하다가 고향으로 쫓겨 와 명구와 동거할 때, 어린 옥이를 윗방 구석에 해종일 혼자 놀게 하였다. 그리고 밤에도 돌보지 않고 방치했으며, 아침에는 오줌을 못 가렸다고 매를 때리며 학대하는 모성 부재의 모습으로 각인되어 있다. 즉 친모는 아이를 돌보는 모성 역할을 제대로 수행하지 못했던 것이다.

어머니를 빼앗긴 이제 네 살 된 어린 아기는 윗방 구석에서 해종일 혼자서 놀다가는 안타깝게 어머니가 그리워서

"엄마!"

어머니는 사내놈의 무릎 위에 올라앉아 갖은 아양을 다 피우다가,

"이 계집애, 가만있어라."

소리를 냅다 치는 바람에 어린애는 눈을 꼭 감고 숨어 버리고 말았다.

예쁜이가 사내 얻으면서부터 아기는 윗목 구석에서 혼자 자게 하였다. 밤중에 한 번씩이라도 깨보면 고양이 나드는 윗방이 무서웠다. 그리하여 눈을 꼭 감고 이불을 치덮을수록 여전히 무서웠다. 그러다 혹시 오줌이 마려우면

"엄마!"

가만히 불렀다. 이마 끝에 땀이 쪽 흐른다. 대답을 기다리던 그는 차마 또다시는 불러보지 못하고 자리에 그냥 싸 버리고 만다. 아침이 되면 예쁜이는 아기를 차고 던지고 하며 때렸다.[8]

또한 술장사로 생계를 꾸려온 친모는 남자들의 무릎과 무릎을 전전하며 아양을 피우다가도 그들의 발길에 툭툭 채여 질질 울고 다니는 볼썽사나운 모습을 보여주었으며, 술에 절어 집안 살림은 물론 어머니로서 모범이 되는 모습을 전혀 보여주지 못한 것으로 옥이에게 기억된다.

아기는 가만히 자기 어머니를 생각해 보았다 - 구석구석이 때 묻은 옷을 내버려 두는 것, 그러고는 술이나 마시고 마시고 해종일 마시고는 사내 놈들의 무릎과 무릎 사이로 옮아 다니는 꼴이었다.[9]

이처럼 친모의 사랑과 돌봄의 부재 속에서 옥이는 방치되고 학대받으며 자랐다. 인간이 태어나서 성장과 발전을 해나가는 데는 어머니의 지속적인 사랑과 돌봄과 책임의식이 필요하다. 하지만 친모는 본인이 처한

---

8) 연변대학교 조선문학연구소 허경진 · 허휘훈 · 채미화 주편, 앞의 책, 276면.
9) 위의 책, 286면.

절박한 생존상황으로 인해 딸인 옥에게 그와 같은 사랑과 돌봄의 모성을 발휘할 여유가 전혀 없었던 것이다.

그렇다고 처음부터 친모 예쁜이에게 모성이 부재했던 것은 아니었다. 이춘식의 첩에서 쫓겨날 때 목숨 걸고 어린 옥이를 데리고 나올 만큼 강한 모성애와 책임의식을 그녀는 갖고 있었다. 만약 아버지가 고이 기른 딸을 지주 이춘식의 호강첩으로 팔아버리지만 않았더라면, 그리고 이춘식이 그녀를 내쫓지 않고 사랑했더라면 그녀의 운명은 달라졌을 것이다. 그러나 소작농이었던 아버지는 가난으로부터 벗어나기 위해 고이 기른 딸을 희생양으로 삼아 첩으로 팔아버리고 말았으며, 이춘식은 원하는 아들 대신 딸을 낳자 그녀를 내쫓아버렸다.

이춘식의 첩이 된 예쁜이는 마름 처신이가 말했듯이 호강첩이 아니라 아들 대신 딸(옥이)을 낳자 온갖 구박을 받으며 궂은일만 하다가 결국은 딸 옥이마저 빼앗긴 채 쫓겨날 국면에 처한다. 이 과정에서 고향에서부터 그녀를 사모하던 둘째가 돌연 나타나 옥이를 데리고 나오려는 예쁜이를 돕다가 이춘식 집의 상노를 밀쳐 죽인 죄로 경관에게 끌려가고 만다.

강경애의 소설에서 하층계급 남녀의 순수한 사랑은 그들이 처한 계급과 빈곤으로 인해 늘 제대로 성취되지 못하고 비극으로 파탄나고 만다. 『인간문제』에서 선비와 첫째의 사랑이 그러하고, 「지하촌」에서 칠성과 큰년의 사랑이 그렇다. 마찬가지로 『어머니와 딸』에서는 예쁜이와 둘째의 순수한 사랑은 부자 남성 이춘식으로 인해 좌절되고 만다. 일부다처의 가부장제 결혼제도와 가난으로 인해 하층계급의 여성은 부자 남성의 첩이 되거나 씨받이로 팔려간 후 불행하게 되고, 이에 따라 하층계급 남성과의 순수한 사랑은 늘 방해받고 좌절되는 모습으로 그려지고 있다.

예쁜이가 딸 옥이를 데리고 고향으로 돌아온 후, 소작마저 떼이고 만 아버지는 이춘식에게 항의하기 위해 찾아갔다가 붙잡혀 몇 달 후에 애통이 터져 죽고 말았으며, 어머니와 남동생 세인마저 아버지를 찾으러 갔다가 그가 죽었다는 소식을 듣고 한강에 투신자살을 하고 마는 가족 전체의 불행으로 이어진다.

하늘같이 믿었던 아버지와 어머니, 그리고 동생마저 죽고 만 상황에서 그 누구의 도움도 받을 수 없이 의지가지없는 신세가 되고만 예쁜이는 자포자기의 심정으로 술과 담배를 입에 대고 사내를 가까이하게 되었던 것이다. 그녀는 한때 명구와 동거했으나 곧 헤어지고 생계를 위해서 술장사에 나서게 된다.

이처럼 그녀가 처한 열악한 생존상황은 옥이에 대한 모성을 제대로 발현할 정신적 물질적 여건과 환경을 근본적으로 저해했다고 할 수 있다. 따라서 옥이가 그녀의 친모에게서 느낀 정서는 편안하고 아늑한 모성애가 아니라 상처와 회한으로 남는 부정적 기억뿐이다.

그런데 일본에 유학을 떠난 남편 봉준으로부터 이혼하자는 편지를 받고 갈등에 빠져 있을 때, 비로소 옥이는 친모 예쁜이를 어머니로서가 아니라 회한의 삶을 살았던 한 여성으로 바라보고 그녀의 삶을 이해하게 되며, 같은 여성으로서 유대감을 느끼게 된다. 그리고 얼굴도 모르는 아버지에 대해 그리움, 안타까움, 애증의 양가감정을 느끼며, 어머니의 타락된 삶의 원인이 바로 아버지로부터 비롯된 것임을 깨닫게 된다.

> 그러나 오늘에 생각 키운 어머니 – 그의 과거를 짐작해볼 때 한 번도 보지 못한 자기 아버지란 사나이가 어딘지 모르게 그리우면서도 안타깝게 미웠다 – 어머니의 타락된 원인이 아버지의 소위인 것을 깊이깊이 깨닫게 되었다.

그는 사립문 안으로 들어서자 맨땅에 펄썩 주저앉으며,

"어머니! 당신도 깨끗한 처녀이었겠지요. 아버지를 만나기 전에는……
아 얼마나 쓰림을 당하시다 못 해서 곱고 고운 어머니의 그 깨끗한 마음이
흐리어졌습니까. 이제야 비로소 어머니의 쓰라렸던 가슴을 알겠습니다.
괴로움을 잊기 위하여 술을 마시고 울지 않았습니까! 오 그 쓰림은 나에게
도 왔습니다. 왔습니다."[10]

즉 친모 예쁜이의 타락된 운명이 그녀 자신의 성격이나 잘못 탓이 아
니라 아버지, 즉 남성의 책임이라는 것을 깨닫게 된 것이다. 옥이는 현재
자신이 처한 남편 봉준의 이혼 요구로부터 기인된 슬픔과 자책의 심리적
갈등상태에서 비로소 친모가 겪었던 고통 역시 남성(아버지)으로부터
비롯된 것이라는 데에 동병상련의 심정으로 동정하고 연민하며 그녀를
한 명의 여성으로 이해하게 된 것이다. 이는 단순히 아버지나 봉준이라
는 남성 개인의 윤리적 책임을 넘어서서 "가부장적 억압 하에 놓인 공통
의 여성운명"[11]을 자각한 데서 나온 젠더 공동체로서의 연대의식이라고
할 수 있을 것이다.

3. 산호주의 모성의 책임감과 경제력

시모 산호주는 친모 예쁜이와는 다른 차원에서 남자로부터 배신을 당
하고 파란만장한 삶을 산 여인이다. 하지만 예쁜이가 자신이 겪은 억압

---

10) 위의 책, 246면.
11) 송명희, 앞의 논문, 268면.

과 고통을 극복하지 못하고 자포자기하고 타락하는 운명으로 전락해갔다면, 산호주는 남자로부터 배신은 당하지만 그 운명에 매몰되지 않고 자신의 삶을 적극적으로 개척해 간 지혜로운 여성으로 그려진다.

예쁜이는 이춘식의 첩으로 팔려가기 전까지는 부모로부터 충분한 사랑과 보호를 받고 자랐다. 반면 산호주는 사생아로 태어나 고아원에서 자라다가 기생학교에 들어가 기생이 된 파란만장한 운명의 여성이다. 천애고아 신분의 산호주는 평양의 명성 높은 예기가 되어 이름을 떨치지만 항상 그녀의 마음속에는 '어쩌면 나도 남과 같이 남편을 얻어 아들딸 낳고 재미있게 살아볼까' 하는, 즉 평범한 결혼에 대한 소망을 품고 있었다. 다시 말해 고아와 기생 신분을 벗어나 결혼을 함으로써 평범하고 정상적인 가족을 이루고 싶은, 결혼에 대한 낭만적 환상을 가지고 있었다. 그녀는 강수라는 가난한 고학생을 만나 사랑에 빠지고, 그를 물심양면으로 도와 성공시키게 된다. 하지만 일본 유학에서 돌아와 교사가 된 강수는 그녀에게 한마디 말도 없이 학벌 좋고 집안 좋은 여학생과 결혼하여 그녀의 곁을 떠나버린다. 그러고 나서도 산호주를 찾아와 치근덕거리는 파렴치한 행동을 보여준다.

강경애의 소설에서 근대교육을 받은 신남성은 신의를 지키지 않는 기회주의적 인물로 제시되곤 한다. 『인간문제』의 신철과 마찬가지로 『어머니와 딸』의 강수 역시 자신의 이해관계에 따라 인간적 신의를 저버리는 기회주의적 남성이다.

그럼에도 산호주가 강수로부터 받은 배신의 아픔을 극복할 수 있었던 것은 자신이 아이를 임신했다는 사실을 알았기 때문이다. 즉 정상적 결혼에는 실패했지만 자신만의 가족이 생겼기에 배신의 아픔에서 빠져나올 수 있었다. 산호주는 아들을 위해서 성실한 삶을 살겠다는 각오와 의

지를 갖고 평양을 떠나 아무도 자신의 존재를 알지 못하는 송화로 이사한 후 강수를 깨끗이 잊고 오로지 아들만을 위해 책임과 희생을 다하겠다는 각오로 살아간다. 즉 그녀는 아들을 낳게 되었을 때 비록 모자가족이지만 그토록 원했던 가족이 생겼기에 배신한 남성에 대한 원망을 접고, 대신 따스한 모성애와 어머니로서의 무한한 책임의식을 갖고 살아갈 수 있었던 것이다.

산호주가 친모 예쁜이와 달리 남자의 배신에 함몰되지 않고 홀로 아들을 키우면서 과수부인으로 마을 사람들의 흠모를 받으며 자신의 운명을 개척해 갈 수 있었던 것은 단순히 모성의 책임감과 아들에 대한 모성애가 강했기 때문만은 아니었다. 그것은 무엇보다도 그녀에겐 경제력이 있었고, 근면과 근검절약의 정신이 있었기에 모성을 지키는 일도 가능했던 것이다.

> 봉준이가 자라날수록 그의 희망은 커졌다. 하여 살림살이를 어쩌는 수
> 가 없이 일감을 만들어가며 잠시도 놀지 않았다.
> 일군을 데리고 밭 몇 마지기를 손수 부쳤다. 그리하여 여름에는 농사 뒤
> 치기에 눈코 쌈이 없이 바쁘게 지냈다. 그러나
> "엄마!"
> 하는 소리만 들으면 어려운 줄을 모르고 악하고 일을 하였다.
> 그러므로 동네에서도 이 부인을 흠모치 않는 사람이 없었다.[12]

산호주는 친모 예쁜이로부터 사랑과 돌봄을 제대로 받지 못한 채 방치된 옆집의 옥이를 측은지심으로 바라보다가 영특해 보이는 그녀를 친모

---

12) 연변대학교 조선문학연구소 허경진 · 허휘훈 · 채미화 주편, 앞의 책, 284~285면.

로부터 데려올 마음을 갖게 된다. 그것은 그 어린것에게 벌써부터 술 냄새와 사내놈들의 꼴을 보이는 것이 기생을 했던 자신의 경험에 비추어 볼 때에 가엾다는 생각이 들었기 때문이다.

따라서 산호주는 마당에 나왔다가도 옥이만 보이면 손짓을 하여 손목을 꼭 잡아끌고 자신의 집으로 데려가 밥이든지 무엇이든지 먹여 보내곤 했다. 친모의 무관심과 방치 속에 놓인 옥이는 눈만 뜨면 산호주가 보고 싶었고, 언제나 고요히 웃는 눈, 늘 쓰다듬어 주는 그녀의 고운 손과 부드러운 음성이 그리웠다. 무엇보다도 고운 옷감을 끊어다 봉준의 옷을 손수 만드는 것이 어린 옥이의 마음을 사로잡았다. 친모를 생각할 때에는 술이나 해종일 마시고는 사내들의 무릎을 옮아 다니거나, 집안 곳곳에 때 묻은 옷을 내버려두는 것과는 너무도 대조적인 산호주의 친절하고 다정한 모습과 단아한 살림 솜씨가 좋았던 것이다. 그래서 울고 싶었고, 남몰래 우는 적도 많았고, 쓰라린 현실로부터 그의 이지(理知)는 엉뚱하게 발달되었던 옥이는 산호주를 더욱 따르게 되었다.

> 이리하여 그가 마당에 나왔다가도 아기만 뵈면 손짓을 하여 손목을 꼭 잡고 자기 집으로 데리고 가서 밥이든지 무엇이든지 먹여 보내곤 하였다.
>
> 아기는 눈만 뜨면 봉준 어머니가 보고 싶었다. 언제나 고요히 웃는 눈, 항상 쓰다듬어 주는 그의 흰 손, 그리고 가늘고도 부드러운 그의 음성이었다. 더구나 봉준의 고운 옷감을 끊어다 손수 만드는 것이 무엇보다도 아기의 눈에 띄었던 것이다.
>
> (중략)
>
> 아기는 틈만 있으면 봉준네 집으로 달려갔다.[13]

---

13) 위의 책, 286면.

옥이는 산호주로부터 친모로부터 받지 못했던 관심과 사랑과 교육을 받았고, 스무 살이 되었을 때 후견인 영철 선생의 주선으로 네 살 연하의 봉준과 결혼하게 된다. 후일 옥이가 자신의 삶을 개척할 주체적인 의지와 내면의 강인함과 지혜를 가질 수 있었던 것은 생물학적 친모가 아니라 전적으로 시모인 산호주로부터 영향을 받은 것이다. 산호주야말로 혈연관계를 떠나 옥의 진정한 어머니였던 것이다.

4. 모녀관계의 분리와 개별화

남편 봉준은 평양에서의 공부를 마치고 동경으로 유학을 간 후로는 돈 보내라는 것과 어서 이혼하고 당신도 좋은 남편 맞으라고 압박하는 실망스러운 내용의 편지만을 보내온다. 이에 옥이는 설움과 갈등에 휩싸이지만 무엇보다도 죽은 시모의 "봉준을 잘 길러야 한다, 싸우지 말아야 한다, 잘 살아야 한다"와 같은 유언을 생각하며 남편 봉준이 제자리를 찾아 돌아올 것이라는 희망으로 고통스런 현실을 인내한다. 그녀는 무의식적으로 어머니인 산호주와 자신을 하나인 것처럼 동일시하고 행동하고자 하지만 고통과 갈등에서 헤어 나오지 못하는 상황이다.

그는 방문 턱에 비스듬히 걸터앉아 두 다리를 내려다볼 때 저편 산 너머로 작은 새소리가 그의 가슴을 한두 번 두드리고 잠짓하여진다.[14] 순간에 떠오른 것은 엊저녁에 받은 남편의 편지다. 그는 한숨을 길게 쉬며 '그

---

14) 잠짓하다 : 〈북한어〉 시끄럽다가 갑자기 뚝 그치며 조용하다.

가 그렇다니…… 인골(人骨)을 쓰고야 차마…… 그렇게…… 하는 수야 있
나!' 어머님의 말씀이 오죽이나 잘 알으시고 하신 말씀이랴! "믿지 마라!
남자를 믿지 말아라!" 몇 번인지 되뇌이고 난 그는 눈물이 그득해졌다. '어
머니, 나는 이 일을 어찌해야 좋아요?'

　향하여 정면 바람벽 위에 걸린 약간 미소를 띤 남편의 사진을 쳐다보았
다. 언제나 틈만 있으면 이렇게 하는 것이었다.

　따라서 일어나는 그의 과거 - 시어머니 생전에 자기와 남편이 천진스럽
게 놀던 꼴 그리고 시어머님이 임종 시까지도 "봉준을 잘 길러라. 둘이서
싸우지 말고 잘 살아야 한다. 옥아!" 어린 옥은 곤한 잠을 들기 전까지는
입속으로 외우건마는…… 사정없이 잡아뗀 남편의 지독한 편지. 이것이
자기의 정성이 부족함일까, 혹은 남편이 철없는 탓일까를 탓하기 전에 먼
저 돌아가신 시어머니에게 대하여는 죄스러웠다. 어쨌든 싸움이었던 것
이었다.[15]

　교사 영철은 봉준이 동경으로 유학을 간 후 옥이를 읍내로 이사를 보
내 예수교 경영의 청년학교에 다니도록 주선한다. 이후 일본에서 돌아온
봉준은 서울로 옥이를 데려가 계속 근대교육을 받게 한다. 봉준은 남편
으로서는 옥이에게 이혼을 요구하고, 심지어 자신의 친구 재일에게 옥이
를 소개하여 둘이 잘 되기를 바라는 등 어이없는 행동을 하고, 방학이 되
어 집으로 돌아와서도 다락을 짓고 따로 기거하지만 옥으로 하여금 교육
만큼은 제대로 받게 하는 등 인간적 신의만은 지켜 나갔던 것이다.

　귀향한 봉준이 옥이와 같은 공간에서 거주하는 대신 다락을 지어 따로
기거한다는 것은 공간의 분리를 통해 두 사람의 심리적 거리와 단절을

15) 연변대학교 조선문학연구소 허경진 · 허휘훈 · 채미화 주편, 앞의책, 242면.

표현한 것이다. 비록 짝사랑이지만 사랑하는 여성이 생겼기에 더이상 부부로 살 수 없다는 것을 다락을 지어 같은 집에서도 따로 거주하는 것을 통해 무언의 행동으로 시위한 셈이다. 그 시대의 조혼이 그랬듯이 어머니의 결정에 의해 어린 나이에 부부가 되었던 만큼 봉준은 옥이에 대해서 이성으로서의 사랑의 감정이 전혀 생기지 않았던 것이다. 어떤 측면에서 옥이는 어머니를 대신한 누이와도 같은 존재였다. 즉 봉준을 잘 기르라는 산호주의 유언도 네 살 연상의 그녀를 봉준의 아내라기보다는 어머니인 자신을 대신하여 돌볼 손위 누이와 같은 존재로 생각했다는 것을 알 수 있다.

엄연히 결혼한 아내가 있는데도 숙희라는 신여성의 뒤꽁무니를 따라다니다 마침내 상사병에 걸리고 만 봉준을 보면서 옥이는 수치와 설움이 북받치지만 그의 간절한 부탁에 숙희를 찾아가 봉준을 한 번만 만나 달라고 애걸한다.

숙희의 거절에 자존심이 손상되어 참담하고 굴욕적인 심정으로 하숙집으로 돌아오는 길에 "몇 백 명의 노동자를 위하여 자기 몸을 희생해 바친 영실 오빠"를 우연히 목격한 이후 옥이는 급격히 변화한다. 즉 그녀는 숙희를 연모한 나머지 상사병까지 앓게 된 무책임하고 이기적인 남편만을 믿고 희생해왔던 자신, 시모의 유인을 맹목적으로 따르기에 급급했던 무주체적인 자신을 반성한다. 그때까지 옥은 시모 산호주에 대한 의식적 무의식적 유대와 동일시[16], 그리고 의존과 애착으로부터 벗어나지 못했다. 하지만 숙희의 거절로 인한 자존심 손상과 노동운동에 헌신하는 삶

---

16) 낸시 초도로우, 김민예숙 · 강문순 역, 『모성의 재생산』, 한국심리치료연구소, 2008, 223면.

을 살다 끌려가는 영실 오빠를 통해 자아의 주체성을 회복하며, 사회적
인 자아를 발견하게 된다.

> 옥이는 그들의 가는 뒷맵시를 바라보았다. 따라서 영실 어머니의 눈물
> 섞어 이야기하던 마디마디가 그의 가슴을 울리게 하였다. 몇 백 명의 노동
> 자를 위하여 자기 몸을 희생해 바친 영실 오빠. 이렇게 생각하고 나니 정
> 신이 바짝 들었다.
> "오빠! 내 오빠도 되는 것이다!"
> 영실의 손을 뿌리쳤다. 그리고 그들이 밟고 간 넓은 길을 끝없이 바라보
> 았다.[17)]

즉 짝사랑에 생사를 건 한 남자를 위해 희생하는 무주체적이고 개인적
인 자아가 아니라 수백 명의 노동자를 위해 살아가는 삶의 방식, 즉 사회
적 자아를 발견함으로써 한 남자에게 종속되어 울고 웃던 이전의 자신의
삶이 무의미하고 무가치하다는 것을 냉정하게 성찰하게 된 것이다. 심지
어 지금까지의 주체성을 상실한 삶을 살아온 자신을 불쌍한 인간으로까
지 인식한다.

> "나는 어떠한 길을 걸었나? 아니, 나도 사람인가? 밥을 먹고 옷을 입을
> 줄 아니 사람이랄까, 울고 웃을 줄 아니 사람이랄까? 응! 아니다! 울었다
> 면 나를 위하여 울었더냐, 웃었다면 진정한 나의 웃음이었더냐? 모두가
> 봉준을 위하였음이었다. 두루뭉수리 삶이었다! 이런 삶을 계속하려고 안

---

17) 연변대학교 조선문학연구소 허경진 · 허휘훈 · 채미화 주편, 앞의 책, 340면.

타깝게 울었던 것이었다. 불쌍한 인간!"[18]

이러한 자아 각성은 옥이로 하여금 봉준에 대한 갈등상태에서 벗어나게 만든다. 그동안 어리석게도 무주체적이고 타인지향적인 사랑의 갈등에 빠져 있던 자신에 대해 안타까움과 연민을 느끼며 그녀의 내면은 극적으로 변화한다. 옥이의 변화된 내면은 산호주의 당부와 봉준에 대한 미련을 떨쳐내고 이혼을 요구하는 그를 이해한다 말하며 그의 하숙을 떠날 때의 그녀의 내면은 "대문을 나서자 선들선들 부는 바람이 그의 전신을 날 듯이 가볍게 하여주었다"와 같은 외부묘사에서 잘 드러나고 있다.

정신분석학의 주요 이론 중 하나인 대상관계이론(object‐relations theory)은 인간 주체를 독립된 개인이 아니라 외부 대상 또는 타자와의 상호작용 속에 존재하는 것으로 파악한다. '대상관계'라는 개념은 지그문트 프로이트(Sigmund Freud)에 의해 처음 제안되어 멜라니 클라인(Melanie Klein), 마가렛 말러(Margaret Mahler) 등에 의해 구체화되었다.

이 이론은 생애 초기에 어머니 등 양육자와 형성한 관계에서 비롯된 경험이 개인이 전 생애 동안 타인을 지각하고 이해하며 관계를 형성하는 기본 틀로 작용하며, 이것이 일생 동안 반복해서 재현된다고 본다. 따라서 현재의 인간관계는 과거의 양육자와 형성된 관계에서 영향을 받는다고 보기에 생애 초기에 형성되는 양육자와의 관계는 매우 중요하다. 즉 어린 시절 마음속에 내재화된 타인에 대한 이미지 혹은 타인과 맺는 관계에 대한 이미지는 평생을 두고 반복된다는 것이 대상관계이론이다.[19]

---

18) 위의 책, 340~341면.
19) 장인실 · 조한익, 「대상관계이론의 국내 연구동향분석: KCI 학술지를 중심으로」, 『한국사회과학연구』38‐3, 계명대학교 사회과학연구소, 2019, 110면.

어린 옥이에게 가장 큰 영향을 미친 양육자는 친모 예쁜이가 아니라 시모인 산호주였다. 산호주야말로 지금껏 옥이로 하여금 타인을 지각하고 이해하며 관계를 형성하는 기본 틀로 작용하며, 그녀에게 반복해서 재현되게 만든 외적 대상이었다. 실재하는 외적 대상은 주체에 의해 경험됨으로써 내적 대상, 즉 정신적 표상이 되며, 주체는 중요하다고 여겨지는 대상과의 관계를 통해 자신에 대한 심리적 느낌인 자기 표상을 갖게 된다.

옥이가 봉준의 이혼 요구로 인해 갈등에 빠져 있는 동안에도 봉준을 인내하고 기다릴 수 있었던 것은 그녀의 주체적 판단에 의한 것이었다기보다는 시모인 산호주의 유언, 즉 잘 기르고, 싸우지 말고 잘 살아야 한다는 말 때문이었다. 그만큼 산호주는 옥이에게 결정적 영향을 미친 외적 대상이었으며 일차적 동일시의 대상이었다. 아이가 자기표상과 대상표상이 합일되어 대상과 정서적으로 연결되어 행동하는 것처럼 옥은 산호주라는 대상과 합일되고 정서적으로 연결되어 그녀의 유언을 따르는 데에 추호의 의심이 없었다. 즉 산호주의 말은 그때까지 옥이의 삶에 금과 옥조가 되어 그녀를 지배해왔다. 심지어 아내로서는 차마 할 수 없는 치욕적인 행동, 즉 남편 봉준의 짝사랑 대상인 숙회를 찾아가 상사병에 걸린 남편을 한 번만 만나 달라고 애걸을 했던 것도 동일시 대상이었던 산호주의 봉준을 잘 돌보라는 유언 때문이었다.

하지만 숙회로부터 거절당하고 돌아오는 길에 영실 오빠를 우연히 목격한 이후 옥의 산호주로부터의 분리와 개별화는 급격하게 일어난다. 분리(단절)와 개별화 과정은 인간이 심리적으로 재탄생하는 중요한 과정이고, 이를 통해 아이는 어머니와 분리되어 하나의 개인이 되거나 개별화되어간다.

시모 산호주로부터의 분리 이후 옥은 봉준과의 관계에서 뚜렷하게 변화를 보인다. 즉 더이상 봉준을 잘 돌봐야 한다는 시모의 유언을 무주체적으로 수행하는 삶을 살 필요가 없다는 각성을 얻은 것이다.

> "믿지 마라! 남자를 믿지 말아라!" 다시 한 번 불러보았다. "얼마나 잘 알으시고 하신 말씀이랴!" 그는 한숨을 푹 내쉬었다. 든든한 의지가 생긴 듯싶었다. 따라서 북받쳤던 설움이 가라앉고 거뜬해짐을 느꼈다.
> 이 말 한마디가 오늘날 옥이에 있어서는 얼마나 귀한 보배였는지 몰랐다. "오, 어머니! 당신께서 남기고 가신 그 귀한 말씀을 내 가슴에 품었나이다." 그는 눈을 스르르 감았다.[20]

그런데 산호주가 옥에게 남긴 또 다른 말은 "믿지 마라! 남자를 믿지 말아라!"이다. 이 말은 옥의 분리와 개별화 과정에서 새로운 좌표로 작용한다. 남자를 믿지 말라는 산호주의 말은 그녀가 강수와의 관계에서 얻은 직접 경험의 깨달음으로부터 나온 것이라 할 수 있다. 이 말을 옥이는 남자는 신뢰할 수 있는 존재가 아니니, 남자에게 종속된 삶을 살지 말고 자신의 주체적인 삶을 개척하라는 의미로 받아들인다. 따라서 남편 봉준과 결별하는 데 대해 심적 부담감을 벗어나 자신의 주체적 길을 걷겠다는 결단을 홀가분하게 내릴 수 있었던 것이다. 즉 남자를 믿지 말라는 시모 산호주의 말은 봉준을 잘 보살피라는 책임을 강요하는 유언과는 다른 차원에서 옥이에게 앞날을 개척해 갈 좌표로 작용한다. 산호주의 이 말이 있었기에 옥은 봉준의 배신에 북받쳤던 설움이 가라앉고, 이혼에 대

---

20) 연변대학교 조선문학연구소 허경진 · 허휘훈 · 채미화 주편, 앞의책, 326면.

한 부담감을 떨칠 수 있었던 것이다. 그리고 한 여자에 대한 사랑에 죽니 사니 하는 한 명의 나약한 남자를 위한 삶이 아니라 영실 오빠처럼 수백 명의 노동자를 위한 공동체적 윤리를 수행하는, 보다 넓은 인간의 길을 확신에 차서 바라볼 수 있었던 것이다.

그런데 옥의 마음이 변한 것을 알게 되자 봉준은 만시지탄하며 옥에 대한 사랑을 뒤늦게 깨닫는다. 그리고 옥의 마음을 돌리기 위해 교사 영철까지 동원하지만 옥은 봉준과 영철 앞에서 "어머님의 딸은 나다! 어머님께서 생전에 실행치 못한 것을 나는 실행할 것이다!"라며 이혼을 분명하고 당당하게 재천명한다. 이때 '어머님의 딸은 나다!'는 어머님의 진정한 자식은 성별이 다른 아들 봉준이 아니라 동성의 딸인 자신이라는 의미로 받아들여진다. 즉 이혼이야말로 시모인 산호주도 실행하지 못했던 주체적 여성의 길이며, 이의 실천이야말로 혈연관계를 넘어 진정한 모녀관계의 실현임을 천명한 것이다.

옥의 그와 같은 결단은 겉으로 보면 어머니와의 분리를 의미하지만 심층적 의미에서 그것은 진정한 모녀관계를 실현하는 개성화의 길이다. 산호주는 남성 강수로부터 배신을 당했지만 아들 봉준을 키우는 모성 역할의 수행을 자신의 정체성으로 받아들이며 살 수 있었다. 즉 여성으로서의 자기실현이 아니라 모성의 책임감으로 살았던 것이다. 하지만 옥은 스스로 봉준과 결별함으로써 시모 산호주가 생전에 실행하지 못했던 진정한 주체적 여성의 길을 가고자 한다. 옥의 결단은 그야말로 대상관계의 분리와 개별화를 통해서 진정한 주체성을 확립하는 길이다.

분리(separation)의 경로를 통과하면서 아이는 어머니와의 공생적 융합으로부터 벗어나게 되며, 개별화(individuation)의 경로를 통해 아이는 자기만의 개인적 존재 특성을 취하게 된다. 이로써 아이는 대상 표상과

214 강경애, 서발턴의 내러티브

는 확실하게 구별되는 분화된 자기 표상을 수립하게 되는 것이다.[21]

봉준과의 결별이라는 결단은 그동안 일차적으로 동일시해 왔던 어머니 산호주와의 공생적 융합으로부터의 분리를 의미하며, 사회적 자아의 실현이라는 개별화의 경로를 통해 진정한 자아정체성을 확립하는 길이다. 이야말로 산호주가 딸인 자신에게 진정 원했던 것이라고 옥은 확신한다. 어떤 의미에서 그것은 어머니의 지속 또는 확장[22]이라고도 할 수 있다.

이 작품은 미국의 정신분석학자 낸시 초도로우(Nancy Chodorow)의 지적처럼 여성이 성인이 되어가는 과정에서 어머니에 대한 동일시와 어머니로부터의 심리적 정신적 분리와 개별화는 필연적인 요소라는 것을 확인시켜준다. 주인공 옥은 시모인 산호주와의 동일시로부터 분리됨으로써 진정한 성인으로 재탄생할 수 있었다. 주체로서 그녀가 가야 할 개성화의 길은 한 여자에 대한 짝사랑에 울고 웃는 봉준과 같은 불쌍한 인간에게 좌지우지되는 타인지향적 길이 아니라 영실 오빠처럼 공동체를 위해 자기를 헌신하는 보다 넓은 길, 즉 사회적 자아를 실현하는 길이다.

작가 강경애는 옥과 같은 신세대의 여성에게 아들을 위해 희생했던 전세대인 어머니(산호주)의 길을 단절하고 노동운동에의 헌신과 같은 사회적 자아가 발현된 새로운 여성으로의 개별화의 성취가 중요하다는 것을 주인공 옥이를 통해 보여주었다. 전세대인 산호주가 살아갔던 길이 자식을 위해 헌신하는 자기희생적 모성의 길이었다면 이에 대한 동일시를 단절(분리)하고, 차세대인 옥은 남편과 이혼하고 주체적인 개별화의

---

21) 장인실·조한익, 앞의 논문, 117면.
22) 낸시 초도로우, 앞의 책, 168면.

길을 가고자 한다. 사회적 자아가 발현된 그 길은 사회주의 이데올로기를 실천하는 것이다.

그 길에 대한 깨달음은 길에서 영실 오빠를 우연히 목격한 데서 이루어진 것으로 설정되었지만 근본적으로는 산호주는 받지 못했던 근대교육을 옥이 받을 수 있었던 데서 힘입은 측면이 있다. 뿐만 아니라 작가 강경애의 사회주의적 이념의 경향성을 적극적으로 반영한 데서 나온 것이라고 할 수 있다.

왜냐하면 근대교육은 자유연애에 몰두하는 봉준과 그 친구 재일 등에게서 찾아볼 수 있듯이 개인적인 측면을 내포하며, 반드시 사회적 자아각성을 목표로 추구한 것은 아니었다. 봉준 등은 민족이나 사회에 대한 공동체적 윤리 대신 오로지 자유연애와 같은 개인적 문제에 매몰되어 있었다. 하지만 강경애는 당시 신세대 남녀의 자유연애를 비판하며 노동운동과 같은 사회주의적 가치에 헌신하는 사회적 자아와 공동체적 삶을 보다 가치로운 것으로 제시했다.

-『문예운동』2023년 가을호(159호), 2023. 09

제 5 부

/

『인간문제』의 페미니즘, 페미니스트 지리학

9. 『인간문제』에 재현된 여성의 몸과 페미니스트 지리학

1. 공간과 젠더

공간은 단순히 물리적이거나 객관적인 공간이 아니다. 인간주의 지리학은 실증주의 지리학이 사회와 공간을 이분법적으로 개념화한 것을 비판하며 객관성에 대한 실증주의 과학의 배타적, 허위적 태도를 거부하고, 앎의 주관적 양식이 중요하다는 것을 주장했다. 따라서 지리적 공간은 단순한 객관적 구조가 아니라 다양한 사회적 의미들이 얽혀 있는 사회적 경험으로 간주되었다. 이처럼 공간과 사회에 대한 이해는 철학적 학문적 배경에 따라 다양하게 재평가, 재정의되고 있다.

계급, 젠더, 섹슈얼리티, 인종과 같은 사회적 범주들 역시 주어진 혹은 고정된 것으로 당연시되지 않는다. 이러한 범주들은 사회적으로 구성된 것으로서 서로 대립하고, 저항하고, 타협하는 것, 즉 사회적 구성물로 이해된다.[1] 사회적 정체성이 더이상 고정된 범주가 아니라 경합적이고 유

---

1) 질 발렌타인, 박경환 역, 『사회지리학』, 논형, 2009, 13면.

동적인 구성물로 이해되는 것처럼, 공간 또한 더이상 고정된 특성을 가진 것으로 이해되지 않는다. 공간은 사회적 정체성을 구성하고 재생산하는 데 능동적인 역할을 할 뿐만 아니라 사회적 정체성, 의미, 그리고 관계는 물질적, 상징적, 은유적 공간을 생산한다.[2]

페미니스트 지리학(feminist geography)의 초기 관심사는 남성과 여성의 물질적 불평등에 관심을 기울이는 것이었다. 이후 젠더를 정의하는 언어, 상징, 재현, 의미의 중요성에 대한 관심으로, 그리고 주체성, 정체성, 성화된 몸(sexed body)의 공간적 구축을 보다 강조하는 방향으로 흐름이 이어져 왔다. 그러나 페미니스트 지리학의 지속적인 관심은 위계적인 젠더관계가 어떻게 공간구조에 의해 영향받고 또 공간구조 속에서 반영되는가를 규명하는 것이다.[3] 최근의 페미니스트 지리학은 전 지구적 자본주의 가부장제 생산양식과 이것이 젠더화되는 과정에서 발생하는 여성 억압 및 착취 관계를 다루면서, 식민화되고 희생되고 착취되는 (제3세계) 여성의 몸과 노동을 문제화하는 데 관심을 두는 페미니즘의 최근 경향과 흐름을 같이한다.[4]

페미니스트 지리학은 여성의 비가시화, 배제와 억압이 어떻게 지리학 내에서 그리고 공간 속에서, 공간을 통해서, 공간에 의해서 구성되고 강화되며 또 재구축되고 변형되는가를 연구하며, 페미니즘에 지리학적 상상력과 공간적 상상력을 풍부하게 제공하고 있다.[5] 특히 사회주의 혹은 마르크스주의 페미니스트 지리학자들은 가부장제와 자본주의와의 관계

---

2) 위의 책, 15면.
3) 김현미, 「페미니스트 지리학」, 『여/성이론』19, 도서출판여이연, 2008. 12, 276~277면.
4) 위의 논문, 277면.
5) 위의 논문, 278면.

에 우선적인 관심을 두고 '자본주의적 경제구조의 발전에서 젠더 관계와 공간이 어떻게 상호의존하고 있는가'를 분석하는 데에 초점을 둔다.[6]

이 글은 페미니스트 지리학 특히 사회주의 페미니스트 지리학의 관점에서 강경애의 장편소설 『인간문제』(《동아일보》1934.08.01~1934.12.22)의 공간, 즉 주인공 선비의 몸을 분석할 것이다. 공간 분석에서 몸을 중점적으로 분석하는 이유는 '몸이 우리가 공간을 지각하는 도구이며, 그 자체로 개인 공간으로서 몸은 공간을 체험하는 주체이자 우리가 체험하는 객체'[7]에 속하기 때문이다. '지리학자들은 몸을 공간으로 인식해왔으며, 아드리엔 리치Adrienne Rich)는 신체(몸)를 가장 친밀한 지리라고 기술했다. 몸은 생리적인 의미뿐만 아니라 사회적 의미에서 자아와 타자의 경계를 결정한다. 신체는 개인의 정체성이 구성되고 사회적인 지식과 의미가 새겨지는 일차적인 입지이다.[8] 농촌 용연과 인천의 방적공장에서 선비의 몸은 남성들(가부장제)의 성적 착취와 자본주의의 억압의 대상이 되어 왔기에 몸에 대한 분석은 선비의 삶과 여성 억압을 분석하는 핵심적인 요소이다. 몸을 중심으로 한 『인간문제』의 공간 분석은 작가의 사회주의 의식과 페미니즘을 알 수 있는 측면에서도 매우 중요한 단서가 될 것이다.

6) 박경환, 「교차성의 지리와 접합의 정치: 페미니즘과 지리학의 경계 넘기를 위하여」, 『문화역사지리』21 - 3, 한국문화역사지리학회, 2009, 10면.
7) 오토 프리드리히 볼노, 이기숙 역, 『인간과 공간』, 에코리브르, 2011, 370~371면.
8) 질 발렌타인, 앞의 책, 29면.

2. 『인간문제』에 대한 기존 평가와 해석의 오류

남성작가에 의해서 이루어지는 작중의 여성 인물에 대한 왜곡을 바로
잡기 위해서는 저항하는 읽기, 즉 페미니즘 비평이 필요하지만 이와 함
께 남성이 쓴 문학비평에 대한 다시 읽기도 필요하다. 왜냐하면 남성비
평은 "여성들이 쓴 글들을 배제하거나 주변화시키기 위해 여성의 글들이
다루고 있는 주제들을 검열하여 제한하거나 그 내용을 별로 중요하지 않
고 보잘것없으며 전형적이지 못한 것으로, 또 일반적인 관심사를 다루고
있지 못한 것으로 간주해버리는 경향이"[9] 있기 때문이다. 페미니스트 비
평가들은 남성비평가들이 여성작가들을 문학사로부터 배제하는 정전을
구성해왔다는 것을 일찍부터 지적해 왔는데, 이런 현상은 서구의 문학사
만이 아니라 우리의 근대문학사에서도 마찬가지이다.

김명순, 나혜석, 김일엽 등 제1기의 근대 여성작가들에 대한 남성들의
부정적 평가와는 달리 『인간문제』를 쓴 강경애에 대해서는 다소 예외적
인 평가들이 이루어져 왔다. 가령, 김윤식은 강경애가 여류 문인의 범주
를 벗어나는 작가로서 『인간문제』에서의 인천부두와 방적공장은 한국
근대소설 공간에서 처음으로 포착된 소재라고 높이 평가했다.[10] 이재선
도 강경애가 '여성다움'에 대한 내면적 추구보다는 사회적 현실 속에 내
재되어 있는 생활의 빈곤 현상과 그런 모순구조 속에서 야기되는 삶의
착종과 참담성에 더 깊이 관련되어 있으며, 외향적이고 비판적인 이념을
중시하는 리얼리스트라고 평가했다.[11]

9) 팸 모리스, 강희원 역, 『문학과 페미니즘』, 문예출판사, 1999, 80면.
10) 김윤식, 『속 한국근대작가논고』, 일지사, 1981, 243면.
11) 이재선, 『한국현대소설사』, 홍성사, 1979, 435~437면.

그러나 김윤식의 긍정적 평가의 기준에는 강경애가 여류 문인의 범주를 벗어나기 때문이라는 함의가 내포되어 있다. 마찬가지로 이재선도 『인간문제』가 다른 여성작가와는 달리 여성다움에 대한 내면적 추구보다는 중립적인 의미에서 외향적이고 비판적인 이념을 중심하는, 즉 남성적인 리얼리스트라는 점을 평가하고 있음을 볼 수 있다. 즉 김윤식과 이재선의 평가 속에는 여전히 여성작가에 대한 차별적 시선이 존재하고 있다.

『인간문제』의 공간에 대해서 오양호는 "장연의 용연이라는 피폐해가는 농촌과 무기력한 지식인이 득실거리는 서울, 그리고 조선의 심장, 그 노동현장으로서의 인천"[12]과 같이 용연, 서울, 인천의 세 공간으로 분류한다. 이 가운데서 특히 인천을 더이상 박해받는 공간이 아닌, 힘이 치솟는 도시이고, 미래의 땅으로 규정한다. 그는 『인간문제』를 농촌의 구조가 가중되는 탄압, 수탈로 와해되는 것을 발단으로 하여 소작농이 이농하여 도시 빈민, 노동자로 전락하지만 이런 인물들은 인천으로 옮겨오면서 그들의 삶이 노동계급의 운동 논리에 의해 새로워질 수 있다는 것을 마침내 깨닫는 대단원으로 막을 내린 작품으로 평가했다.[13] 즉 등장인물들이 구시대 농경사회를 떠나 신시대 공업지대에 진출하면서 순응형 인간에서 주체적 세계관을 가진 능동적 인간, 노동자의 계급성을 깨우치는 인간상, 경제력이 있는 신분이 상승된 인간상으로 성격 변화가 일어난 것으로 평가한 것이다. 그런데 『인간문제』의 세 공간, 즉 피폐해가는 농촌

---

12) 오양호, 「문학 속의 인천 심상, 그 문학지리학적 접근(2) -『임거정』『인간문제』『해변의 시』『작고인천문인선집 · 2』를 중심으로」, 『인천학연구』19 - 1, 인천대학교 인천학연구원, 2013, 170면.
13) 위의 논문, 155~192면.

용연, 무기력한 지식인의 도시 서울, 노동 현장으로서의 인천과 같은 공간의 규정 속에는 주인공 선비의 삶과 관련된 의미 파악이 배제되어 있다. 그리고 선비를 노동자의 계급성을 깨우치는 인간상으로 파악한 것은 맞지만 경제력이 상승하는 인간상이라는 해석은 틀렸다.

이현식도 『인간문제』를 근대성의 중요한 한 측면인 노동과 자본의 대립을 형상화시킨 작품으로 평가하며, 인천을 노동운동을 하는 건강한 노동자들이 활발하게 활동하는 노동자들의 도시, 근대 자본주의 사회의 모순을 극복할 수 있는 노동의 도시로 의미를 규정했다.[14] 그의 인천에 대한 평가는 유의미한 것이지만 주인공인 선비보다는 인천이라는 도시 그 자체에 관심이 집중되고 있다는 점을 지적하지 않을 수 없다. 선비가 태어난 곳은 농촌 용연이고, 인천은 선비가 방적공장의 여공이 되어 일하다 폐병으로 죽어간 근대도시이다. 전자의 농촌 공간은 반봉건적(半封建的) 가부장제 하에서 억압받는 선비의 몸을, 후자의 공간인 인천은 식민지 자본주의 하에서 억압받는 선비의 몸을 그려냈다. 반봉건적 가부장제 하의 농촌에서든 식민지적 자본주의 하의 인천에서든 선비는 억압받고 착취당하는 몸으로 그려졌다.

따라서 선비의 관점에서 볼 때에 인천이라는 도시가 '노동운동을 하는 건강한 노동자들이 활발하게 활동하는 노동자들의 도시, 근대 자본주의 사회의 모순을 극복할 수 있는 노동의 도시'라는 관점은 거리가 먼 것이다. 즉 인천으로 온 선비가 노동자로서 각성하며 노동운동에 참여한 것은 사실이지만 선비는 결국 노동자로서 억압받고 착취를 당하다 폐병으

---

14) 이현식, 「항구와 공장의 근대성」, 『한국문학연구』38, 동국대학교 한국문학연구소, 2010, 161~188면.

로 죽어갔다는 점에서 근대 자본주의 사회의 모순을 극복하는 주체라기
보다는 모순을 첨예하기 드러내는 문제적 인물로 보는 것이 타당하다.

남성 비평가(연구자)인 오양호와 이현식은 여성인 주인공 선비의 삶
을 도외시한 채 남성중심적 관점에서 작품을 해석하고 평가하며, 소설
속 공간에 대한 해석도 남성중심적 관점을 취하고 있다. 두 평론가의 비
평은 여성과 그 삶을 비가시화하고, 배제시키고 있을 뿐만 아니라 여성
의 비가시화와 배제가 어떻게 공간 속에서, 공간을 통해서, 공간에 의해
서 구성되고 강화되는지에 대해서는 전혀 무관심하다. 이처럼 비평가가
어느 젠더에 속하며 어떤 젠더의식을 갖고 있느냐에 따라서 작중 인물과
공간에 대한 해석도 달라지는 것이다.

이 글에서는 선비가 태어난 농촌 용연과 농촌을 떠나 방적공장의 여공
으로 일하던 인천이란 도시를 중심으로, 선비의 몸과 그 공간적 의미를
파악해보도록 하겠다. 서울은 인천으로 가기 위한 경유지로서의 역할만
을 담당할 뿐 선비의 삶에서는 크게 중요한 역할을 하고 있지 않기 때문
에 논외로 하겠다.

3. 농촌 용연의 가부장제 하에서의 여성의 몸

『인간문제』는 서두에서부터 용연 동네의 조감도와 원소(怨沼)에 얽힌
슬픈 전설을 제시함으로써 작품 전체의 분위기를 이끌어간다.

이 산등에 올라서면, 용연 동네는 저렇게 뻔히 들여다볼 수가 있다. 저
기 우뚝 솟은 저 양기와집이 바로 이 앞벌 농장주인 정덕호 집이며, 그 다

음 이편으로 썩 나와서 양철집이 면역소며, 그 다음으로 같은 양철집이 주
재소며, 그 주위를 싸고 컴컴히 몰아 앉은 것이 모두 농가들이다.[15]

작품 서두의 배경 묘사는 산등에 올라서서 본 용연의 조감도이다. 농
장주 정덕호의 우뚝 솟은 양기와집→양철집의 면역소와 주재소→농
가들의 순서로 묘사된 풍경은 다름 아닌 이 마을에 형성되어 있는 권력
관계의 서열을 암시한다. 즉 작품의 서두에서부터 농장주 정덕호와 농민
의 지배 - 피지배의 권력관계와 농장주에 협력하는 면역소와 주재소 등
의 관계가 배경 묘사를 통해 드러나고 있다. '우뚝 솟은'과 '컴컴히 몰아
앉은'이란 어구의 대비는 정덕호와 농민의 중심과 주변의 권력관계를 단
적으로 보여준다. 즉 "우뚝 솟은 양기와집은 일제 식민치하에서도 식민
지 통치계급의 비호를 받으며 권력을 과시하는 지주계층의 위력을 상징
하며, 이와 대조적으로 주변으로 컴컴히 몰아 앉은 농가의 모습은 소외
되고 주변화된 농민들의 삶에 대한 상징성을 띠며 분위기를 조성하고 있
다. 그리고 양기와집과 농가의 중간에 위치하는 양철집으로 지어진 면역
소와 주재소는 사회적 중간계층을 의미"[16]한다. 면역소, 즉 면사무소는
말단 행정기관이며, 주재소는 일제강점기 경찰의 최일선 기관이다. 일제
는 한국에 대한 무단통치를 위해 헌병 경찰 제도를 창설하여 무단정치를
강행했는데, 헌병과 경찰을 전국 방방곡곡에 설치한 헌병 분견소 · 경찰
주재소 · 파출소 등에 배치하여 한국인의 일상생활을 감시 · 감독하였

15) 연변대학교 조선문학연구소 허경진 · 허휘훈 · 채미화 주편, 『강경애』, 보고사,
2006, 395면.
16) 송명희, 「강경애의 『인간문제』에 대한 여성비평적 연구」, 『비평문학』11, 한국비평
문학회, 1997, 229면.

다. 뿐만 아니라 양기와, 양철, 짚으로 된 농가 등 지붕의 재질을 통해서
도 작가는 마을 구성원의 빈부 격차를 나타냈다. 작가는 단 몇 줄의 용연
마을에 대한 서두 묘사를 통해서 앞으로 전개될 정덕호와 농민들 사이에
벌어질 핵심적 갈등을 예고하고 있는 셈이다.

옛날, 이 원소가 생기기 전에 이 터에는 장자 첨지가 수없는 종들과 전
지와 살찐 가축들을 가지고 살았다는 것이다. 그런데 그 첨지는 하도 인
색하여서, 연년이 추수하는 곡식을 미처 먹지 못하고 곡간에서 푹푹 썩어
나도 근처 어려운 사람들을 구제할 생각은 고사하고, 어쩌다 걸인이 밥 한
술을 구걸하여도 그것이 아까워서는 대문을 닫걸고 끼니도 끓여 먹었
다는 것이다.

그런데 마침 몇 해를 거듭하여 흉년이 들어서 이 동네 사람들이 모두 굶
어 죽게 되었을 때 그들은 하루에도 몇 번씩 장자 첨지에게 애걸을 하였
다. 그러나 첨지는 들은 체도 아니라 하고 오히려 그들을 나무라고 문간에
도 들이지 않았다는 것이다.

그러므로 그들은 하는 수 없이 몰래 작당을 하여 밤중에 장자 첨지네 집
을 습격하여 가지고 쌀과 살찐 짐승들을 끌어냈다는 것이다.

이런 일이 있은 후 며칠 만에 장자 첨지는 관가에 고소장을 들여 이 근
처 농민들을 모두 잡아가게 하였다. 그래서 무수한 악형을 하고 혹은 죽이
고 그나마는 멀리 쫓아.버렸다는 것이다.

아버지 어머니 혹은 아들딸을 잃어버린 이 동네 노인이며 어린 것들은
목이 터지도록 아버지 어머니를 부르며 혹은 아들과 딸을 찾으며 장자 첨
지네 마당가를 떠나지 않고 울었다는 것이다.

그래서 울고 울고 또 울어서 그 눈물이 고이고 고이어서 마침내는 장자
첨지네 고래잔등 같은 기와집이 하루 밤새에 큰 못으로 변하였다는 것이

다. 그 못이 죽 내려다보이는 저 푸른 못이다.[17]

서두의 배경 묘사에 이어 용연 마을에 전해 내려오는 원소 전설의 소
개는 앞으로 일어날, 마을에서의 눈물 젖은 사건들을 암시한다. 인색하
기 짝이 없는 장자 첨지가 흉년에 굶어죽게 된 마을 사람들을 구제하기
는커녕 악행을 저질렀듯이 정덕호 역시 마을 사람들에게 악행을 저지를
것이라는 것을 원소의 전설에 빗대어 예고하는 예시적 기능을 띠고 있
는 것이다. 전설 속 악덕 지주 장자 첨지는 현실 속 정덕호에 비견되는 인
물로서 작가는 본격적 사건들이 발단되기도 전에 서두에서 용연 마을에
서 일어날 핵심적 사건들이 어떤 방향으로 전개될 것이라는 것을 예고하
고 있다. 마을 사람들의 눈물이 고이고 고여서 생긴 원소에 마을 사람들
은 원통한 일이 있을 때나 질병에 걸렸을 때 위안을 얻으며 정성을 표하
고 치성을 드렸지만 해를 거듭할수록 그들의 궁핍과 고민은 커져만 갔
다. 그 피해자이자 희생자는 주인공 선비를 비롯하여 첫째와 간난이뿐만
아니라 마을의 농민 전체가 모두 피해자이고 희생자라고 할 수 있다.

정덕호는 친일 지주로서 면장까지 겸하고 있어 마을의 경제권과 행정
권력을 모두 장악한 인물이다. 그는 주재소를 마음대로 주무르며 소작권
을 두고 소작농들에 대한 횡포는 물론이며, 마을 사람들의 생존권 자체
를 위협하는 막강한 권력자로 묘사된다. 그가 던진 산판에 맞아 숨진 선
비의 아버지, 고율의 소작료 수탈로 인해 부채에 시달리다가 추수할 논
이 입도 차압을 당하자 결국 아무것도 가진 것 없이 마을을 떠나고 마는
풍헌 영감, 풍년에도 불구하고 비료 값과 장리쌀 빚에 그것도 저가에 농

---

17) 연변대학교 조선문학연구소 허경진 · 허휘훈 · 채미화 주편, 앞의 책, 396면.

사지은 쌀을 다 빼앗겨버리는 개똥이, 풍헌 영감과 개똥이에 대한 덕호의 불합리한 처사에 저항하다 소작마저 떼이고 마는 첫째……. 소작 빈농의 열악한 상태는 여기서 끝나지 않는다. 첫째 어머니의 매춘과 병신 이서방의 구걸행각에서 빈궁의 참혹함은 거듭 폭로된다. 용연마을 사람들은 소작지 경영만으로는 가구경제를 이어 나가지 못함으로써 부채에 시달리다 야반도주하는가 하면 매춘이나 구걸로 연명해 나갔던 것이다. 작가는 소작료의 고율화와 지주의 소작권에 대한 횡포, 그로 인한 이농현상 등 일제하 식민지 농촌의 모순을 용연 동네를 통해 총체적으로 고발하고 있다.[18]

이처럼 정덕호는 마을 사람들에 대해 총체적 횡포를 저지를 뿐만 아니라 철저한 남아선호사상의 소유자로서 아내인 옥점 모가 아들을 낳지 못하자 마을의 가난한 여성들을 차례로 아들을 낳기 위해 첩으로 들였다가 낳지 못하면 쫓아내 버리는 악행을 반복한다. 그 첫 번째 희생자는 신천댁이다. 그녀는 아버지가 돈을 받고 씨받이로 정덕호에게 팔아버림으로써 첩이 되었으나 아들을 낳지 못하자 쫓겨나고 만다. 신천댁을 쫓아낸 정덕호는 그 다음으로 간난이를 첩으로 들였다가 뜻을 이루지 못하고, 이내 선비에게 마수를 뻗친다.

　"참 내가 잊었구나! 그제 옥점이 년의 편지에 너를 서울로 올려 보내라고 하였구나! 공부를 시키겠다고."
　선비는 생각지 않은 이 말에 앞이 아뜩해지며 방안이 핑핑 돌았다.
　"그래 너 서울 가고 싶으냐? 내 말년에 아무 자식도 없어 너희들이나 공

---

18) 송명희, 앞의 논문, 229~230면.

부시켜 재미 붙이지 붙일 곳이 있느냐."

덕호는 언제나 술이 취하면 자식 없는 푸념을 하곤 했다. 덕호는 한참이
나 선비를 물끄러미 바라보더니, 한숨을 푹 쉰다.

"잘 생각해서 말해라. 내가 너는 옥점이 년과 조금도 달리 생각하지 않
는다. 너는 나를 어떻게 생각하는지 모르겠다마는……."

그때 선비는 돌아가신 어머니나 아버지가 살아온 듯한 그러한 감격에
눈물이 핑 돌았다. 그리고 뭐라고 말하여 자기의 맘을 만분의 하나라도 표
현시킬까, 두루 생각해 보나 그저 가슴만 뛸 뿐 아무 말도 생각나지 않았
다.[19]

선비는 자신의 아버지(민수)가 눈이 내리는 추운 겨울날 방축골로 정
덕호의 빚을 대신 받으러 갔다가 제대로 받아오지 못하자 그가 던진 산
판에 맞아 죽었음에도 이 사실을 제대로 알지 못한다. 어머니가 병이 나
자 정덕호가 집으로 찾아와 꿀을 주겠다고 하고, 오 원짜리 지화를 던져
주는 등 선심을 베푸는 진의를 파악하지 못한 채로 어머니마저 돌아가신
후에 선비는 아예 덕호의 집으로 들어가 덕호 처(옥점 어머니)의 시중과
집안일을 거든다. 덕호가 그녀에게 그의 딸 옥점이와 조금도 달리 생각
하지 않으며 서울로 올려 보내 공부시켜 주겠다는 등 선심성 발언을 하
자 감격하여 눈물을 흘린다.

따라서 정덕호의 선비에 대한 성폭력 행위는 소위 그루밍(grooming)
성범죄라고 할 수 있다. 이는 가해자가 피해자에게 호감을 얻거나 돈독
한 관계를 만드는 등 심리적으로 지배한 뒤 성폭력을 가하는 것을 의미
한다. 그루밍 성범죄는 보통 어린이나 청소년 등 미성년자를 정신적으로

19) 연변대학교 조선문학연구소 허경진·허휘훈·채미화 주편, 앞의 책, 487~488면.

길들인 뒤 이루어지는데, 피해자들은 피해 당시에는 자신이 성범죄의 대
상이라는 것조차 인식하지 못하는 경우가 허다하다. 덕호가 선비를 향해
내뱉은 선심성 발언은 선비에게 호감을 얻기 위한, 즉 심리적으로 선비
를 지배하기 위한 정신적 길들이기의 전형적 수법이다. 그리고 그의 그
루밍 행위는 좀 더 일찍, 즉 선비의 어머니가 병에 들었을 때부터 이루어
졌다고 할 수 있다. 하지만 선비는 덕호의 음흉한 야심을 간파하지 못한
채 그가 자신의 아버지와 같은 옹호자요, 보호자가 되리라는 것을 굳게
믿었다.

> 그가 이때까지 이 집에서 있게 된 것도 덕호가 자기를 끝까지 옹호하
> 여 준 것이라 생각하였다. 그리고 앞으로 자기의 장래까지도 덕호가 돌아
> 보아 주지 않으면 안 될 것이라……하였다. 보다도 주리라 그는 믿고 있었
> 다. 그러므로 어떤 때 밤 오래도록 이 생각 저 생각을 하다가는 큰집 영감
> 님이 다 알아서 해줄 것인데……하고, 끝막음을 이렇게 막고는 그만 돌아
> 누워서 잠이 들곤 했다.
> 어려서부터 그의 어머니가 덕호를 가리켜 큰집 영감님 큰집 영감님하
> 고 불렀으므로 그도 항상 큰집 영감님하고 불러졌다. 그러나 오늘 아침 처
> 음으로 불러본 아버지! 그는 앞으로 맘먹고 아버지라고 부르리라 굳게 결
> 심하였다.
> '아버지! 나 공부 시켜주.' 그는 다시 한 번 되풀이하였다. 그때 그는 극
> 도의 감격에 눈물이 글썽글썽해졌다.[20]

성적 그루밍은 우월한 지위에 있는 가해자가 성적 착취의 목적을 가지

---

20) 위의 책, 522면.

고 대인관계 및 사회적 환경이 취약한 대상을 상대로 신뢰를 쌓고, 성적 가해 행동을 자연스럽게 받아들이게 하고, 피해자의 폭로를 막으려고 하는 일련의 과정이다.[21] 정덕호가 선비에게 전형적인 그루밍 성범죄를 저질렀다는 것은 선비가 덕호를 아버지처럼 여기고 감격하는 의식을 통해서 명확히 확인된다.

> 덕호는 씩씩하며 그의 입에 닥치는 대로 모조리 빨아 넘긴다. 선비는 덕호가 왜 이러는지? 아뜩하고 얼핏 생각나지 않았다. 그리고 그의 품을 벗어나려고 다리팔을 함부로 놀렸다. 덕호는 생선과 같이 매끄럽게 뛰노는 선비를 든 채 홀딱 들여 마셔도 비린내도 나지 않을 것 같았다. 그래서 그는 씨앗 틀을 발길로 차서 밀어 놓고 선비를 안고 넘어졌다. 그리고 치마폭을 잡아당겼다.
>
> "아버지 아버지 나 잘못했소! 잘못했소."
>
> 무의식간에 선비는 이렇게 중얼거리며 흑흑 느껴 울었다. 그리고 덕호를 힘껏 밀었다.
>
> "이년 가만히 안 있겠니? 나 하라는 대로 안 하면 이년 나가라! 당장 나가!"
>
> 덕호는 시뻘건 눈을 부릅뜨고 방금 조일 듯이 위협을 한다. 전날에 믿고 또 의지했던 덕호! 그리고 돌아가신 그의 아버지와 어머니같이 그의 장래를 돌보아주리라고 생각했던 이 덕호가⋯⋯불과 한 시간이 지나지 못해서 이렇게 무서운 덕호로 변할 줄이야 꿈밖에서나 상상했으랴! 선비는 그 무서운 덕호를 보지 않으려고 머리를 돌리며 눈을 감아버렸다.[22]

---

21) 함인지, 「성범죄의 예비·음모행위로서의 '그루밍'에 관한 고찰」, 『저스티스』184, 한국법학원, 2021. 06, 235면.

22) 연변대학교 조선문학연구소 허경진·허휘훈·채미화 주편, 앞의 책, 527면.

여러 차례의 감언이설로 신뢰를 쌓은 후 정덕호는 선비의 몸을 "씩씩하며 그의 입에 닥치는 대로 모조리 빨아 넘"기는가 하면 "생선과 같이 매끄럽게 뛰노는 선비를 든 채 홀딱 들여 마셔도 비린내도 나지 않을 것 같았다"라고 자신의 적나라한 욕망을 드러내며 망설임 없이 성폭력을 행사한다. 성폭력은 상대방에 대한 일방적 폭력이고 주체성을 훼손하는 행위이다. 이때 선비의 몸은 주체성을 상실한 채 정덕호의 폭력에 의해 철저히 유린되는 성적 욕망의 대상일 뿐이다. 정덕호는 선비의 몸이라는 공간을 성적 욕망의 대상으로 대상화할 뿐만 아니라 아들을 낳는 도구로 객체화한다. 정덕호는 지주 계급의 위력을 갖고 선비의 몸을 자신의 성적 욕망을 실현하는 공간으로 그루밍을 통해 점유했던 것이다. 그리고 그 욕망의 근저에는 여성을 아들을 낳는 도구로 여기는 가부장적 의식이 강력하게 작용하고 있다.

"이애 대답을 해."
덕호는 선비의 배를 어루만진다. 선비는 대답을 안 하려니 자꾸 여러 말을 늘어놓는 것이 싫어서
"아직 안 나……."
"음…… 이번에는 무슨 수가 있나보다. 뭐 먹고 싶은 게 있으면 꼭꼭 말해 감추어놓고 우물쭈물 말도 하지 않고 있지 말고…… 뭐 먹고 싶으냐?"
선비의 볼에다 입술을 들려대고 슬슬 핥으면서 이렇게 말하였다. 선비는 구역이 금방 나오는 것을 참으며 내려앉았다.
(중략)
"어…… 그년 듣기 싫다고만 하면 되나 이 속에 내 아들의 생각을 해야지."

덕호는 선비를 껴안으며 진저리가 나도록 선비의 귓가를 빨았다. 그러
고 지갑에서 돈을 꺼내 선비에게 주었다. [23]

성폭력으로 선비의 몸을 소유한 덕호는 이내 선비의 몸을 통해 아들을
낳기를 소망한다. 일제 식민치하의 반봉건적 농촌사회의 가난한 계층의
여성인 신천댁, 간난이, 선비 등이 지주 덕호의 성적 욕망의 노예이자 아
들을 낳는 도구로 객체화되고 피해자가 된 이유는 그들이 경제적으로 가
난한 계층에 속할 뿐만 아니라 여성이라는 젠더에 속하기 때문이다. 즉
여성이 생리적 육체적으로 생명 재생산의 역할, 모성의 역할을 담당하기
때문인 것이다. 따라서 급진주의 페미니즘에서는 출산, 섹슈얼리티, 모성
등의 여성의 생물학적 조건에 대한 남성들의 통제가 가부장제의 토대이
자 여성 억압의 기본체계로 보고 가부장제의 철폐와 생물학적 성혁명을
주장했다. [24]

하지만 마르크스주의 작가 강경애는 식민지적 반봉건의 농촌사회에
서의 여성 억압을 탁월하게 그려냈음에도 빈곤 계층 전체의 억압과 착취
속에서 여성 억압과 착취의 문제를 바라보았을 뿐이다. 즉 계층 전체의
지배 – 피지배의 구조 속에서 피지배계급에 속하는 여성의 억압과 착취
를 그려냈다고 할 수 있다.

---

23) 위의 책, 566~567면.
24) 송명희 외, 『페미니즘 비평』, 한국문화사, 2012, 8~12면.

4. 근대적 공장과 자본주의 하에서 착취당하는 여성의 몸

작가는 작품의 후반부에서 주요 인물들의 활동 무대를 근대도시 인천으로 옮겨 식민지적 근대 자본주의 하에서의 방적공장에서 일하는 여성 노동자의 억압의 문제를 본격적으로 그려낸다. 그리고 이는 근대 자본주의 형성과정에서 농촌사회가 붕괴하면서 이농현상이 일어나고 근대도시를 중심으로 노동자 계층이 형성되는 1930년대 우리나라의 사회 변동과정을 반영하는 리얼리스트 강경애의 탁월함을 보여주는 것이다.

인자한 보호자의 탈을 썼다가 갑자기 야수로 돌변하여 덤벼드는 정덕호의 행동을 이해하지 못했던 선비는 덕호 처의 의심과 질투, 옥점의 신철과의 관계를 의심하는 말, 그리고 덩달아 의심하는 덕호에게 실망한 나머지 먼저 용연을 떠난 친구 간난이를 찾아 서울을 경유하여 마침내 인천의 대동방적공장에 입사한다.

> "이 공장은 다른 작은 공장과 달리 직공들의 장래와 편의를 생각해주는 점이 많습니다. 그것은 여러분이 눈앞에 보는 바와 같이 이 기숙사라든지 또 야학이라든지 기타 여러분이 소비하기 위한 일용품까지 배급하는 설비라든지 다대한 경비를 들여 만들어 놓지 안 했소?……"
>
> (중략)
>
> "여러분이 늘 쓰는 화장품이나 양말이나 기타 일용품을 시가에 나가 산다고 합시다. 값이 비쌀 뿐만 아니라 속기도 쉽습니다. 그러니 여러분이 필요한 경우에는 이 공장에서 원가대로 배급해주는 시설이 있습니다. 이 시설은 전혀 여러분을 위함이나 공장 측에서는 도리어 손해를 봅니다.

이때 긴장하였던 여공들은 한숨을 내쉬었다.

"그리고 공장에는 여러분의 장래를 생각하여 저금제도를 만들었소. 저금은 인생의 광명이요! 그러니 여러분들은 노동만 하면 공장에서 밥을 먹여주고 일용품을 대주고 나머지는 저금을 시켜주니 여러분의 맘에 따라 얼마든지 벌 수가 있지 않소. 여러분은 그저 저금통장만 가지고 있다가 3년 후 나갈 때 그것으로 결혼비용에 쓸 수도 있지 않소? 허허……"

감독은 입모습에 야비한 웃음을 띠었다. 여공들도 따라 웃는다. "그러니 3년만 꾹 참고 일하면 그때는 이 공장을 나가 안락한 가정도 이루어 아들 딸 낳고 잘 살 수가 있소. 여러분이 여기 들어 올 때 3년을 계약 맺고 들어왔으나 그 3년이 절대 긴 세월이 아닙니다."[25]

공장 감독은 그럴 듯한 감언이설로 공장의 여러 제도들이 직공들의 장래와 편의를 생각해주는 것이라는 것이라고 선전한다. 기숙사와 야학, 일용용품의 배급제도, 저금제도, 3년 계약제도, 개인 외출의 불허, 3주일마다 일요일을 휴일로 정해 운동과 유희를 시키는 그 모든 것들이 여공들의 장래와 편의, 풍기문란 방지, 건강 도모 등을 위한 것이라고 여공들을 기만한다. 이 같은 감독의 발언을 통해 작가는 어떻게 공장제 자본주의가 여공들을 착취하고 억압하고 기만하는가를 낱낱이 폭로한다.

감독의 말에 "여공들은 사기들이 시골에서 조밥도 잘 못 먹고 김매던 생각을 하니 가슴이 벅차도록 행복"[26]을 느끼며 희망과 환희의 빛이 떠오르는 의식의 착종을 보여준다. 하지만 노동운동에 투신하여 각성된 간난이만이 "벌떡 일어나서 감독의 말을 일일이 반박하고 싶은 흥분을 가

---

25) 연변대학교 조선문학연구소 허경진·허휘훈·채미화 주편, 앞의 책, 613~614면.
26) 위의 책, 614면.

습 뜨겁도록 느끼었다."²⁷⁾ 간난이는 감독의 말은 '눈 가리고 아웅하는 수
작'이라 조목조목 그 실체를 폭로하지만 처음 입사한 선비는 그 말뜻을
제대로 이해하지 못한다.

> "선비야! 그런 것을 몰라서는 안 된다. 저 봐라. 지금 야근까지 시키면서
> 도 우리들에게 안남미 밥만 먹이고 저금이니 저축이니 하는 그럴 듯한 수
> 작을 하여 우리들을 속여서 돈 한 푼 우리 손에 쥐어보지 못하게 하고 죽
> 도록 우리들을 일만 시키자는 것이란다. 여공의 장래를 잘 지도하기 위하
> 여 외출을 불허한다는 둥, 전혀 자기들의 이익을 표준으로 하고 세운 규칙
> 이란다. 원유회를 한다느니 야학을 한다느니 또 몸을 튼튼케 하기 위하여
> 운동을 시킨다는 것도, 그 이상 무엇을 더 빼앗기 위하여 눈 가리고 아웅
> 하는 수작이란다……."²⁸⁾

게다가 공장의 여공들을 감시 감독하는 위치에 있는 감독은 상금제도
를 빙자해 얼굴이 고운 여공들을 성적으로 농락을 하고 있었다. 야심한
밤에 남성 감독이 머무르고 있는 숙직실에 여공이 몰래 문을 열고 들어
가는 장면을 목격하며 간난이는 감독과 여공의 관계가 마치 용연에서 덕
호와 자신의 관계라고 생각한다. 공장에서도 농촌에서와 마찬가지로 계
급과 젠더의 위계서열에 의한 성의 착취가 동일하게 이루어지고 있었던
것이다. 따라서 여공들이 경제적 이익과 인격적 대우를 위해 한몸이 되
어 항쟁하도록 이끌겠다는 사명감과 책임을 그녀는 절실히 통감한다.

---

27) 위의 책, 614면.
28) 위의 책, 616면.

간난이는 숨을 죽이고 문소리 나는 곳을 바라보았다. 여공 하나가 신발 소리를 죽이고 감독 숙직실 편으로 가는 듯하여 간난이는 뜻밖에 호기심이 당기어 그의 뒤를 살금살금 따랐다.

숙직실 앞에서 그는 발길을 멈추고 머뭇머뭇하더니 문을 열고 들어간다. 간난이는 거 누구일까? 하고 생각해 보았으나 짐작하는 수가 없었다. 어쨌든 여공이 감독과 밀회하러 들어간 것만은 틀림없었다. 그때 간난이는 어젯밤 신철이가 하던 말을 다시금 되풀이하며 이대로 두면 이 공장 내에서 일하는 수많은 순진한 처녀들이 감독의 농락을 어느 때나 면하지 못할 것 같았다. 따라서 어리석은 저들의 눈을 어서 띄워주어야 하겠다는 것을 깨달은 동시에 하루라도 속히 천여 명의 여공들이 한몸이 되어 우선 경제적 이익과 인격적 대우를 목표로 항쟁하도록 인도하여야 하겠다는 책임을 절실히 느꼈다. 옛날에 덕호에게 인격적 모욕을 감수하던 그 자신이 등허리에서 땀이 나도록 떠오른다. 그는 한참이나 서서 이런 생각을 하다가 숙직실 문 앞에까지 가서 귀를 기울였다. 아무 소리도 들리지 않았다. 그는 중대한 그의 사명이 없다면 당장에 이 문을 두드리고 이 공장 안이 발칵 뒤집히도록 떠들어 이 사실을 여공들 앞에 폭로시키고 싶었다. 그때 유리문이 우르릉 소리를 내며 나뭇잎 떨어지는 그림자가 얼씬얼씬 비친다. 그는 얼른 뒷문 편으로 몸을 피하였다.[29]

이처럼 방적공장에서 여공들의 몸은 자본의 이익을 위해서 철저히 경제적으로 착취당하는 노동하는 몸이며, 이 가운데 감독들은 상금을 대가로 여공들의 몸에 대한 성적 착취를 자행하고 있었던 것이다. 얼굴이 예쁜 선비에게도 감독들은 몇 차례나 호시탐탐 접근하여 부드러운 말과 때

---

29) 위의 책, 615면.

로는 위엄을 동원하며 기회를 엿보았지만 선비는 용연에서 덕호에게 유
린당하던 기억을 떠올리며 감독들의 회유에 결코 넘어가지 않는다. 선
비의 예쁜 얼굴(몸)은 용연에서는 덕호에게 성적 착취를 당하고, 공장에
서도 감독에게 지속적인 유혹과 회유의 대상이 되는 객체에 불과하였던
것이다. "까불이는 선비의 능금빛[30] 같은 두 볼을 바라보면서, 저 계집을
……하고 안타깝게 생각하며 몸이 달았다. 그래서 단박에 달려들어 그를
쓸어안고 싶었다"[31]처럼 호시탐탐 선비의 몸을 대상화하며 성적 욕망을
드러냈던 것이다.

> 선비의 초조해 하는 양을 바라보는 감독은 다소 위엄을 비쳤다.
> "누가 뭐라는가, 어서 거기 좀 앉았어, 뭐 물을 말이 많아 응, 거기……."
> 의자를 가리켰다. 선비는 당황하였다. 그리고 그의 신변에 위기가 박두한
> 것을 느끼며 어떻게 해서라도 이 자리를 벗어나지 않으면 안 될 것 같았
> 다. 그리고 숨이 가빠오며 방안의 공기가 자기 하나를 둘러싸고 육박하는
> 듯하였다. 그때 선비는 덕호에게 유린받던 경험에 미루어 감독이 어떻게
> 어떻게 할 것이 선뜻 떠오른다.[32]

간난이가 해준 "선비야! 우리들을 부리는 감독들과 그들 뒤를 잇는 인
간들은 덕호보다도 몇천 배 몇만 배 더 무서운 인간이란다"[33]와 같은 말
에 무관심했던 선비였지만 시간이 지나는 동안 덕호가 그루밍 성범죄를
자신에게 저지른 사실과 자신이 어리석었다는 것에 대해 제대로 자각을

---

30) '임금빛'을 '능금빛'으로 필자가 교정하였다.
31) 연변대학교 조선문학연구소 허경진 · 허휘훈 · 채미화 주편, 앞의 책, 649면.
32) 위의 책, 635면.
33) 위의 책, 617면.

갖게 된다. 뿐만 아니라 현재 공장에서는 덕호보다 더 무서운 인간들에게 자신이 붙들려 있다고 생각한다. 간난이와 선비는 용연에서 정덕호의 자신들에 대한 지배구조와 자본주의 하에서 공장의 자신들에 대한 지배구조가 동일한 계급구조임을 깨달은 것이다.

> 마침내는 그에게 정조까지 빼앗기고 울던 자신! 몇 번이나 죽으려고 했던 자기! 얼마나 유치하고 어리석었는가! 그리고 그 덕호를 보고 아버지! 아버지! 하며 부르던 그때의 선비는 어쩐지 지금의 자기와 같지 않았다. 여기까지 생각하니, 여태껏 의문에 붙였던 그의 아버지의 죽음이 얼핏 떠오른다. 옳다! 서분 할멈의 말이 맞았다. 그는 무의식 간에 벌떡 일어났다. 그때 손끝이 몹시 아파왔다. 그래서 손끝을 볼에 대며 덕호를 겨우 벗어난 자신은, 또 그보다 더 무서운 인간들에게 붙들려 있다는 것을 강하게 느끼며, 오늘의 선비는 옛날의 선비가 아니라…고 부르짖고 싶었다.[34]

각성한 선비는 감독들의 여러 차례 거듭된 회유에는 넘어가지 않았지만 방적공장의 열악한 노동환경과 야근을 일삼는 강도 높은 노동은 견뎌내지 못하고 마침내 건강을 해치고 만다.

> 선비는 남직공이 갖다 주는 삶은 고치를 가마에 들어부었다. 끓는 물소리가 와시시 하고 나며, 고치는 가마솥 속에서 핑핑 돌아간다. 그때 어깨 위가 오싹해지며, 으슬으슬 추워왔다. 그리고 기침이 연달아 칵칵 일어난다. 그는 기침을 안 하려고, 입을 꼭 다문 후에 숨을 쉬지 않았다. 그러나 기침은 안타깝게 목구멍에서 간지럼을 태우며, 올라오려고 애를 썼다. 선

34) 위의 책, 652면.

비는 이렇게 기침을 참아가면서, 조그만 비를 들고, 끓어오르는 고치를 꾹 꾹 눌러가며, 비 끝에 묻어나는 실 끝을 왼손에 감아쥐었다. 가마에서 끓 어오른 물김에 그의 얼굴이 화끈화끈 달며, 벌써 손끝이 짜르르 해왔다. 그러나 반대로 등허리는 오싹오싹 오한이 난다. 선비는 간 봄부터 확실하 게 이러한 것을 느끼면서도 그저 일시 일어나는 몸살이거니 하였다. 그러 나 여름철이 닥친 지금까지도, 이 추운 증세는 떨어지지 않고 기침까지 곁 들였다. 그래서 그는 슬그머니 걱정이 되었으나, 그러나 의사에게 보이고 싶지는 않았다.

선비는 비를 놓고, 왼손에 쥔 실 끝을 한 오라기씩 돌아가며 사기 바늘 에 번개 치듯 붙인다. 그러나 바늘 하나에 여러 번 붙이면, 실오라기가 너 무 굵어지니 사기 바늘 하나에 다섯 번 이상은 못 붙이는 것이다. 사기 바 늘을 통하여 뽑히는 실들은, 마치 재봉틀 실 끝이 용쇠를 통하여 올라가는 것처럼, 비틀비틀 꼬여져서 와쿠를 향하여 쭉쭉 올라가서 감긴다. 와쿠 옆 에는 유리 갈고리가 공중에 매달려서 와쿠에 실이 골고루 감기도록 실 끝 을 물고 왔다갔다한다.

전등불이 낮같이 밝은데 그 위에 유리 창문과 유리 천정에 반사가 되어 눈이 부시게 휘황하였다. 그리고 발전기 소음 때문에 귀가 먹먹하게 메어 지는 것 같았다. 선비는 기침을 칵칵 해가며 자리를 붙지 못하고 몸부림을 쳤다. 그것은 이십 개나 되는 와쿠를 혼자서 조종하려니 그렇지 않고는 도 저히 불가능하였던 것이다.

으슬으슬 춥던 것은 이젠 반대로 뜨거운 열이 되어 옷이 감기도록 땀이 흘렀다. 이마에서는 땀방울이 사뭇 빗방울같이 흘러서 어쩌는 수가 없었다. 그리고 숨이 차 와서 흑흑 느끼었다. 손끝은 뜨거움이 진해서 차츰 무아지경 상태에 들어간다. 그래서 남의 손인지 내 손인지 분간할 수가 없었다.[35]

---

35) 위의 책, 659~660면.

선비는 몸이 으슬으슬 춥다 못해 오한이 나고 기침이 연달아 일어나는데도 잠시도 쉬지 못하고 방적 일을 해야만 했다. 몸에 오한이 나고 기침이 나는 현상은 일시적인 것이 아니라 지난봄부터 여름이 된 지금까지 계속되는 심각한 병적 증세이다. 선비는 아픈 몸에도 불구하고 이십 개나 되는 와쿠를 혼자서 조종해야 하는 힘든 노동에 시달려야 하고, 작업환경 역시 낮같이 밝은 전등불이 유리창문과 유리천정에 반사되어 눈이 부시고, 발전기의 소음 때문에 귀가 먹먹해지는 상황이었다. 급기야 선비는 가마솥에 바른손이 미끄러져 들어가 손과 팔이 저리고 쓰려 죽을 지경의 통증까지 경험하는 위험에 내몰린다. 게다가 "기침할 때마다 침에 섞여 나오는 붉은 실 같은 피"가 나오자 의사도 찾지 않던 선비는 뒤늦게 자신의 병이 심상치 않음을 깨닫게 된다. 선비는 가슴에서 가래가 끓어오르며 입에서 붉은 피가 주르르 흐르고 그만 자리에 쓰러지고 만다. 병명은 폐병이다. 폐병은 열악하고 위험한 노동환경과 주야 교대의 과도한 노동이 선비의 몸에 가한 억압과 착취의 결과, 즉 눈에 보이지 않는 식민지적 근대 자본이 (여성)노동자의 몸에 가한 억압과 착취의 명확한 결과이다.

앞서 감독이 여공들에게 한 말이 모두 허위에 불과했다는 것은 1년 동안 선비가 받은 임금에서도 증명된다. 선비가 공장에 들어온 지 1년이 다 되어가는 동안 식비, 구두 값, 일용품 값을 제하고 나니 수중에 겨우 삼 원 오십 전가량 남아 있을 뿐이었다. 그러니 병원에 가면 도리어 빚을 질 형편이라 무관심하게 참고 넘겼던 것이다. 공장에 처음 들어왔을 때 했던 감독의 선전과는 달리 여공들은 대규모 공장에서 정신을 차릴 수 없는 소음에 시달렸고, 삼십 명이나 되는 감독의 감시 하에서 위험하고 소외된 노동을 감내해야 했다. 그럼에도 그들에게 제공되는 것은 석유 내가 후끈후끈 끼치는 안남미로 지은 밥과 소금덩어리의 새우젓이 전부인 식사가 제공될 뿐이었다. 폐쇄된 감옥과도 같은 외출이 불허되는 기숙사 제도, 저임금에 벌점이 부과되는 임금제도와 독점적 일용품 배급을 통한 착취, 현금을 주지 않고 통장 지급의 임금, 3년의 장기고용계약, 감독의 여공에 대한 성희롱과 착취, 야학을 빙자한 정신교육, 주야 교대의 장시간 노동 등 그 모든 열악한 조건들 속에서 여공들은 비인간적이고 소외된 노동을 하고 있었던 것이다. 위험하고 열악한 작업환경에서 생존을 위협하는 고된 노동과 감독의 성적 위협에 시달리다 폐병으로 죽음에 이른 선비의 몸은 근대 자본주의적 공장제도의 모순을 첨예하게 드러내 준 것이다.[36]

물론 당시에는 산업재해와 같은 개념 자체도 없었지만 선비가 쓰러지자 병을 치료해 주기커녕 해고해 내쫓는 냉혹함을 공장은 보여준다. 선비는 유일하게 사랑의 감정을 느꼈고, 그토록 만나고 싶어 했던 첫째와 만나지도 못한 채 죽고 만다. 첫째 역시 어려서부터 사모하여 온, 결혼하여 아들딸 낳고 살아보고 싶었던 선비의 시체를 마주하며 분노할 뿐이었다.

따라서 선비의 몸이라는 공간은 인천의 방적공장에서 눈에 보이지 않는 거대한 자본에 억압되고 지배당하며, 근대 자본주의의 하수인인 공장 감독에 의한 가부장적 성적 유혹이 지속되는 가운데 위험하고 열악한 노동환경과 체력의 한계를 넘어서는 강도 높은 비인간적 노동을 견디지 못한 나머지 죽음에 이르고 말았던 것이다. 선비의 죽음은 일종의 산업재해에 해당되는 과로사인 셈이다.

---

36) 송명희, 앞의 논문, 238~239면.

5. 인간문제 해결의 주체인 노동자

'작가의 말'에서 강경애는 "인간사회에는 늘 새로운 문제가 생기며 인간은 이 문제를 해결하기 위하여 투쟁함으로써 발전될 것입니다. 대개 인간문제라면 근본적 문제와 지엽적 문제로 나누어볼 수 있을 것이니, 나는 이 작품에서 이 시대에 있어서의 근본문제를 포착하여 이 문제를 해결할 요소와 힘을 구비한 인간이 누구며 또 그 인간으로서의 갈 바를 지적하려고 합니다"[37]라고 하였다. 그리고 결말에서 "이 인간문제! 무엇보다도 이 문제를 해결하지 않으면 안 될 것이다. 인간은 이 문제를 위하여 몇 천만 년을 두고 싸워왔다. 그러나 아직 이 문제는 풀리지 않고 있지 않은가! 그러면 이 당면한 큰 문제를 풀어나갈 인간이 누굴까"[38]라는 질문을 던진 채로 작품은 끝이 난다.

작가는 첫째와 간난이 같은 노동자에게 노동운동을 지도하지만 끝내는 변절하고 마는 지식인 신철과 같은 쁘띠부르주아 계급의 인물이 아니라 철저한 프로레타리아인 첫째나 선비 그리고 간난이와 같은 의식화된 노동자들에 의해서만 인간문제가 해결될 것이라는 메시지로 결말을 맺었다. 작가가 말한 근본적인 인간문제는 바로 계급 갈등의 문제이다. 수천 년의 세월이 흘렀음에도, 또 반봉건적 농촌이나 근대화된 도시에서도 오래도록 해결되지 못하고 있는 바로 그 문제는 부르주아와 프롤레타리아의 계급 갈등이라는 것을 빈농의 아들과 딸이었다가 근대도시 인천의 부두하역노동자가 된 첫째와 방적노동자가 된 선비와 간난이 등을 통해

---

37) 연변대학교 조선문학연구소 허경진 · 허휘훈 · 채미화 주편, 앞의 책, 395면.
38) 위의 책, 668면.

보여주었다. 그리고 억압과 피해의 당사자인 그들 자신만이 이 계급 갈등의 문제를 해결할 주체가 될 수 있다는 주제의식을 명확히 하였다.

인천은 개항과 더불어 근대도시로 발전한 곳이다. 인천의 무역 및 상업의 발달과 함께 진행된 대공장의 입지는 도시를 풍요롭게 하는 중요한 요인이 되었다. 하지만 그 도시에서 선비와 간난이는 방적노동자로, 첫째는 부두의 하역노동자로 일하며 장시간 노동과 저임금, 그리고 열악하고 위험한 노동환경에 시달린다. 그리고 선비처럼 병이 들 경우 치료는커녕 해고되어 죽고 만다. 자본주의 체제가 유지되는 한 그곳이 농촌이든 도시의 공장이든 또는 여성이든 남성이든 프롤레타리아는 각종의 비인간적인 조건하에서 기진맥진하도록 노동한 대가로 최저의 생존임금만을 받으며 비참하게 살아갈 뿐이다.[39]

따라서 인천은 오양호의 평가처럼 농경사회를 떠난 등장인물들이 신시대 공업지대에 진출하면서 순응형 인간에서 주체적 세계관을 가진 능동적 인간, 노동자의 계급성을 깨우치는 인간상, 경제력이 있는 신분이 상승된 인간상으로 성격 변화가 일어난 도시가 아니다. 물론 간난이나 첫째는 각성된 노동자로 노동운동에 투신하고, 선비도 시간이 지날수록 계급의식의 각성이 일어난 것은 분명하다. 하지만 그들이 경제력이 상승한 인물로 계급 변화가 일어난 것은 결코 아니다. 농촌에서 하층계급의 남성은 소작농으로 지주에게 착취당하다 쫓겨나거나 도망쳤다. 마찬가지로 하층계급의 여성은 무임금 노동과 성적 착취를 당하다 쫓겨나거나 도망쳤다. 도시로 온 하층계급의 남성들은 일용노동자나 부두의 하역노동자로 임금노동을 하지만 생계비에도 미치지 못하는 저임금으로 생존

---

39) 로즈마리 통, 이소영 역, 『페미니즘 사상』, 한신문화사, 1995, 66면.

을 위협받고, 공장노동자가 된 여성은 성희롱에 시달리며 위험하기 짝이 없는 노동환경에서 건강을 위협받는 장시간 노동을 하다가 병들고 과로사의 위험에 놓이게 된다. 도시의 노동자가 된 그들을 과연 경제력이 있는 신분으로 상승했다 말할 수 있는가.

또한 인천은 이현식이 말했듯이 노동운동을 하는 건강한 노동자들이 활발하게 활동하는 노동자들의 도시, 근대 자본주의 사회의 모순을 극복할 수 있는 노동의 도시가 아니다. 선비는 간난이의 도움으로 계급의 의식화가 이루어졌지만 열악한 노동환경에서 폐병에 걸리자 공장에서 쫓겨나죽고 만다. 첫째는 지식인 신철의 계몽으로 각성된 노동자가 되고 노동운동에 참여하지만 선비와 결혼하여 살고 싶었던 꿈을 이룰 수 없어 좌절하며, 간난이 역시 신철의 계몽으로 노동운동가로 변신하였지만 절친 선비를 잃은 절망에 빠져 있다. 따라서 인천이라는 근대도시는 근대 자본주의의 모순을 극복할 수 있는 노동의 도시가 아니라 식민지적 자본주의의 모순을 첨예하게 드러낸 도시라고 하는 것이 적확한 표현일 것이다.

작가는 결말에서 인간문제는 몇 천만 년을 두고 투쟁을 해 왔지만 해결의 기미가 보이지 않는다고 했다. 다만 그 해결을 위해 투쟁할 주체는 신철과 같은 지식인이 아니라 첫째나 간난이, 그리고 선비와 같은 노동계급의 인물들이며, 그들을 움직이게 하는 투쟁의 동력은 선비의 죽음 앞에서 첫째가 느꼈던 "눈에서는 불덩이가 펄펄 나는 듯하였"던 분노라고 했다. 시커먼 뭉치가 되어 점점 커져가는 분노야말로 그들이 받은 부당한 처우를 개선하여 인간문제를 해결할 에너지가 될 것이라고 작가는 말한다. 첫째는 영원히 동지가 될 줄 알았던 지식인 신철의 변절에 대해 실망하고, 사랑하는 선비의 죽음이라는 부당하고 불공정한 상황에 대해 분노감정을 강력하게 느낀다. 자신이 옳다고 믿는 가치에 반하는 행위나

사건이 일어날 때 분노감정은 발생하는데, 작가는 바로 이 분노감정이야
말로 인간문제 해결의 강력한 내적 에너지가 될 것이라고 전망한 것이
다.

하지만 그들이 과연 근대 자본주의 체제의 공고한 모순을 뚫고 인간문
제, 바로 계급 갈등의 문제를 해결할 수 있는 투쟁의 주체로서 목표를 이
루어낼 수 있을 것인가?

프로문학과 같은 계급서사에서는 계급적 갈등이 중요시되는데, 『인간
문제』의 경우는 계급적 갈등을 직접적으로 제시하고 있지 않고 있으며,
매우 평면적이라는 지적이 있다.[40] 하지만 이 작품이 발표된 1930년대는
일제의 사회주의 문학에 대한 탄압과 검열이 매우 심각했던 시기였다.
더욱이 《동아일보》라는 매체에 발표한 이 작품은 계급 갈등과 투쟁을 정
면에서 다루는 데에 분명 한계가 있을 수밖에 없었을 것이다. 따라서 계
급문제 해결의 주체를 명확히 제시하는 수준에서 작가는 작품의 결말을
맺은 것으로 보인다.

6. 강경애에 대한 문학사적 평가

『인간문제』에서 농촌 용연은 반봉건적 가부장제의 위계가 작동하는
가운데 지주 정덕호에 의한 선비, 간난이 등에 대한 무임금의 가사노동
과 성적 착취가 만연한 공간이다. 이곳에서 선비의 몸은 가부장적 성폭

---

40) 한명섭, 「강경애의 『인간문제』에 나타난 탈식민성 연구」, 『한국언어문화』62, 한국
언어문화학회, 2017, 256면.

력의 가해자인 정덕호의 그루밍 의도를 간파하지 못한 채 그의 성적 욕
망과 남아를 낳는 도구로 객체화되는 피해자의 위치에 놓여 있었다. 하
지만 근대도시 인천의 방적공장에 취업한 이후 선비는 노동운동가로 변
신한 간난이의 계몽과 자신의 깨달음에 의해 의식의 각성을 이뤄 나간
다. 선비는 여공이 된 후에야 비로소 정덕호의 실체를 바로 깨우치지만
공장에서도 젠더 위계서열에서 우월한 위치의 남성 감독은 여공들의 노
동을 감시 감독할 뿐만 아니라 상벌제도를 통한 성희롱으로 여공들을 성
적 착취의 대상으로 삼는다. 선비의 몸은 감독의 성적 유혹에서는 벗어
나지만 열악하고 비인간적인 노동환경과 강도 높은 노동을 견디지 못하
고 폐병이 들자 해고되어 죽게 된다.

주인공 선비가 태어난 곳이 농촌 용연이고, 인천은 선비가 방적공장의
여공이 되어 일하다 죽어간 근대도시이다. 전자의 농촌 공간은 반봉건적
식민지 가부장제 하에서 억압받는 노동여성인 선비의 몸을, 후자의 도시
공간은 식민지 자본주의 하에서 억압받는 선비의 몸을 그려냈다. 농촌의
반봉건적 가부장제 하에서든 도시의 식민지 자본주의 하에서든 선비의
몸은 수탈과 억압을 받는 피지배자의 몸이라는 점에서는 크게 다를 바가
없다. 가부장주의와 자본주의는 상호 결탁하여 특히 여성과 그 몸을 강
력하게 지배한 것이다. 감독의 성희롱을 막아낸 선비가 열악한 노동환경
과 강도 높은 노동을 견디지 못하고 희생자가 되어 죽어갔다는 것은 의
미심장하다. 즉 농촌사회의 가부장주의뿐만 아니라 근대도시의 식민지
적 자본주의가 더 광범위하게 여성과 그 몸을 억압하고 착취하는 눈에
보이지 않는 지배자요, 가해자라는 것을 보여준 것이다.

피해자인 노동자의 분노의 힘에 의해서 계급 갈등의 인간문제를 해결
해야 한다는 결말은 작가 강경애의 마르크스주의 의식을 드러낸 것이다.

하지만 작가는 당대의 식민지적 상황에서 계급투쟁이라는 단어를 명시적으로 사용하지는 않았다.

그런데 노동자의 문제가 해결된다고 해서 여성 노동자들이 겪는 성적 착취와 같은 젠더 문제까지 동시에 해결되는 것은 아니다. 마르크스주의적 계급투쟁으로만은 해결될 수 없는, 즉 작품 속에 드러났듯이 여성들이 겪는 성적 착취와 같은 차별적인 젠더 문제들은 여전히 남게 된다. 강경애는 여성이라는 젠더가 겪는 고유의 문제들을 농촌과 공장을 배경으로 탁월하게 형상화했음에도 그 해결책은 마르크스주의적 계급투쟁의 논리에 의한 전망만을 제시한 것이 이 작품의 한계라고 할 수 있다.

거의 최초로 방적공장을 중심으로 노동자 계층 여성의 노동 경험을 다룬 소설로서 『인간문제』의 한국여성문학사 또는 한국근대문학사에서 차지하는 중요성은 매우 크다. 제1세대 여성작가들이 주로 신교육을 받은 신여성을 주인공으로 설정하여 그녀들이 지향한 첨단적 자유주의 페미니즘을 설득하려 했던 것과 강경애의 페미니즘은 차별화된다. 즉 제2세대 여성작가 강경애의 차별되는 지점은 페미니즘에 대한 계몽이 아니라 여성의 억압에 대한 다각도의 현실 분석이라고 할 수 있다.

농촌 여성이 겪는 가부장적 몸의 억압과 착취뿐만 아니라 노동계층으로 변화한 여성을 등장시켜, 노동운동, 근대 자본주의 하에서 여성의 몸이 겪는 억압과 착취 문제를 다룬 것은 단순히 근대도시를 배경으로 방적공장을 최초로 작품의 무대로 삼았다는 것에 대한 가치평가를 뛰어넘는 것이다. 노동여성을 주인공으로 등장시켜 근대 식민지 자본주의 하의 여성 노동자에 대한 억압과 착취의 서사화는 제1세대 여성작가인 김명순, 나혜석, 김일엽 등의 관심사는 결코 아니었다. 물론 당대 남성작가들의 관심사도 아니었다. 리얼리스트 강경애는 바로 그녀가 살았던 1930년대 식민지 자본주의 사회로의 사회 변동을 현실감 있게 반영하면서 제1세대 여성작가의 자유주의 페미니즘과는 다른 차원의, 즉 마르크스주의 페미니즘의 시각에서 여성문제를 탁월하게 형상화해냈던 것이다.

-『문예운동』2022년 가을호(155호), 문예운동사, 2022.09

10. 강경애의 『인간문제』에 대한 여성비평적 연구

1. 머리말

강경애는 여성작가로서는 거의 유일하게 간도 체험을 통하여 식민지 하에서의 빈궁의 문제를 밀도 있게 다룬 치열한 작가로 평가되는 한편, 1930년대 여성작가 가운데 가장 긍정적으로 평가받고 있다. 그간 문학 사에서의 단편적 언급의 수준을 넘어서서 꾸준히 석사학위논문이 발표 되었고, 여성 연구자들이 쓴 박사학위논문 속에서도 강경애는 심도 있게 논의되어 왔다.[1] 더욱이 여성작가에 대한 평가에 인색해왔던 남성 학자 와 평론가들마저 강경애에 대해서만큼은 예외적으로 긍정적인 평가를 내리고 있다. 이는 강경애의 작가적 역량의 뛰어남을 반증하는 것으로 해석할 수 있다.

---

1) 서정자, 「일제강점기 한국여류소설연구」, 숙명여대 대학원 박사논문, 1988.
　정영자, 「한국여성문학연구」, 동아대 대학원 박사논문, 1988.
　김정화, 「강경애 소설연구」, 동국대 대학원 박사논문, 1992.
　김미현, 「한국 근대여성소설의 페미니스트시학」, 이화여대 대학원 박사논문, 1996.

장편소설 『인간문제』를 중심으로 그간의 연구 성과를 알아보면 다음
과 같다.

채훈은 강경애에 대해 박화성과 함께 1930년대의 심각한 사회문제였
던 빈궁에 대한 폭넓은 관심과 작품 자체의 특출함을 지닌 역량 있는 작
가라고 평가한다.[2] 이재선은 강경애는 '여성다움'에 대한 내면적 추구보
다는 사회적 현실 속에 내재되어 있는 생활의 빈곤 현상과 그런 모순구
조 속에서 야기되는 삶의 착종(錯綜)과 참담성에 더 깊이 관련되어 있으
며, 외향적이고 비판적인 이념을 중시하는 리얼리스트이며, 자본주의적
인 인간 타락에 대해 비판을 가하는 특수한 이데올로기적 지평도 가지고
있는 것으로 평가했다.[3] 송백헌은 『인간문제』에 대해 역사적 주체를 민
중 속에서 찾고자 하는 작가의 의도가 담겨진 작품으로, 국민의 대부분
이 처해 있던 빈궁한 상황이 당대 사회의 구조적 모순에서 연유한 것으
로 이해하고 있으며, 이의 극복을 위해 민중의 자아 각성과 삶의 권리를
위한 투쟁을 제시하고 있다고 평가했다.[4] 조남현은 강경애가 '나'의 문제
에서 '우리'의 문제로 작가적인 시선을 돌릴 줄 알았는데, 사회적 관심이
나 시대인식이 성숙된 기교의 받침을 받을 수 있었더라면 한국근대소설
사의 가치목록에 포함될 수 있었을 것이라고 평가했다.[5] 김윤식은 강경
애가 여류 문의의 범주를 벗어나는 작가로서 『인간문제』에서의 인천부
두와 방적공장은 한국근대소설 공간에서 처음으로 포착된 소재라고 지

2) 채훈, 「한국여류소설에 있어서의 빈궁의 문제」, 『아세아여성연구』23, 숙명여대 아세
   아여성연구소, 1984.
3) 이재선, 『한국현대소설사』, 홍성사, 1979, 435~437면.
4) 송백헌, 「강경애의 인간문제연구」, 『여성문제연구』13, 효성여대 여성문제연구소,
   1984.
5) 조남현, 「강경애 연구」, 『예술원 논문집』25, 예술원, 1986.

적했다.[6] 임헌영은 『인간문제』를 농민에서 노동자로, 노동자에서 각성된 노동자로, 각성된 노동자에서 조직적 활동가로 변모해가는 식민지 시대 투쟁적 인간상을 그린 비판적 사실주의 작품으로 평가했다.[7]

이상경은 『인간문제』가 일제시대의 친일지주·자본가와 농민·노동자의 대립 구조 속에서 노농대중의 목적의식적 조직적 투쟁을 부각시키고, 현실 변혁의 주체와 그 역량을 현실성 있게 그려내는 데 성공한 작품으로 평가했다.[8] 서정자는 『인간문제』를 주인공 선비의 자기발견소설이자 페미니스트 성장소설의 한 유형이라 규정하면서 '선비'의 여성적 자기를 형성하는 데 있어 전통적인 가부장제의 모순을 드러내고 그 모순을 극복하기 위한 처방과 아울러 행동을 보여줌으로써 사회적 성장까지를 다룬 작품으로 평했다.[9] 송지현은 『인간문제』를 짓밟힌 여성의 자각과 일어섬을 그린 수작으로 평가했다.[10] 안숙원은 여성작가 강경애가 사회성 짙은 작품들로 모처럼 당대 '여류'의 통념을 불식시키고도 유사남성적 언술과 생존의 비명에 압도된 '젠더'의식 때문에 『인간문제』에서 물레질하는 여성인물들의 운명적 이중고 - 가난과 가부장적 제도를 간과하지 않았나 싶다고 평가했다.[11] 그리고 여성 사회학자 강이수는 『인간

6) 김윤식, 『속 한국근대작가논고』, 일지사, 1981.

7) 임헌영, 「비판적 사실주의의 소중한 열매」, 『강경애 전집』, 열사람, 1988.

8) 이상경, 「만주 항일혁명운동의 문학적 수용」, 김윤식·정호웅 편, 『한국 리얼리즘과 모더니즘』, 민음사, 1989.

9) 서정자, 「페미니스트 성장소설과 자기발견의 체험」, 『한국여성학』7, 한국여성학회, 1991.

10) 송지현, 「강경애 소설에 나타난 여성의식 연구」, 『한국언어문학』28, 한국언어문학회, 1990.

11) 안숙원, 「유사남성적 언술과 〈젠더〉 의식의 착종」, 『한국여성문학비평론』, 개문사, 1995, 141 - 167면.

문제』는 계급문제와 인간문제의 접점은 잘 그려내고 있으나 여성문제에
대해서는 한계를 보였다고 평가하기도 했다.[12]

　본고는 강경애의 장편소설 『인간문제』를 여성비평적 시각에서 접근해
봄으로써 이 작품이 페미니즘 소설로서 어떤 특징과 한계를 가지는가를
살펴보고자 한다.

2. 식민지 농촌과 미자각의 인물들

1)

　『어머니와 딸』과 「소금」이 장편이라고 하기에는 다소 짧은 경장편 또
는 중편 정도의 분량임을 감안한다면 『인간문제』는 명실공히 강경애의
유일한 장편소설로서 그의 대표작이다.

　『인간문제』는 작품의 전반부에서 농촌 용연 마을을 중심으로, 지주 정
덕호와 선비, 간난이, 첫째 등의 젊은이의 운명을 지배 피지배의 권력관
계에서 그려내고 있다. 선비, 간난이, 첫째와 같은 농촌의 젊은이들은 지
주 정덕호의 피해자란 공통점을 공유하는데, 이들의 삶터인 용연 마을은
식민지 농촌의 수탈경제의 모순을 총체적으로 드러내준다. 말하자면 용
연은 지주 소작제의 모순과 이에 따른 농민의 절대빈곤, 그리고 그로 인
한 이농현상까지 식민지 농업정책의 모순을 집약적으로 보여준다.

　당시 식민지 농업정책의 가장 중요한 목적은 조선을 일본의 식량 공
급지로 묶어두는 데 있었다. 이에 따라 토지조사사업, 산미증식계획, 농

---

12) 강이수, 「식민치하 여성문제와 강경애의 인간문제」, 『역사비평』, 1993년 가을호.

촌진흥운동, 공출제도 등으로 농민을 빈궁에 몰아넣고 몰락시켜 나갔다. 또한 식민지 농업정책은 지주제를 강화하여 보호한 대신 자작농 및 자소작농을 몰락시켜 소작인으로, 더 나아가서 이농민으로 만들었다. 자작농 및 자소작농의 몰락은 농촌 인구를 지주와 소작인의 두 계층으로 고정시켜 농촌 부르주아지의 성장을 저지했고, 농민운동을 탄압하고 지주제를 강화하여 이농민을 증가시킴으로써 값싼 노동력을 대량으로 만들어 침략전쟁에 이용했던 것이다. 이러한 식민지 농업정책의 결과로 농촌은 몰락하고 농민은 절대적 빈곤에 시달리다가 농촌을 떠나지 않을 수 없게 되었다.[13]

작품은 용연 마을에 대한 공간적 묘사와 원소(怨沼)의 전설을 서두에 제시함으로써 발단단계부터 지주 정덕호와 마을 소작농 사이의 갈등관계를 암시하는 한편, 강화된 지주 소작제도로 인한 농민들의 궁핍과 한 서린 삶을 암시하고 있다.

이 산등에 올라서면 용연 동네는 저렇게 뻔히 들여다볼 수가 있다. 저기 우뚝 솟은 저 양기와집이 바로 이 앞 벌 농장 주인인 정덕호의 집이며, 그 다음 이편으로 썩 나와서 양철집이 면역소며, 그 다음으로 같은 양철집이 주재소며, 그 주위를 싸고 컴컴히 몰아 앉은 것이 모두 농가들이다.

그리고 그 아래 저 푸른 못이 원소(怨沼)라는 못인데 이 못은 이 동네의 생명선이다. 이 못이 있길래 저 동네가 생겼으며, 저 앞벌이 개간된 것이다. 그리고 이 동네 개짐승까지라도 이 물을 먹고 살아가는 것이다.

(중략)

옛날, 이 원소가 생기기 전에, 이 터에는 장자 첨지가 수없는 종들과 전

___
13) 강만길, 『한국현대사』, 창작과 비평사, 1985, 88~102면.

지와 살찐 가축들을 가지고 살았다는 것이다. 그런데 그 첨지는 하도 인색하여서, 연년이 추수하는 곡식을 미처 먹지 못하고 곳간에서 폭폭 썩어나도 근처 어려운 사람들을 구제할 생각은 고사하고 어쩌다 걸인이 밥 한술을 구걸하여도 그것이 아까워서는 대문을 닫아걸고 끼니도 끓여 먹었다는 것이다.

그런데 마침 몇 해를 거듭하여 흉년이 들어서 이 동네 사람들이 모두 굶어 죽게 되었을 때 그들은 하루에도 몇 번씩 장자 첨지에게 애걸을 하였다. 그러나 첨지는 들은 체도 하지 않고 오히려 그들을 나무라고 문간에도 들이지 않았다는 것이다.

그러므로 그들은 하는 수 없이 몰래 작당을 하여 가지고 밤중에 장자 첨지네 집을 습격하여 쌀과 살찐 짐승들을 끌어냈다는 것이다.

이런 일이 있은 후 며칠 만에 장자 첨지는 관가에 고소장을 들여 이 근처 농민들을 모두 잡아가게 하였다. 그래서 무수한 악형을 하고 혹은 죽이고 그나마는 멀리 쫓아버렸다는 것이다.

아버지 어머니 혹은 아들딸을 잃어버린 이 동네 노인이며 어린 것들은 목이 터지도록 아버지 어머니를 부르며 혹은 아들과 딸을 찾으며 장자 첨지네 마당가를 떠나지 않고 울었다는 것이다.

그래서 울고 울고 또 울어서 그 눈물이 고이고 고이어서 마침내는 장자 첨지네 고래 잔등 같은 기와집이 하룻밤 새에 큰 못으로 변하였다는 것이다. 그 못이 죽 내려다보이는 저 푸른 못이다.[14]

작품의 모두(冒頭)에서 작가는 우뚝 솟은 양기와집과 면역소와 주재소의 양철집, 그리고 컴컴히 몰아 앉은 농가의 풍경을 차례로 묘사함으

---

14) 연변대학교 조선문학연구소 허경진 · 허휘훈 · 채미화 주편, 『강경애』, 보고사, 2005, 395~396면.

로써 지배자인 식민지 지주와 이를 지지하는 행정관청인 면역소와 주재소, 그리고 피지배자인 농민의 모습을 암시하고 있다. 정덕호와 농민의 관계는 지배 피지배의 권력관계이며, 중심과 주변의 관계이다. 우뚝 솟은 양기와집은 식민치하에서도 식민지 통치계급의 비호를 받으며 권력을 과시하는 지주계층의 위력을 상징한다. 이와 대조적으로 주변으로 컴컴히 몰아 앉은 농가의 모습은 소외되고 주변화된 농민들의 삶에 대한 상징성을 띠며 분위기를 조성하고 있다. 그리고 기와집과 농가의 중간에 위치하는 양철집으로 지어진 면역소와 주재소는 사회적 중간계층을 의미하며, 이들 행정기관과 주재소는 기만적 논리로 농민을 통제하고 탄압함으로써 결국 지주의 이익에 봉사하는 권력의 하수인들이다.

또한 원소의 전설은 단순히 과거의 이야깃거리로서의 의미를 가진다기보다는 현재 지주 정덕호가 원소 전설 속의 인물 장자 첨지처럼 인색하기 짝이 없으며, 이로 인해 마을 사람들의 빈궁은 더욱 처참한 지경에 이르고, 갈등은 심각해지리라는 것을 암시한다. 작품의 모두(冒頭)는 용연 동네의 묘사와 원소의 전설을 소개함으로써 소설의 핵심적 갈등을 암시하며 분위기를 창조하고 있다. 즉 착취적 소작제도로 인한 빈궁과 이에 따른 한 서린 농민들의 삶에 대한 상징적 의미기능을 띠고 있는 것이다.

용연 동네는 1920, 30년대 조선 소작 빈농의 계층적 성격과 지주의 횡포를 다양한 인물 설정을 통해서 전형적으로 보여주고 있다. 먼저 빈농이란 토지가 전혀 없거나 매우 작은 규모의 토지, 대체로 1정보 내외 및 그 이하의 경지 규모의 토지를 소유하기 때문에 지주로부터 토지를 소작하지 않으면 안 되고, 또한 고율의 소작료 부담과 영세 소농 경영으로 인해 농업생산 잉여를 거의 취득하지 못하여 이들은 노동력을 판매하거나 겸 부업에 종사하려 가구경제를 재생산해 나가는 농민을 일컫는 개념이다.[15] 식민지적 상품화폐경제 속에서 고율의 소작료와 소작인의 열악한 지위, 소작권의 불안정 및 소작농의 농업경영에서의 경영자적 독립성 상실 그리고 영세소농경영을 특징으로 하는 반봉건적 지주 소작관계를 맺고 있는 소작 빈농층은 소작지 경영만으로는 가구 경제를 재생산해 나가지 못했다.[16]

　우선 정덕호는 지주이자 면장으로 마을의 경제권과 행정권력을 장악한 인물로 주재소를 마음대로 주물러 소작권에 대한 횡포는 물론이며, 마을 사람들의 생존권 자체를 위협하는 막강한 권력자로 묘사된다. 덕호가 던진 산판에 맞아 숨진 선비의 아버지, 고율의 소작료 수탈로 인한 부채에 시달리다가 추수할 논이 입도 차압을 당하자 결국 아무것도 가진 것 없이 마을을 떠나고 마는 풍헌 영감, 풍년의 농사에도 불구하고 비료값과 장리쌀 빚에다 저가에 농사지은 쌀을 다 빼앗겨버리는 개똥이, 풍헌 영감과 개똥이에 대한 덕호의 불합리한 처사에 저항하다 소작마저 떼이고만 첫째…. 소작 빈농의 열악한 상태는 여기에서 끝나지 않는다. 첫째 어머니의 매춘과 병신 이 서방의 구걸행각에서 빈궁의 참혹함은 거듭 폭로된다. 용연 동네 사람들은 한결같이 소작지 경영만으로는 가구경제를 재생산해 나가지 못함으로써 부채에 시달리다 야반도주하는가 하면 매춘이나 구걸로 연명해 나갔던 것이다. 작가는 소작료의 고율화와 지주에 의한 소작권의 횡포, 그로 인한 이농 현상 등 일제하 식민지 농촌의 모순을 용연 마을을 통해 총체적으로 고발하고 있다.

---

15) 문소정, 「일제하 농촌가족에 관한 연구」, 한국사회사연구회, 『일제하 한국의 사회 계급과 사회 변동』, 문학과 지성사, 1988, 72면.
16) 위의 논문, 91면.

특히 이들 소작농의 열악한 생존조건은 이들이 먹는 밥에서 구체적으로 드러난다. 선비의 아버지가 정덕호를 대신하여 방축골에 빚 독촉을 하러 갔을 때, 나온 밥상의 조죽과 그 죽마저 먹지 못하는 아이들을 통해 이들이 처한 빈궁은 생생하게 전달된다.

밥상이 들어온다. 민수는 배고프던 차에 한술 떠 보리라 하고 술을 드니, 밥이 아니라 죽이었다. 조죽에 시래기를 넣어서 끓인 것이다. 민수는 비록 남의 집을 살았을지언정, 일생을 통하여 이러한 음식을 먹어보기는 처음이었다. 그리고 조것내[17]까지 나서 그의 비위에 몹시 거슬리나 꾹 참으며 국물을 후루루 들이마셨다.

그때 아랫목에서 애들이 벌떡벌떡 일어났다.

"엄마 나 밥!"

"엄마 나 밥! 응야!"

이 모양을 바라보는 주인은 눈을 부릅뜨며,

"저놈의 새끼들을 모두 쳐 죽이든지 해야지, 정…".[18]

조죽마저 충분히 먹지 못하고 굶주림에 시달려야 하는 상황은 당시 소작 빈농의 극심한 궁핍을 잘 드러내준다. 일제하의 소작 빈농층은 쌀보다 보리 소비량이 많았다. 그리고 주식으로 빼놓을 수 없었던 것이 만주에서 들여온 조였다. 이들은 고율의 소작료를 부담하고 수중에 얼마 남지 않은 미곡을 판매하여 품질이 열악하고 대신 값이 싼 조를 구입하여

---

17) '조것내'는 '조의 겻불내'라는 뜻의 북한어. '겻불내'는 겨가 탈 때 나는 매캐한 냄새.
18) 연변대학교 조선문학연구소 허경진·허휘훈·채미화 주편, 앞의 책, 423~414면.

식생활을 영위해 나갔다.[19]

첫째의 경우도 항시 배고픔에 시달리는데, 첫째 어머니의 매춘과 이 서방의 구걸로 겨우 연명하여왔다. 첫째는 어머니가 구걸해온 바가지에 담긴 밥과 도토리를 수저도 들지 않고 손으로 움켜 먹으며, 어머니에게 같이 먹자는 권유는커녕 어머니가 밥이었더라면 하는 상상을 할 정도로 해결되지 않는 식욕에 고통을 당한다. "첫째는 바싹 대든다. 그의 눈에서는 불이 펄펄 날아 나오는 것 같았다. 첫째 어머니는 너무나 어이가 없어서 돌아앉으며, 그만 벽을 향하여 누워버렸다. 어머니의 모양을 물끄러미 바라보는, 어머니가 밥이라면 그저 이 배가 터지도록 먹으련만… 하였다"와 같은 첫째의 극단적 생각에서 빈농층의 궁핍과 기아의 심각성은 여지없이 폭로되고 있다.

따라서 용연 마을은 식민지 농업정책의 결과로 절대적 빈곤에 빠진 농촌의 모습을 전형적으로 보여주며, 지주 정덕호는 강화된 지주제 하에서 농민을 수탈하고 그들 위에 군림하는 악덕 지주의 한 전형으로 그려졌다. 더욱이 첫째, 풍헌 영감 등이 야반도주하지 않을 수 없었던 상황은 농촌 몰락의 과정 속에서 농촌을 떠나지 않을 수 없었던 빈곤에 빠진 농민의 이농상황을 전형적으로 반영하는 것이다.

2)

지주 정덕호는 악덕 지주로서 마을의 소작농들을 향해 막강한 권력을 행사할 뿐만 아니라 남아선호의 숭배자로서 마을의 가난한 여인들을 아들을 낳기 위해 첩으로 들였다가 마음대로 내쫓는 파렴치한 가부장주의

---

19) 문소정, 앞의 논문, 125~128면.

자이기도 하다. 빈농의 농촌여성들의 생존조건은 남성들보다 더욱 열악
했다. 즉 1920~1930년대의 소작 빈농층에 있어서 생계유지의 불충분성
과 부채로 인해 호주에 의한 여성의 조혼과 강제혼 및 매매혼이 성행하
였다. 소작 빈농층의 여성에게 조혼, 매매혼, 강제혼이 강제된 것은 무엇
보다도 이들의 열악한 경제적 조건과 아들과 딸에 대한 소유관념의 차이
때문이었다.[20]

작품 가운데서 신천댁이 덕호의 첩이 된 것은 빈농인 아버지가 그녀를
팔았기 때문이다. 즉 그녀는 매매혼의 희생자로서 씨받이를 위한 첩살이
를 왔으나 아들을 낳지 못하자 쫓겨나고 만다.

"그전에는 큰댁 아주머님을 때리지 않았어? 그런데 오늘은 신천댁을
사정없이 때리네, 아이 불쌍해!"
선비는 무심히 나락 바가지에 손을 넣어 휘저어 보면서 얼굴에 슬픈 빛
을 띠운다.
"남의 첩질 하는 년들이 매를 맞아야 하지, 그래 큰 어미만 밤낮없이 맞
아야 옳겠니?"
딸의 새침한 얼굴을 바라보았다. 올봄부터는 선비의 두 뺨에 홍조가 약
간 피어오른다.
"그래두 어마이, 신천댁의 말을 들으니 그가 오고 싶어 온 게 아니라 저
의 아부지가 돈을 많이 받고 팔아서 할 수 없이 왔다고 그러던데 뭐."
"하긴 그랬다고 하더라…. 그러기에 돈밖에 무서운 것이 없어."[21]

---

20) 위의 논문, 121~123면.
21) 연변대학교 조선문학연구소 허경진 · 허휘훈 · 채미화 주편, 앞의 책, 408면.

정실도 못 되고 첩이 된 여인들은 그나마 가족제도의 보호조차 받지 못하고, 멸시를 당하거나 아들을 낳는 도구로 제대로 기능 수행하지 못할 경우에는 온갖 학대에 시달리다가 쫓겨나는 운명이 되고 만다. 신천 댁을 쫓아낸 덕호는 간난이를 첩으로 들였다가 간난이가 도망하자 이제는 선비에게 마수를 뻗친다. 신천댁, 간난이, 선비는 남아 생산을 구실로 가난한 마을 여자들을 마음대로 농락하고 버리는 파렴치한 인물 정덕호의 희생자들이다. 남성인 첫째나 개똥이가 식민지 농촌의 반봉건적 지주 소작제도의 희생자들이라면, 신천댁, 간난이, 선비는 거기에다 가부장제의 희생자라는 질곡이 추가된다. 이들은 지주 덕호의 성적 욕망의 노예이자 아들 낳는 도구로 이용당하다 버림을 받게 되는 공동 운명의 소유자들이다. 이들이 이중의 희생자가 된 것은 경제적으로 가난할 뿐만 아니라 여성이기 때문이다. 즉 이들은 생리적 육체적으로 생명 재생산의 역할, 즉 모성의 기능을 담당함으로써 지주 정덕호의 아들을 낳아주는 도구로 전락하게 된다.

이 점에선 덕호의 처인 옥점 어머니도 마찬가지로 희생자이다. 그녀는 할멈과 선비에게 가사노동을 대신 시킨다는 점에서 가사노동에서 벗어난 부르주아 여성의 모습을 보여준다. 하지만 아들을 낳지 못했다는 이유로 남편으로부터 구타를 당하는가 하면 남편의 공공연한 축첩을 방관해야만 하는 점에서는 다른 계층의 여자들과 크게 다를 바 없는 가부장제의 희생자이다. 엥겔스가 남성이 부르주아라면 그의 아내는 프롤레타리아라고 한 말을 확인시켜 주듯이 그녀는 그녀보다 낮은 계층의 여성들에 대해서는 다소 우월한 신분을 지녔을지 모르지만 남편에게는 여전히 열악한 하녀에 불과했다. 그녀는 계층을 초월하여 남성의 지배를 받고 있는 여성 억압의 단면을 보여준다. 엥겔스가 『가족. 사유재산 국가의 기원』에서 첫 번째 계급 탄압은 남성에 의한 여성의 탄압이라고 했듯이[22] 여성은 계급적 기반을 떠나 모두 남성의 욕망의 노예가 되고, 자식을 생산하는 단순한 도구로 전락하고 만다.

그러나 『인간문제』는 부르주아 여성과 프로레타리아 여성을 동일하게 그려내지는 않았다. 마르크스주의 페미니스트들은 자본주의 체제하에서 부르주아 여성들은 프로레타리아 여성들과 똑같은 종류의 억압을 경험하지 않는 것으로 간주한다. 이 작품에서 지주의 딸로 신교육을 받고 있는 미혼의 옥점이야말로 억압과 예속으로부터 자유로운 부르주아 여성을 대표한다. 그녀가 같은 또래의 프로레타리아 여성인 간난이나 선비와 똑같은 억압을 받지 않는다는 것은 자명하다. 이처럼 강경애는 마르크스주의적 시각에서 여성을 두 계급으로 구분 짓고 있다.

부모의 사망으로 부모의 보호조차 받을 수 없게 된 순진한 시골 처녀 선비는 덕호의 욕망 앞에 무방비 상태로 노출되는데, 덕호는 그녀에게 공부를 시켜준다고 유혹하는가 하면 자신의 딸 옥점과 조금도 달리 생각지 않는다는 감언이설로 그녀의 판단을 흐려놓는다.

> 덕호는 언제나 술이 취하면 자식 없는 푸념을 하곤 하였다. 덕호는 한참이나 선비를 물끄러미 바라보더니, 한숨을 푹 쉰다.
> "잘 생각해서 말해라. 내가 너는 옥점이년과 조금도 달리 생각지 않는다. 너는 나를 어떻게 생각하는지는 모르겠다마는….
> 그때 선비는 돌아가신 어머니나 아버지가 살아온 듯한 그러한 감격에 눈물이 핑 돌았다. 그리고 뭐라고 말하여 자기의 맘을 만분의 하나라도 표

---

22) Friedrich Engels, The *Origin of the Family, Private Property, and the State* (1884) (New York: International, 1942), p.58.

현시킬까 두루두루 생각해 보니 그저 가슴만 뛸 뿐이지 아무 말도 생각나
지 않았다.[23]

덕호로부터 성적 유린을 당한 후에야 그녀가 깨달은 것은 자신과 간난
이가 모두 덕호의 희생자란 점이다. 덕호 처의 학대와 옥점의 모함, 그리
고 이에 따른 덕호의 모욕에 견디다 못한 선비는 마침내 서울로 간난이
를 찾아 상경한다.

고향을 떠나는 선비의 새로운 삶을 찾겠다는 내적 각오와 결단은 번개
치는 밤의 묘사를 통해 잘 드러난다. 미래에 대한 막막함 속에서도 뭔가
희망이 보이는 듯한 밤의 묘사는 덕호의 억압적 권력을 벗어나는 희망과
불확실한 미래에 대한 두려움을 적절히 환기한다.

그날 밤! 선비는 봇짐을 옆에 끼고 덕호의 집을 벗어났다. 사방은 먹칠
을 한 듯이 캄캄하였다. 그리고 낮에부터 쏟아질 줄 알았던 비는 쏟아지지
않으나 바람이 실실 불기 시작하였다. 선비는 읍으로 가는 신작로에 올라
섰다. 선들선들한 바람만 그의 타는 볼 위에 후끈후끈 부딪치고 지나친다.
저편 동쪽 하늘에는 번갯불이 번쩍 일어서 한참이나 산과 산을 발갛게
비추어주었다. 그때마다 우루루 타는 소리가 들린다. 선비는 전 같으면 이
런 것늘이 부서우련만 이 순간 그에게 있어서 아무것도 두려울 것이 없었
다. 그는 죽음으로써 모든 것을 당하리라고 최후의 결심을 굳게 하였던 것
이다.[24]

23) 연변대학교 조선문학연구소 허경진·허휘훈·채미화 주편, 앞의 책, 487~488면.
24) 위의 책, 571~572면.

선비가 용연 마을을 떠나는 것은 단순한 공간 탈출만을 의미하지 않는
다. 그것은 덕호에게 성적으로 유린당하고 있으면서도 자신의 객관적 상
태를 제대로 깨닫지 못한 미자각상태를 벗어날 최소한의 조건을 갖추었
다는 것을 의미한다. 즉 선비는 덕호의 배신에 분노하며 마을을 떠나기
직전까지도 "차라리 이렇게 몸을 더럽힌 바에는 아들이라도 하나 낳아서
이 집안의 세력을 모두 쥐었으면…" 하는 자포자기의 심정에 사로잡히
는 등 미자각 상태에 빠져 있었다. 첫째 역시 지주에게 저항한 자신을 잡
아 가둔 법에 대해 "그 법… 그는 날이 갈수록 이 법에 대하여 점점 의문
의 실뭉치가 되어 그의 가슴을 안타깝게 보채인다. 그는 생각지 말자 하
다가도 가슴속에서 뭉치어 일어나는 이 뭉텅이!"라고 의문을 표시하며
마을을 떠나갔지만 아직 자신이 처한 객관적 상태를 충분히 파악할 만큼
의식화가 이루어지지 않았다. 아니 두 사람만이 아니라 용연 동네 전체
가 미자각 상태에 빠져 있다는 것은 지주에 저항했던 의협심 강한 첫째
의 행동에 대해 마을 사람들이 보여준 원망 어린 태도에서 잘 드러나고
있다.

마르크스주의자 강경애는 의식화되지 못하고 비조직적인 농민들에게
현실개혁의 희망과 기대를 걸지 않았던 것 같다. 따라서 1920~1930년
대의 농민이 조직적 비조직적 소작쟁의로 수탈적인 지주 소작제에 수없
이 항거했음에도 이를 작품 속에서 전혀 그려내지 않았으며, 선비, 간난
이, 첫째로 하여금 농촌을 떠나도록 플롯을 전개시켜 갔다고 생각한다.
그리고 도시로 이주한 이들을 계급의식을 갖춘 노동자 계급으로 성장케
만듦으로써 농민이 아니라 도시의 노동자 계급을 주체세력으로 한 현실
개혁을 이상으로 제시했던 것 같다.

3. 방적공장과 노동자로서의 각성

1)

작품의 후반부에서 소설의 배경은 서울과 인천의 도시공간으로 옮겨지면서 방적공장을 중심으로 식민치하의 자본주의와 가부장제의 결합을 통한 여성 억압의 구체적 실상과 공장노동운동의 실상이 사실적으로 그려지고 있다. 그런데 작품에서 선비, 간난이, 첫째 등이 농촌에서 도시로 옮겨가는 과정은 식민치하의 자본주의화 과정, 공업화 과정과 일치한다. 즉 1930년대 초반 우리나라의 상황은 일제가 조선을 일본의 식량 및 공업 원료의 공급지로 재편하기 위한 착취적인 경제정책 하에서 농촌경제의 파탄이 증대되는 한편, 도시에서는 공업화로 인한 노동자 계급의 성장이 급격하게 이루어지고 있었다.[25] 소설 공간이 농촌에서 도시로 옮겨진 것은 당시 공업화 과정을 사실적으로 반영하는 것이지만 동시에 작가는 자본제 하의 계급 모순을 폭로하고 노동자 중심의 현실 개혁이란 주제를 표방하기 위해 전략적으로 공간을 이동시키고 있다. 작가의 이러한 의도에 따라 선비와 간난이, 그리고 첫째는 도시 공간 속에서 노동자로 성장하며, 자아의 각성을 이루게 된다.

선비, 간난이, 첫째 등은 인천으로 옮겨 공장노동자, 또는 부두노동자로 살아가지만 이들을 둘러싼 억압구조와 열악한 현실은 전혀 개선되지 않고 모습만 바뀌어 이들을 더욱 압박하게 된다. 즉 소작 빈농의 딸 선비와 간난이는 고향 용연에서 목화를 따고 물레를 돌리며 길쌈을 하는 대신에 대규모의 방적공장에서 공업화된 과정의 실을 뽑는다. 또한 소작농

25) 강이수, 앞의 논문, 335~337면.

민이었지만 지주에 대항하다 소작을 떼이고 고향을 떠난 첫째는 부두노
동자가 되어 하루하루를 연명해나간다. 『인간문제』는 식민지 초기의 봉
건적 농촌구조가 가중되는 탄압과 수탈로 농민 분해과정을 거치면서 농
민에서 도시 빈민으로, 그리고 노동자 계급으로 변화해 나가는 모습을
보여주며, 농민문제에서 노동자문제로 승화시켜 이를 사회구조적인 전
반적 문제해결이라는 운동논리로 이끌어간다.[26]

즉 작품의 후반부는 1920~1930년대 식민지 공업의 착취적 실상을 인
천의 대동방적공장을 중심으로 구체적으로 폭로하고 있다. 당시 조선
의 공업은 일본 독점자본의 본격적인 침투로 일본공업에 종속된 상태였
으며, 특히 1930년대 이후에는 본국의 경제공황에 쫓긴 독점자본의 조
선 침투가 한층 더 적극화하고 일본제국주의의 대륙침략이 본격화함에
따라 조선이 병참기지화되면서 공업구조 전체가 군수공업 체제로 바뀌
어 간 것이 일반적인 추세였다. 1920년대 후반기의 경제공황으로 격심한
타격을 입은 일제 자본은 그 돌파구의 하나를 풍부한 자원과 값싼 노동
력이 있는 식민지 조선에서 찾았다. 특히 식민지 농업정책의 결과로 양
산된 이농 인구는 값싼 노동력을 제공해주었다. 1930년대 조선의 공업
이 지닌 특징 중의 하나는 경공업 부문의 발달인데, 방직공업은 식료품
공업 다음으로 공업 생산액에서 차지하는 비율이 높았다. 즉 1930년에는
12.8%, 1937년에는 14%, 1943년에는 17%로 높아져 갔다. 특히 방직공
업은 조선이 가진 풍부하고 값싼 원료와 노동력을 바탕으로 막대한 식민
지 초과이윤을 얻을 수 있는 부문이었기 때문에 일찍부터 발달했다.[27]

---

26) 임헌영, 앞의 글, 314면.
27) 강만길, 앞의 책, 113~125면.

『인간문제』는 방직공업 가운데 실을 만드는 방적공장을 중심으로 식민지 조선에 대한 일제의 수탈경제의 실상과 노동자들에 대한 탄압과 착취, 공장노동운동의 모습을 그려내며, 노동자로서 계급의식에 눈 떠가는 첫째, 간난이, 선비 등의 인물들을 형상화하고 있다. 다른 한편에서는 아버지의 옥점과의 결혼 강요에 가출하여 인천의 부두 노동 현장에서 첫째와 간난이의 계급의식을 각성시키고 조직활동에 끌어들이는 역할을 하지만 검거되자 전향하고 마는 기회주의적 지식인 신철과 신철과의 연애와 결혼에만 관심을 기울이는 나태한 부르주아 여성 옥점 등을 대비시키며, 일제강점기의 우리 민족의 삶의 실상이 생동감 있게 전개된다.

강경애의 페미니즘은 근우회의 이념체계와 맥락을 같이하며, 좌파적 경향성을 띠었던 것으로 필자는 『어머니와 딸』의 연구에서 밝힌 바 있다.[28] 이러한 이념적 경향은 『인간문제』에서 그대로 승계된 것으로 보인다.

당시 우리나라를 강타했던 마르크시즘에 깊게 영향을 받은 것으로 보이는 강경애는 좌익문학단체에 가입하여 활동한 적은 없으나 여성단체 근우회의 장연지회를 이끌었던 것으로 알려지고 있다. 근우회는 1927년에 발족한 여성단체로서, 1926년에 민족운동의 통합을 위해 남성들이 '신간회'를 조직한 데 시사를 얻어 좌우 양파의 여성운동단체가 연합하여 범여성적으로 탄생시킨 단일한 민족운동단체다. 근우회는 반제 반식민의 민족 자주독립운동과 더불어 반봉건적 가부장적 제도로부터 여성해방이야말로 민족을 해방시키는 관건으로 믿고 여성운동을 추진시켰

---

28) 송명희, 「문학적 양성성을 추구한 여성교양소설」, 『여성과 문학』2, 한국여성문학연구회, 1990, 278~282면.

다. 근우회는 처음에 여성 전체의 단결과 지위 향상을 추구하는 창립이
념을 추구했으나 좌우파 간에 이념과 행동에서 많은 차이와 갈등을 노출
했으며, 1928년에는 우파의 대표급 여성들이 조직을 떠났고, 좌우파를
통합한 이념적 지향성에도 불구하고 우파적 성향보다는 좌파적 성향에
더 강하게 지배되어 있었다.[29]

간난이를 찾아온 선비는 인천에 천여 명의 여직공을 고용하는 대동방
적공장에 취직하게 된다. 선비와 간난이뿐만 아니라 실제로 당시 여성
노동자의 대부분은 빈농의 딸이었다. 여공으로서 선비와 간난이가 경험
하는 생활은 바로 이같이 농촌에서 도시로 유입되어 노동자 생활을 시작
하는 이른바 '출가 여공'의 전형을 보여주는 것이라고 할 수 있다.[30]

식민치하에서 여성 노동자를 고용한 대표적 업종은 방직공업, 고무공
업, 정미공업 등의 세 분야이다. 그 가운데 방직공업은 대규모의 기계화
된 공장을 중심으로 미혼의 어린 여공들이 취업하고 있었다. 특히 1930
년대에는 일본의 방직 독점자본이 식민지 노동력의 초과 착취를 통한 이
윤 확보를 위해 대량 진출하였는데, 『인간문제』가 대규모 방적공장을 모
델로 삼은 것은 이와 같은 당대의 시대상을 적확히 반영한 것이다. 대규
모 방적공장은 설립 자체가 사회적 관심사가 되기도 했지만 노동조건은
다른 작업장에 비해 여전히 열악했으며, 오히려 엄격한 감시와 규제로
'공장 감옥소'로 불릴 정도로 악명이 높았고, 또한 여공의 불만이 높아 가
장 빈번하게 쟁의가 발생하는 전략 사업장이기도 했다.[31]

---

29) 박용옥, 「근우회의 여성운동과 민족운동」, 역사학회 편, 『한국근대민족주의운동연
　　구』, 일조각, 1987.
30) 강이수, 앞의 논문, 338~339면.
31) 위의 논문, 340~341면.

선비와 간난이가 입사한 공장은 과연 대단한 규모였다. "우선 기숙사며 공장은 내놓고라도 그 안에 설비된 온갖 기계가 서울서는 보지도 못하던 것이었다. 대개 발전기라든가 제사기라든가 흡사한 것이 일부일부에 없지는 않으나 서울의 것보다는 아주 대규모적"이었다. 하지만 그와 같은 대규모의 공장시설은 그곳에서 일하는 직공들에게 정신을 차릴 수 없는 소음에 시달리게 하고, 삼십 명이나 되는 감독의 감시 체제에서 일해야 하는 열악한 조건을 제공할 뿐이었다. 그들이 하는 일이란 "실이 끊어져 너불거리므로 선비는 얼른 실 끝을 이으며 감독의 눈에 띄지 않았는가 하여 머리를 들 때 앞이 아뜩해지며 쓰러지려 하였다. 그 바람에 그의 바른손이 가마 물속에 미끄러져 들어갔다"[32]처럼 위험하고 소외된 노동에 불과했다. 게다가 석유 내가 후끈후끈 끼치는 안남미로 지은 밥과 소금덩이가 와그르르한 새우젓이 전부인 형편없는 식사가 제공될 뿐이었다. 뿐만 아니라 폐쇄된 감옥과도 같은 외출이 불허되는 기숙사 제도, 저임금에다 벌금이 부과되는 임금제도와 독점적 일용품 배급을 통한 임금착취, 그리고 통장으로 지급되는 임금, 3년의 장기고용 계약, 공장 감독의 여공에 대한 성희롱과 성 착취, 야학을 빙자한 정신교육, 주야를 교대하는 장시간 노동 등 가능한 모든 열악한 조건들이 주어져 있었다. 더욱이 이렇게 3년의 계약기간이 끝이 나더라도 온갖 명목으로 공제를 당하고 오히려 빚을 진 경우마저 있었다. 따라서 노동자들은 거대한 공장 제도 하에서 여전히 궁핍하고 소외된 삶을 살아가야 했다. 즉 생존을 위협하는 열악한 노동조건 하에서 선비는 고된 노동과 감독의 성적 위협에 시달리다 폐병으로 죽음에 이르고 만다. 선비의 죽음은 그 모든 열악한

---

32) 연변대학교 조선문학연구소 허경진·허휘훈·채미화 주편, 앞의 책, 664면.

공장제도의 모순을 첨예하게 드러내준다. 그러나 이 작품은 선비의 죽음을 통한 패배만을 그린 것은 아니다. 현실적 죽음이라는 점에서 선비는 패배했을망정 이 과정에서 한 명의 노동자요, 여성으로서 계급의식의 각성을 이루어 나갔다는 점에서는 성공이라고 할 수 있을 것이다. 바로 여기에 이 작품의 초점이 있을 것이다.

2)

농촌 용연 마을의 지주와 소작농의 권력관계는 도시로 소설 공간이 바뀌면서 공장이라는 생산 공간을 중심으로 거대한 공장제도와 그 하수인인 감독과 여공들과의 관계로 재차 구조화된다. 사실 용연 마을에서 갈등관계는 덕호라는 구체적 인물과 마을의 소작농 사이에 이루어지는 가시적이고 구체성을 띤 반면에 인천 대동방적에서의 권력관계는 익명의 거대한 공장제도와 노동자 간의 불가시적 관계로 구체적 대상이 없다. 식민지의 착취적 자본가는 각종의 제도를 통해서 노동자들을 통제하지만 그 구체적 모습은 드러나지 않고, 단지 그 하수인인 감독을 통해서만 모습을 드러낼 뿐이다. 자본가의 하수인인 공장 감독은 용연 마을에서 지주 계층의 이익을 위해 농민을 통제하는 주재소나 행정기관과 같은 비호 세력의 다른 이름에 불과하다. 그들 역시 그럴 듯한 논리로 여공들을 기만한다.

"이 공장은 다른 작은 공장과 달리 직공들의 장래와 편의를 생각해주는 점이 많습니다. 그것은 눈앞에 보는 바와 같이 이 기숙사라든지, 또 야학이라든지, 기타 여러분이 소비하기 위한 일용품까지 배급하는 설비라든지 다대한 경비를 들여 만들어 놓지 않았소?……."

감독은 장한 듯이 상반신을 뒤로 젖히고 배를 내밀며 장내를 한번 돌아 본다.

"여러분이 늘 쓰는 화장품이나 양말이나 기타 일용품을 시가에 나가 산 다고 합시다. 값이 비쌀 뿐 아니라 속기도 쉽습니다. 그러니 여러분이 필 요한 경우에는 이 공장에서 원가대로 배급해 주는 시설이 있습니다. 이 시 설은 전혀 여러분을 위함이니 공장 측에서는 도리어 손해를 봅니다.

이때 긴장하였던 여공들은 한숨을 내쉬었다.

"그러고 에…… 이 공장에는 여러분의 장래를 생각하여 저금제도를 만 들었소. 저금은 인생의 광명이오! 그러니 여러분들은 노동만 하면 공장에 서 밥을 먹여주고 일용품을 대주고 나머지는 저금을 시켜주니 여러분의 맘에 따라 얼마든지 벌 수가 있지 않소? 여러분은 그저 저금통장만 가지 고 있다가 3년 후 나갈 때 그것으로 결혼 비용에 쓸 수도 있지 않소? 허허 ……."

감독은 입모습에 야비한 웃음을 띠었다. 여공들도 따라 웃는다.[33]

선비와 간난이가 입사한 대동방적공장의 실상은 앞에서도 말했듯 저 임금에 3년의 장기고용 계약, 일용품의 독점적 배급과 저금제도를 통한 임금착취, 감금적인 기숙사 제도, 열악한 작업환경과 장시간 노동, 형편 없는 식사, 야학을 빙자한 정신교육, 그리고 공장 감독에 의한 성희롱과 폭행 등으로 요약된다. 그런데도 공장 감독은 공장제도의 비인간적이고 착취적인 본질을 속이고 현실을 호도한다. 즉 여공들로 하여금 공장이 여공들의 복지와 이익을 위해 최대한의 배려를 하는 것이라고 선전하고 기만한다. 마치 용연 마을에서 군수가 마을 사람들을 기만하던 논리와

---

33) 위의 책, 613면.

동일하다.

그리고 어…… 마지막으로 말할 것은 면이라는 기관은 당신들이 잘살고 건강하게 사는 것을 위하여 힘써 지도하는 곳이니, 조금도 면사무소를 허수히 알아서는 못 쓰오. 면에서 지세나 혹은 호세나 기타 여러 가지 세금을 당신들한테서 받아내는 것은 다 당신들을 잘살게 하기 위하여 통치하는 데 소비하는 것이오. 그러니 그런 세금들을 꼭꼭 잘 바쳐야 하오. 할 말은 많으나 훗 기회로 미루고 우선 그만하니 이 면사무소의 지도를 잘 받으시오.[34]

그러나 공장노동운동을 주도하기 위해서 소위 위장 취업한 간난이는 감독의 말이 속임수에 불과하며, 이러한 기만적 논리가 노동자들로 하여금 진정한 계급의식에 도달하는 것을 방해한다는 것을 선비에게 깨우쳐 주고자 한다.

"그런데, 선비야, 너 아까 감독이 한 말을 다 곧이들었니?"
그는 이 경우에 어떻게 대답할지 몰라 한참이나 망설이다가,
"그건 왜 물어? 갑자기."
"아니 글쎄……. 감독의 한 말이 참말일까."
"난 몰라, 그런 것……."
"선비야! 그런 것을 몰라서는 안 된다. 저 봐라! 지금 야근까지 시키면서도 우리들에게 안남미 밥만 먹이고, 저금이니 저축이니 하는 그럴 듯한 수작을 하여 우리들을 속여서 돈 한 푼 우리 손에 쥐어보지 못하게 하고

---

34) 위의 책, 501~502면.

죽도록 우리들을 일만 시키자는 것이란다. 여공의 장래를 잘 지도하기 위하여 외출을 불허한다는 둥, 일용품을 공장에서 저가로 배급한다는 둥 전혀 자기들의 이익을 표준으로 하고 세운 규칙이란다. 원유회를 한다느니 야학을 한다느니, 또 몸을 튼튼케 하기 위하여 운동을 시킨다는 것도, 그이상 무엇을 더 빼앗기 위하여 눈 가리고 아웅하는 수작이란다."

선비는 간난이가 어째서 이런 말을 하는지 알 수가 없었다. 그렇게 그른 줄을 아는 바에는 처음부터 공장에 들어오지 말 것이지 왜 서울서 그만두고 이리로 오고서는 하루도 지나기 전에 이런 불평을 토하는가? 하였다.

"선비야! 우리들을 부리는 감독들과 그들 뒤에 있는 인간들은 덕호보담도 몇천 배 몇만 배 더 무서운 인간들이란다."[35]

그러나 아직 이 단계에서 선비는 간난이의 말을 단순한 불평으로 간주하며 현실을 제대로 직시하지 못한다. 지배계층의 기만적인 허위의식을 통찰할 수 있을 만큼 아직 선비는 노동자로서 의식이 성숙하지 않았던 것이다. 하지만 간난이라는 조력자의 도움과 무엇보다도 공장생활을 직접 체험해 나가는 가운데 선비는 점차 현실의 실체를 깨달아 나가기 시작한다. 간난이를 통해서 들여오는 전단의 내용, 감독의 성희롱을 무마하는 데 이용되는 상금제도의 실상, 감독의 선비 자신을 향한 성적 위협, 그리고 원미도 야유회에서 얼핏 보았다고 생각되는 첫째에 대한 그리움을 통해서 노동자로서 자신이 처한 객관적 현실과 여성으로서의 자각에 눈떠 갔던 것이다. 즉 덕호에게 일생을 망쳤다는 자각과 함께 그는 세상에는 덕호와 같은 적이 많음을 깨닫는다. 그리고 선비, 간난이, 첫째 등의 같은 노동자 계급의 사람들이 단결해야 된다는 자각도 얻게 된다.

---

35) 위의 책, 616~617면.

그때 그는 간난이가 일상 하던 말을 얼핏 깨달으며, 세상은 우리들의 적이 많은 것이다. 그것을 대항하려면 우리들은 단결하지 않으면 안 될 것이라던 그 말을 그는 다시 생각하였다. 선비는 어떤 힘을 불쑥 느꼈다. 그리고 간난이가 가르쳐 주는 그대로 하는 데서만이 선비는 첫째의 손목을 쥐어보리라 하였다. 흙짐을 져서 바라진 첫째의 등허리! 실을 켜기에 부르튼 자기의 손끝! 그리고 수많은 그 등허리와 그 손들이 모여서 덕호와 같은 수없는 인간과 싸우지 않으면 안 될 것이라… 하였다. 보다도 선비의 앞에 나타나는 길은 오직 그 길뿐이다.[36)]

그러나 아직 선비가 충분하게 의식화가 되었다고 신뢰되지 않는 가운데 간난이는 "XX의 지령에 의하여 모든 것을 네게 인계하고 나는 오늘밤이 공장을 벗어나야 하겠구나!" 하는 긴박한 상황에 직면하게 된다. 간난이가 인계한다는 내용은 "공장 내부 조직방침, 밖의 동지들과 민활하게 연락 취할 것, 그리고 밖에서 들어오는 문서며 삐라 등을 교묘히 배부할 것" 등이다. 말하자면 지금까지 간난이가 맡아온 공장 내의 지하 노동운동의 책임이 선비에게 맡겨진 것이다. 간난이가 탈출하고 선비만이 남겨진 가운데 선비의 의식화는 급격하게 완성된다.

그러나 그때 월미도 가는 길에서 첫째를 만났을 때 일을 미루어 생각하니, 첫째는 어떤 공장 내에 있지 않고 그날그날 품팔이를 하는 것 같았다. 그러니 웬걸 지도자를 만났으리……. 아직도 그는 암흑한 생활 속에서 그의 나갈 길을 찾지 못하고 동분서주만 하는 것 같았다. 이렇게 생각하고 나니 선비는 첫째를 꼭 만나보고 싶었다. 그래서 무엇보다도 먼저 계급의

---

36) 위의 책, 630면.

식을 전해 주고 싶었다. 그러면 그는 누구보다도 튼튼한, 그리고 무서운 투사가 될 것 같았다. 그것은 선비가 확실하게는 모르나 그의 과거 생활이 자신의 과거에 비하여 못하지 않는 그런 쓰라린 현실에 부대끼었으리라는 것이다. 그는 아직도 도적질을 하는가…?…… 지금 생각하니 어째서 그가 도적질을 하게 되었으며, 매음부의 자식이었던 것을 깊이 깨달았다. 그러니 선비는 어서 바삐 첫째를 만나서 그런 개인적 행동에 그치지 말고 좀 더 대중적으로 싸워야 한다는 것을 가르쳐 주고 싶었다. 그가 인천에나 있는지? 혹은 딴 곳으로 갔는지? 왜 나는 시골 있을 때 그를 무서워하였던가? 이렇게 생각하고 나니 그가 소태나무 뿌리를 캐어들고 새벽에 찾아왔던 기억이 떠오르며 소태나무 뿌리를 윗방 구석에 던지던 자기가 끝없이 원망스러웠다. 그리고 그 느글느글한 덕호가 주던 돈을 이불 속에 넣던 자신을 굽어볼 때, 등허리에서 땀이 나도록 분하고 부끄러웠다. 그뿐이랴! 마침내는 그에게 정조까지 빼앗기고 울던 자신! 몇 번이나 죽으려고 했던 자기! 얼마나 유치하고 어리석었는가! 그리고 그 덕호를 보고 아버지! 아버지! 하며 부르던 그때의 선비는 어쩐지 지금의 자기와 같지 않았다. 여기까지 생각하니, 이때껏 의문에 붙였던 그의 아버지의 죽음이 얼핏 떠오른다. 옳다! 서분 할멈의 말이 맞았다! 그는 무의식간에 벌떡 일어났다. 그때 손끝이 아파왔다. 그래서 손끝을 볼에 대며 덕호를 겨우 벗어난 자신은, 또 그보다 더 무서운 인간들에게 붙들려 있다는 것을 강하게 느끼며, 오늘의 선비는 옛날의 선비가 아니라…고 부르짖고 싶었다.[37]

선비는 지금껏 자신을 둘러싸고 있던 불확실한 현실을 확실하게 객관적으로 깨닫게 된다. 억압과 지배하에 놓여 있었으면서도 무지몽매했던

---

37) 위의 책, 651~652면.

인물 선비는 막연하게 계급의식을 깨달아가다가 간난이의 공장 탈출을 계기로 확고한 계급의식을 획득하게 된다. 고향 용연에서의 삶뿐만 아니라 현재 자신을 둘러싸고 있는 적대적 현실에 대한 깨우침이다. 자본제하의 공장이 노동자를 경제적으로 억압하고 착취하는 권력체계이며, 마찬가지로 지주 덕호가 자신을 성적으로 유린했던 것도 동일한 권력체계라는 것을 깨닫게 된 것이다. 이로부터 지금껏 제대로 이해되지 않았던 첫째의 도둑질, 첫째 어머니의 매춘, 자신과 간난이가 당했던 성 착취 등이 계급관계와 그로 인한 빈곤에서 기인되었음을 각성하게 된다. 그리고 선비의 현실 파악은 노동자계급의 각성과 이들의 조직적이고 집단적인 대중투쟁에 의해서만 현실은 변화될 수 있다는 진정한 계급의식으로 확대된다. 마침내 이루어진 선비의 계급적 자각은 마르크스의 명제대로 의식이 존재를 결정하는 것이 아니라 존재가 의식을 결정짓는다는 것을 적절히 입증해주었다고 할 수 있다. 그러나 냉혹한 현실은 각성된 선비를 폐병에 의한 해고와 죽음이라는 가혹함 속으로 몰아넣고 만다.

이 작품에서 민족 차별적 저임금과 남녀 노동자 간의 임금차별은 명시적으로 드러나지 않고 있다. 그러나 이미 구조화된 열악한 노동조건과 착취적인 저임금, 감옥과도 같은 기숙사제도 등을 통해 식민지 조선을 지배하는 일제 자본주의의 위력은 충분하게 폭로되었다고 할 수 있다. 일제의 파시즘은 값싼 노동력의 착취를 목표로 한국에 진출했으며, 각종의 비인간적이고 착취적인 제도를 통하여 노동자들을 통제하고 착취했던 것이다.

소설 『인간문제』의 전개과정은 세계와의 외적 시련을 통한 내적 각성의 성취, 즉 여성 젠더(gender)의 발견이라는 관점에서는 이 작품을 성

장소설(교양소설)로의 분류가 가능하게 한다.[38] 하지만 각성된 삶을 실
천하지 못하고 선비가 폐병으로 사망하는 결말를 볼 때에는 전락의 플롯
(the degeneration plot)으로 해석된다. 1930년대의 반여성적 시대 상황
에서 내적 각성을 넘어서서 세계와 진정한 화합과 조화를 이룬 자아완성
의 이상은 리얼리스트의 소설에서는 불가능할 것이다. 각성된 개인은 아
직 각성되지 않은 현실세계 속에서 패배할 수밖에 없는 것이다. 낸시 밀
러가 '교양소설의 곤경, 또는 반교양소설화'라고 표현했듯이 여성 성장
소설(교양소설)은 자아성취의 기록이 되기보다는 사회에 대한 부적응의
기록이 될 수밖에 없는 것이다.[39]

그나마 당시의 자유주의 여성해방론자들이 자유연애 등에 매달려 있
을 때에 강경애는 마르크스주의자로서의 시각을 가졌기 때문에 가정 밖
의 노동여성의 삶을 생동감 있게 그릴 수 있었으며, 방적공장이란 노동
공간을 통해 산업생산의 영역이 여성을 해방시키지 못하고 놀랍도록 소
외된 노동의 세계에 지나지 않다는 것을 여실히 보여줄 수 있었다. 즉 자
본주의 체제가 그대로 유지되는 한 그것이 농촌에서든 도시의 공장에서
든 또는 여성이든 남성이든 각종의 비인간적 조건하에서 기진맥진하도
록 노동한 대가로 최저의 생존임금만을 받으며 비참하게 살아갈 뿐이라
는 것이다.[40]

한편, 유신철은 선비의 미모에 마음이 사로잡힌 상태에서 아버지의 옥
점과의 결혼 강요로 갈등을 빚다가 가출한다. 한때 노동운동의 지도자로

38) 서정자, 「페미니스트 성장소설과 자기발견의 체험」, 44~67면.
39) 송명희, 「서정자의 페미니스트 성장소설과 자기발견의 체험 논평」, 『한국여성학』7, 72면.
40) 로즈마리 통, 이소영 역, 『페미니즘 사상』, 한신문화사, 1995, 66면.

서 첫째의 의식화 과정에 깊게 개입하고, 간난이의 공장노동운동과도 연
관된 신철은 유약한 소시민적 지식인이요, 기회주의적 인물로 그려진다.
그는 부두노동파업과 관련되어 검거되자 육체적 정신적 고통을 이기지
못하고 전향하고 만다. 그의 전향은 첫째에 의해서 "그렇다. 신철이는 그
만한 여유가 있었다. 그 여유가 그로 하여금 전향을 하게 한 게다. 그러나
자신은 어떤가? 과거와 같이, 그리고 현재와 같이 아무런 여유도 없지 않
은가? 그러나 신철이는 길이 많다. 신철이와 나와 다른 것이란 여기 있었
구나"라고 비판된다. 계급투쟁은 같은 계급의 인물들의 단결에 의해서만
이루어질 수 있다는 것을 작가는 신철의 전향에 대한 첫째의 비판을 통
해서 보여주고 있다.

　강경애는 여러 작품에서 지식인에 대해서 부정적으로 묘사한다. 이는
혁명의 주체세력은 결코 지식인일 수 없으며, 노동자 계급의 단결에 의
한 집단적 계급혁명이란 마르크시즘의 명제에 충실한 세계관의 소산으
로 이해된다. 『인간문제』는 많은 부분에서 지식인 내지 부르주아 계급에
대해서 부정적으로 묘사한다. 지주 정덕호의 딸 옥점이 자기 방조차 제
대로 치우지 않는 나태한 생활 태도와 신철과의 사랑 타령, 신철의 선비
를 향한 막연한 연애감정과 기회주의적 속성, 신철이 가출하여 한때 동
거하던 무능한 룸펜 인텔리층에 대한 묘사 등을 통해서 작가는 반복적으
로 부르주아 층의 부정적 측면과 지식인의 기회주의적 속성에 대한 비판
의식을 노정한다. 신철 등을 통해 그들이 속한 계급적 기반 때문에 결코
계급투쟁의 주체가 될 수 없으며, 동시에 새로운 사회를 건설할 주체세
력도 될 수 없다는 강경애의 철저한 작가의식의 투영을 읽을 수 있다.

　작품은 죽은 선비의 시체를 부둥켜안고 통곡하는 첫째의 절규로 끝나
고 있다. 다음의 인용문은 아직 미해결의 장으로 남겨진 인간문제를 해

결하기 위하여 투쟁의 장에 나설 첫째의 활약상을 기대하게 만든다. 즉 선비가 각성한 내용을 첫째의 실천을 통해서 구현하게 되리라는 기대감이다.

> 그러고 불불 떨었다. 이렇게 무섭게 첫째 앞에 나타나 보이는 선비의 시체는 차츰 시커먼 뭉치가 되어 그의 앞에 콱 가로지르는 것을 그는 눈이 뚫어져라 하고 바라보았다.
> 이 시커먼 뭉치! 이 점점 크게 확대되어 가지고 그의 앞을 캄캄하게 하였다. 아니, 인간이 걸어가는 앞길에 가로지르는 이 뭉치……. 시커먼 뭉치, 이 뭉치야말로 인간문제가 아니고 무엇일까?
> 이 인간문제! 무엇보다도 이 문제를 해결하지 않으면 안 될 것이다. 인간은 이 문제를 위하여 몇 천만 년을 두고 싸워왔다. 그러나 이 문제는 풀리지 않고 있지 않은가! 그러면 앞으로 이 당면한 큰 문제를 풀어나갈 인간이 누굴까?[41]

그런데 작가 강경애는 첫째가 선비의 시체를 부둥켜안고 인간문제를 해결하고자 하는 각오를 보여주는 것을 통해, 또한 선비가 지주 정덕호나 공장 감독들에 의한 여성들에 대한 성 착취를 단순한 계급 억압의 문제로 파악케 함으로써 고전적 마르크스주의자로서의 면모를 보여주고 있다. 즉 선비와 첫째를 노동자라는 점에서 동일한 계급으로 묶어버림으로써 여성 억압의 문제는 계급 억압이란 인간문제만큼 충분히 부각시키지 못하고 말았다. 이는 고전적 마르크스주의의 여성 억압을 보는 시각의 한계이며, 동시에 이 작품에서 강경애가 여성 억압의 실상을 반봉건

---

41) 연변대학교 조선문학연구소 허경진 · 허휘훈 · 채미화 주편, 앞의 책, 666~668면.

적 지주 소작제, 식민지 조선의 침략적 자본제, 그리고 가부장제 하의 다
중의 억압체계 하에서 그려냈으면서도 정작 작품의 결말에서 경제적 계
급 관계뿐만 아니라 가부장제가 여성을 억압하고 지배한다는 사실을 간
과하게 만들었다. 즉 지주 정덕호의 선비에 대한 성적 유린, 그리고 공장
감독의 여공들에 대한 상벌제도를 통한 성희롱과 성 착취는 그들이 경제
적으로 우월한 계급의 지배자일 뿐만 아니라 남성이라는 성적으로 우월
한 계급이기 때문에 가능했던 것이다. 선비나 간난이는 첫째가 받은 소
작농이나 노동자로서의 억압에다 여성으로서 받는 가부장적 억압이 추
가되었음을 충분히 고려하지 못하고 있다. 고전적 마르크스주의에 의하
면 여성 억압은 계급 억압이라는 더 본질적인 형태가 반영된 것으로 전
제한다. 마르크스와 엥겔스에 의하면 성별에 의한 분업이 최초의 계급
억압이라고 지적하면서도 여성 억압이 계급 억압에서 비롯된 것으로 상
정하여 부차적인 것으로 취급하고 만다. 따라서 성차별주의는 계급혁명
이 성공하면 이와 더불어 불식될 것으로 설정하고 있다. 이 점이 고전적
마르크스주의 페미니즘에 대해서 사회주의 페미니즘과 급진주의 페미
니즘이 불만을 느끼는 부분이다. 사회주의 페미니즘은 자본주의와 가부
장주의가 동시적으로 여성 억압에 관련한다고 보고, 급진주의 페미니즘
에서는 여성 억압은 자본주의보다도 성차별적인 가부장주의가 더 본질
적인 것이라고 설정하고 있다.[42)]

---

42) 마가렛 L. 앤더슨, 이동원 · 김미숙 역, 『성의 사회학』, 이대출판부, 1987, 430면, 439
면.

282 강경애, 서발턴의 내러티브

4. 맺음말

『인간문제』는 작품의 전반부에서 농촌 용연을 배경으로 하여 지주 소
작제의 횡포와 이에 따른 농민의 절대빈곤, 그리고 이농에 이르기까지
식민지 농촌의 경제적 모순을 집약적으로 그려내었다. 그리고 작품의 후
반부에서는 인천의 대동방적공장을 중심으로 식민지 조선에 대한 일제
의 수탈경제와 노동자에 대한 탄압, 그리고 노동자로서 계급의식을 획득
해가는 인물을 형상화해냈다. 농촌과 도시 두 공간은 식민지적 자본주의
경제체제의 모순을 첨예하게 드러내는 대표적 공간으로, 작가는 마르크
스주의의 관점에 따라 농민보다는 도시의 노동자 계층의 단결과 조직적
투쟁에 의해 그와 같은 모순구조가 해결되리라는 전망을 결말단계에서
보여주었다.

그런데 작가는 주인공 선비를 중심으로 자본주의의 경제적 모순 이외
에 가부장제의 억압 하에 놓인 여성운명을 탁월하게 그려냈음에도 이에
대한 해결은 고전적 마르크스주의에서 제시하였듯이 계급해방이 이루
어지면 여성문제도 자동적으로 해결되리라는 전망을 제시하는 데서 그
치고 말았다. 즉 가부장제의 여성 억압을 인정하지만 이에 대한 해결은
계급 억압의 부차적인 것으로 취급하고 말았던 것이다.

이렇듯이 여성문제에 대한 마르크스주의석 시각의 한계에도 불구하
고『인간문제』는 식민지적 자본주의의 모순과 여성 억압의 실상을 농촌
과 도시의 공장을 중심으로 탁월하게 형상화해냈고, 이에 대한 해결의
전망까지 제시했다는 점에서 1930년대의 대표적 마르크스주의 페미니
즘 소설이며, 사실주의 문학의 소중한 성과라 평가하지 않을 수 없다.

-『비평문학』11, 한국비평문학회, 1997.

찾/아/보/기

송명희(宋明姬)

부경대학교 명예교수, 〈달맞이언덕인문학포럼〉과 〈문학예술치료학회〉 회장으로 있으며, 〈동리목월문예창작대학〉 교수, 〈한국문학이론과비평학회〉 회장, 〈한국언어문학교육학회〉 회장, 〈부경대학교 인문사회과학연구소〉 소장, 〈해운대포럼〉 회장, 〈달맞이언덕축제 운영위원장〉, 〈사진단체 중강〉 회장을 역임했다.

1980년 『현대문학』을 통해 문학평론가로 등단한 이래 50여 권이 넘는 저서를 발간했으며, 마르퀴즈 후즈후 세계인명사전(2010)에 등재되었다.

문화체육관광부 우수학술도서에 『타자의 서사학』(푸른사상, 2004), 『젠더와 권력 그리고 몸』(푸른사상, 2007), 『페미니즘 비평』(한국문화사, 2012), 『인문학자 노년을 성찰하다』(푸른사상, 2012), **대한민국학술원 우수학술도서**에 『미주지역한인문학의 어제와 오늘』(한국문화사, 2010), 『트랜스내셔널리즘과 재외한인문학』(지식과교양, 2017), **세종우수도서(학술부문)**에 『다시 살아나라, 김명순』(지식과교양, 2019) 등 7권이 선정되었다.

단행본 저서에 『여성해방과 문학』(지평, 1988), 『문학과 성의 이데올로기』(새미, 1994), 『이광수의 민족주의와 페미니즘』(국학자료원, 1997), 『탈중심의 시학』(새미, 1998), 『섹슈얼리티 · 젠더 · 페미니즘』(푸른사상, 2000), 『현대소설의 이론과 분석』(푸른사상, 2006), 『디지털시대의 수필 쓰기와 읽기』(푸른사상, 2006), 『시 읽기는 행복하다』(박문사, 2009), 『소설서사와 영상서사』(푸른사상, 2010), 『여성과 남성에 대해 생각한다』(푸른사상, 2010), 『수필학의 이론과 비평』(푸른사상, 2014), 『페미니스트 나혜석을 해부하다』(지식과교양, 2015), 『에세이로 인문학을 읽다』(수필과비평, 2016) 『캐나다한인문학연구』(지식과교양, 2016), 『한국문학의 담론 분석』(한국문화사, 2016), 『트랜스

내셔널리즘과 재외한인문학』(지식과교양, 2017), 『문학을 읽는 몇 가지 코드』(한국문화사, 2017), 『치유 코드로 소설을 읽다』(지식과교양, 2019), 『소설의 텍스트와 콘텍스트』(지식과교양, 2022), 『김일엽의 문학과 사상』(지식과교양, 2022), 『유랑하는 영혼들』(수필과비평사, 2024)이 있다.

편저에 『페미니즘 정전읽기1, 2』(푸른사상, 2002), 『이양하수필전집』(현대문학, 2009), 『김명순 작품집』(지만지, 2008), 『김명순 소설집 외로운 사람들』(한국문화사, 2011), 『김명순 단편집』(지만지, 2011)이 있다.

공저에 『여성의 눈으로 읽는 문화』(새미, 1997), 『페미니즘과 우리시대의 성담론』(새미, 1998), 『페미니스트, 남성을 말한다』(푸른사상, 2000), 『우리 이혼할까요』(푸른사상, 2003), 『한국현대문학사』(현대문학, 2002), 『한국현대문학사』(집문당, 2004), 『부산시민을 위한 근대인물사』(선인, 2004), 『나혜석 한국근대사를 거닐다』(푸른사상, 2011), 『박화성, 한국문학사를 관통하다』(푸른사상, 2013), 『배리어프리 화면해설 글쓰기』(지식과교양, 2017), 『여성과 문학』(월인, 2018), 『재외한인문학 예술과 치료』(지식과교양, 2018)이 있다.

시집에 『우리는 서로에게 가는 길을 잃어버렸다』(푸른사상, 2002), 『카프카를 읽는 아침』(푸른사상, 2020)

에세이집에 『여자의 가슴에 부는 바람』(일념, 1991), 『나는 이런 남자가 좋다』(푸른사상, 2002), 『인문학의 오솔길을 걷다』(푸른사상, 2014), 『트렌드를 읽으면 세상이 보인다』(푸른사상, 2021)가 있다.

수상에 〈한국비평문학상〉(1994), 〈봉생문화상〉(1998), 이주홍문학상(2002), 〈부경대학교 학술상〉(2002), 〈부경대학교 교수우수업적상〉(2008, 2010), 〈신곡문학상 대상〉(2013), 〈부경대학교 우수연구상〉(2013), 펜클럽 한국본부의 〈펜문학상 평론부문〉(2019)을 수상했다.

강경애, 서발턴의 내러티브

초 판 인 쇄 | 2025년 6월 10일
초 판 발 행 | 2025년 6월 10일

지 은 이 송명회

책 임 편 집 윤수경

발   행   처 도서출판 지식과교양
등 록 번 호 제2010 - 19호
주   소 서울시 강북구 삼양로 159나길18 힐파크 103호
전   화 (02) 900 - 4520 (대표) / 편집부 (02) 996 - 0041
팩   스 (02) 996 - 0043
전 자 우 편 kncbook@hanmail.net

ISBN 978-89-6764-213-6 93800   정가 25,000원